涸れた轍
趙本夫……◎著
永倉百合子……◎翻訳
❖朝日出版社

目次

狐仙女の婿えらび

一

『狐仙女』は、狐でもなければ仙女でもない。いいかげんな連中が若い後家の黒嫂（ヘイサオ）につけたあだ名である。

村は貧しく、百戸あまりの家々に四十何人もの独り者の男たちがいる。みんな彼らのことを「鉄砲隊」と呼んでいた。黒嫂は十年ほど前に亭主を亡くして以来、蜂を誘う野の花にも似た存在だった。それに、いつも笑いが絶えないような明るい性格だったから、若い男たちは誰でもみな彼女に近づきたがる。

黒嫂が畑へ肥桶を運ぼうと、リヤカーの柄に触ろうとするや否や、必ず男たちが争うようにやって来るという具合だ。

「俺がやるって。黒嫂、あんたは後ろに回ってちょっと押してくれるだけでいい。」などと言いながら、どさくさまぎれに彼女の手をちょっとつねったりする。黒嫂は軽く笑うとすばやく身をかわし、仕方なしにリヤカーを後ろから押す。見てみろ。黒嫂が後ろにいると、男はまるで尻にモーターでも取り付けたように、腰を屈めてがむしゃらに走り出す。足を取られるような掘り返した土の上でもがんがん進んで行く。まったく呆れたものだ。

言うまでもない。こいつはみんなの攻撃の的だ。「鉄砲隊」の戦友どもは、ひっきりなしに、やっかみや下卑た言葉を後ろから投げつける。男はどうにも我慢できなくなると、リヤカーの柄をぶん投げ、からかった奴らの方に向って行く。そのかっこうと言ったら、角を立てて人に向って来る牛そっくりだ。双方、青筋を立てて目を吊り上げ、つかみかからんばかりの勢いだ。

　こんな時、黒嫂は首をかしげ両方をちょいと見ると、わざとうつむき咎めるような口調で言う。

「なんだよ。人に嫁さんをかっさらわれたわけでもあるまいし。ガラス玉みたいに目ん玉をひんむいてさ。落として割っちまってもいいのかい。」

　そしてぷっと吹き出し、笑いころげる。ほっそりした体を折りかがめ、大きな胸をふるわせて、声も甘く耳に心地よい。一面のサトウキビをなぎ倒したように、ぱあっと甘さが漂う。あぁ、たまらいなあ。若者たちは一瞬にして彼女に吸い寄せられ、笑いをうつされたように自分も笑いだし、いい気分になってしまう。そして最後にはなんだかきまりが悪くなる。みんな痒くもない頭を掻き、照れ笑いしながら仲直りをする。

　顔のことを言うならば、黒嫂は決して「薄紅色の桃の花」というような華奢な美人ではない。いや、ぜんぜん違う。むしろ色黒で、体つきはほっそりしてはいるが若者のように丈夫そうだ。一児の母なのに、村の少女のような健康的で美しい体型を保っている。それだから、村の独り者たちには、彼女は人を夢心地にさせてしまう仙女のように見えたのだった。

若者たちはみな嫁をもらっていい年になっていたが、嫁に来る女はもちろんのこと、仲人をしてくれる者さえ見当たらず、ただ焦るばかりだった。そのため、始終馬鹿なことをしでかした。

たとえばである。鈴当（リンタン）という若者が、野良仕事をしている時うっかり手にとげを刺した。（彼がわざとそんな事をしたのかどうかは、知る由もないのだが）鈴当は大声でわめきながら黒嫂の所へ走って来て、とげを抜いてくれと頼んだ。

黒嫂も慌てて、自分の仕事はほおって、頭の後ろにとめてあった細い針をすばやく抜くと、片手でとげの刺さった鈴当の指先をぎゅっとつかみ、もう一方の手に針を持ち、いとも簡単にそのとげを抜いてやった。黒嫂はとげを抜くのが実にうまい。それに黒嫂の手は柔らかくて軽い。鈴当は手がむず痒くなり、体の力も抜けてしまった。その気持よさといったら！黒嫂はこんな近くにいる。若い女の体特有の香りが肺にはいって来る。鈴当は天にも昇る心地になり、気持の抑えが利かなくなってしまった。

突如、鈴当は音をたてて黒嫂のつややかな額を一舐めした。（彼はこれを「口づけ」だと思った）なんと、もうちょっとで、黒嫂は鈴当に皮も噛み切られる所だったではないか。

ちょうどとげを抜き終わったばかりの黒嫂は、怒って針の先で鈴当の指の腹を思い切り突いた。「ああ、いてえ！」一声叫ぶと、鈴当は逃げ出した。黒嫂は顔をまっ赤にしてこっそり畑の方を見たが、そこらじゅうに人がいるので声を出すこともできない。だが、それから長いこと、額は火照り、気持も収まらなかった。

もっとひどい奴もいた。村の四十過ぎの独り者で、名を金麻（チンマー）という。ある火の夕方、仕事帰りの金麻は、黒嫂の家には目の見えない婆さんと物心のつかない子どもしかいないのをいいことにして、こっそり黒嫂の後をつけ、家の庭先まで入ってきたのだ。黒嫂がそれに気付かず家に入ろうとした時、金麻は後ろから彼女の腰にぎゅっと抱きついた。黒嫂は驚いて声を上げ、力ずくで金麻の手から逃れた。そして手を伸ばし、玄関口のテーブルに置いてあったハサミをつかむと、振り返り、金麻に向って突きかかっていった。金麻は驚きうろたえ、ヤニで黒ずんだ黄色い歯をむき出し、物音を立てないようにして慌てて逃げていった。

奥のベッドで横になっていた目の見えない婆さんもその様子を聞きつけ、慌てて起き上がり黒嫂に尋ねた。

「何があったんだね。」

「あー、あの…」黒嫂は婆さんが辛い思いをしないように、慌てて言いつくろった。

「蛇を踏んじゃったんですよ。」

そう言いながら、黒嫂は思わず涙を流したが、胸はドキドキと激しく動悸していた。

その夜、黒嫂は婆さんにご飯を作って食べさせたが、自分は何も口にせず、娘の燕燕（イエンイエン）を抱いて寝た。髪は乱れ、隠れるようにすすり泣きながら、黒嫂は悲嘆にくれた。後家の母と後家の嫁、頼るものは何も無く、家はがらんどう、外には借金があるばかり。ああ、これからどうやって暮らしていけばいいのだろうか。

二

まだ実家にいた頃、黒嫂は天真爛漫で元気のいい共青団員[1]だった。そのころはちょうど《雷烽[2]に学んで善い行いをしよう》という運動が盛んに行われていた。彼女も村の仲間たちと一緒に、何でもたいそう熱心にやっていた。幼名は「黒妮（ヘイニー）」といったが、人は好んで彼女を「黒牡丹」と呼んだ。一言で言うなら、大変な人気者だったのだ。

黒嫂が十八になった年に、誰かが彼女に男の子を紹介した。この若者は玉泉（ユーチュアン）といい、色白

1　「中国共産主義青年団」の略称、中国共産党の下部青年組織

2　「雷鋒」は中国人民解放軍兵士、1962年、公務中に殉死。生前の誠心誠意人々に尽くした生き方から、毛沢東により讃えられ、青年の模範的存在になった。その後「雷鋒に学べ」というキャンペーンがしばしば行われている。

で学生風の男だった。若い娘なら、器量よしの男がいいと思わない者がどこにいよう。玉泉は顔立ちもよく、頭もよくまわった。二人が見合いをした時、玉泉は黒嫂をいつまでも笑わせ、その笑い声は絶えることなく、窓の外まで軽やかに聞こえて来たということだ。

その年の冬、黒嫂はこの村に嫁いで来た。結婚の当日には、村の老若男女がこぞってやった来て大騒ぎをした。黒嫂はさばけた態度で、見物にやって来た一人一人にタバコを差し出し、アメを配った。夜になって祝いの酒を飲みにくる者も多い。この土地の習慣で、酒宴がお開きになる前に、新郎新婦は必ず大きな杯で客に献酒しなければならなかった。量がいくら多くても、献酒された方はその酒を飲み干さなければならず、そうしないのは礼を欠くことだった。

この献酒が始まると、まわりの人垣は幾重にもなり、大変な騒がしさだった。これは婚礼の中で「拝堂」[3]と並ぶクライマックスだったのである。

黒嫂はほんのり顔を赤らめ、大きな杯を捧げもち先頭を歩いていく。それに続くのが玉泉で、徳利を持ち、内心嬉しくて仕方がないといった様子だ。そして最後は、酒のはいった小ぶりの酒瓶を抱えた老弯（ラオワン）という男で、玉泉の父方の親戚筋だった。老弯と言っても年をとっているわけではない。玉泉より一つ年下だったが、顔つきもたいそう奇怪で体も大きく無骨、まるで金剛力士のようなのだ。しかしこの時、老弯は無表情で、ただ慣習どおりに決められた事をやっているように見えた。

献酒は順調に進み、席順に従って次々一人に二度づつ酒がつがれる。はじめの一杯はやや多めにつぎ、酒をつがれた者が「ご容赦を」と詫びを入れれば、二杯目は酒をつぐ真似をするだけでよかった。一応つつがなく行われていったが、最後に控えていたのが生産大隊の支部書記の老石（ラオシー）で、これが肝心だった。まわりの者たちはげらげら笑ったり、てんでに怒鳴ったりしている。

「ネズミが鍬を引っぱり露払い、さあその後からいよいよ大物がやって来るぞ。」

「容赦するなよ！」

玉泉は恭しく杯に半分以上酒をついだ。それは二両[4]にもなった。黒嫂が両手で杯を老石の前に捧げた。この頃になると、黒嫂はやや疲れ、その上まわりから冷やかされてもいたので、十二月だというのに顔にうっすら汗の粒を浮かべていた。が、そのせいで黒嫂の顔はかえって水を浴びた牡丹のようにすっきり見え、また一段と格別の風情を醸し出していた。

しかし、黒嫂が杯を差し出しても、老石はそれを受け取ろうとしない。二つの目はただ黒嫂

3　昔の結婚式で行われた大切な儀式。新婚夫婦がひざまずき、まず舅と姑に、次に天と地に、最後に互いに拝礼すること。

4　「両」は、今も中国で使われている重さの単位。一両は約両は約50g。

の顔をちらりちらりと見ている。そして新婦と飲み比べがしたい、と言いだした。

黒嫂は口をちょっと尖らせ、杯を下に置いた。そして、顔を背けてその場を立ち去ろうとしたが、その時、老石がさっと彼女の手をつかんだ。それを見ていた者たちはこそこそと小声でささやきあった。玉泉は慌てて、支部書記の老石にこれで終わりにしてくれるように頼んだ。しかし老石はうんと言わず、なんとしても新婦に酒の相伴をさせようとする。玉泉は顔を赤くして、もう何も言おうとはしなかった。

この時、うしろで酒瓶を抱えていた老弯が怒りだした。

「サルの小便を飲んだって死にはしまい。あいつと飲み比べをして、どうなるか見てやれよ。」

この一言で黒嫂は元気づけられ、突如老石の手を振りほどいた。

「やれるなら、やってやろうじゃないの。」

まわりからどっと拍手が沸き起こった。物好きな奴が大きな杯を持って来た。黒嫂は玉泉の手から徳利を奪いとると、とくとくと杯いっぱい酒をついだ。どちらも三両ほどになった。黒嫂は杯の一つをとりあげるとカチンと相手の杯にぶつけ、眉をきっとあげ、挑むように言った。

「さあ。」

老石は慌てた。新婦が自分と杯を合わせようとは、思ってもみなかったのだ。老石はもうすでに十分すぎるほど飲んでいた。これ以上飲めば、きっと倒れてしまうだろう。それは自分でもわかっていた。老石は怖くなり、顔をまっ赤にし手を縮こませ、杯に触ろうともしない。周りの者たちは一斉に叫んだ。

「書記は飲めないふりをしているぞ。」

「飲まないなら帽子の中についでやれ。」

老弯はドンと酒瓶を置くと大きく一歩進み出た。そして本当に手を伸ばし老石の布帽子をつかみ、さっと杯を取り上げるとその酒を帽子の中へつごうとした。そして最後にこう言い渡した。

「飲むか?」

「あー、そのー、飲む…、飲むさ。」老石もぐずぐずしてはいられない。老弯が物のわからぬ馬鹿者で、何をしでかすかわからない、というのを知っていたからだ。そこで老石は慌てて杯を受け取り、どくどく飲み干すと、瞬く間に目がすわってしまった。黒嫂は酒をさっと地面にまき、ふん、と言うと、杯を置いてその場から出ていってしまった。

みんなが驚いて声をあげている中で、老石は発酵しすぎてふくれた小麦粉のように、テーブルの下でくたくたっとのびてしまった。

祝いに来た連中も、次々帰っていった。

新婚の夜は静かで神秘的だ。今しがたの不愉快な出来事も、新婚の歓びを薄めることはできなかった。ぼおっとした明かりのもとで、黒嫂は顔をうっすら赤め、相手を思う愛おしさで胸をときめかせていた。そして、そのときめきは、限りなく広がっていった。彼女はひっそりと、かつて幾度となく思い描いていたが、まだ未知のその時が来るのを待っていた。

突如、音をたてて扉が開いた。黒嫂がもじもじと、しかも緊張して顔を上げると、そこには怒りを満面にみなぎらせた玉泉の姿があった。

彼女が不思議に思っていると、玉泉は厳しい口調で黒嫂をとがめ始めたではないか。

「お前って奴は！なんてことをしてくれたんだ。」

「えっ？」

黒嫂は慌てて立ち上がった。

「お前がどうあっても書記と飲み比べをしようとするから、書記にあんな大恥をかかせたじゃないか。これじゃあ、俺の入党許可もおりるものか。」

玉泉は悔しそうに恨み言を言った。彼は最近、入党の志願書を書いたばかりだった。

そういうことだったのか。黒嫂は腹立たしさでさっと顔色を変えると、テーブルに突っ伏して大声で泣き出した。思ってもみなかった。こんな見た目のいい男が、心はこれほど小汚いとは。彼女は涙に濡れた目をあげ、玉泉に自分の無念を訴えた。

「みっともない事は、あいつが自分でしたんじゃないか。あいつは私を笑いものにしたんだよ。それでもあんたは腹が立たないのかい。」

そう言うと、また声を押し殺して泣いた。

黒嫂は、自分の目がくらんで、こんなひどい男に騙されてしまった事を悔やんだ。

まるまる一晩、玉泉がどんなに謝ろうと、黒嫂はテーブルの縁から離れようとはしなかった。

三

翌日、村中に噂が広がった。あの二人は初夜に喧嘩して、服も脱がなかったとさ。まったくおかしな事だ。

その後、姑や黒嫂の実家の勧めもあり、二人は結局なんとか別れないことになった。そして、ともかく暮らし始めた。しかし黒嫂には次第にわかってきた。自分の夫は本当の百姓ではない。上へのし上がって役人か何かになろうと、いつも考えている。しかし物事は思い通りにいくものではない。入党さえ未だに認められず、玉泉はいつもその事を悩んでいた。

結婚した明くる年、文化大革命が始まった。玉泉は旗を揚げて「造反」を始めた。そしてつぎの夏、武装闘争中に重い傷を負い、家に担ぎ込まれて来た。三月治療したが、そのための借金は残したものの、命をとりとめることは出来なかった。

もともと目を患っていた婆さんは泣きに泣いて、一晩で両目とも見えなくなってしまった。

しかし黒嫂はまるでこんな日が来るのを見通していたように、異常なほど落ち着いていた。玉泉の葬式の日、村の人々は、黒嫂が間もなく子どもを産むということに気づいた。目のまわりはむくみ、大儀そうに婆さんを支えながら、黒嫂は一声の泣き声も出さなかったのだ。

　ため息まじりにこんなことを言う女もいた。

「あの若い嫁もまったくひどい薄情者さ。いくら気が合わないと言ったって、所詮は自分の亭主だろうに。」

　ある者はこう言いきった。

「子どもを産んだらよそへやるさ。まあいいとこ三月さ。あの女はうまく再婚するだろうよ。」

　すると、別の一人が首を振った。

「そんなこと、出来る訳がないだろう。何といっても婆さんの悲しみが薄れるのを待ってからでないと、家は出られまい。早くても一年以上さきになるだろうよ。」

　みんながどっとはやし立てると、この二人は賭けをすると言い始めた。三月ともつまいと言った方が顔を赤くしてこう言い放った。

「負けたら十斤[5]のブタの頭をやろうじゃないか。」

　もう一人の方はえらく貧乏だったので、ちょっと考えると、すくっと尻を上げてこう言った。

「俺が負けたら、ここを靴で三回殴ってくれ。」

それじゃあ、みんな納得しない。するとこの男は気前よげに自分の顔を指さし、意を決したようにこう言った。

「ようし、負けたらびんた三つ、ここを殴ってくれ。」

こうしてやっと話がついたのだった。

実は、思うことは皆同じで、黒嫂の再婚は遅かれ早かれ時間の問題だと思われていたのだ。目の見えない婆さんは明らかに厄介者だったし、もともと夫婦の感情もしっくりいっていた訳ではない。今となってはその夫も死んでしまった。彼女はこの上誰に操をたてるというのだ。言っておくが、新しい社会では「烈女は二夫に嫁がず」などとは提唱していない。黒嫂はやっとはたちになったばかりだ。はたちの若い女がどうして操を守れよう。馬鹿馬鹿しい！それからまもなく、黒嫂は女の子を産んだ。この時ばかりは黒嫂は泣き崩れた。それは、自分が男の子に恵まれなかったからなのか、子どもに父親がいないからなのか、それとも再婚を考えようにも我が子は捨てがたいからなのか、それはよくわからなかったが、いずれにしろ、彼女は何日も涙に暮れた。

5　「斤」は、今も中国で使われている重さの単位。一斤は約５００ｇ。

三月が過ぎた。赤ん坊はよく食べ、白くまるまると太った丈夫な子に育ったが、黒嫂は再婚することはなかった。「三月」と言った方は賭けに負けた。それにしても、十斤のブタの頭はいくらぐらいするのだろうか。その金があれば四十斤の干しイモが買えるだろうし、それだけの干しイモがあれば、一家が八日ほど食べるのに充分だろう。

だめだ、まけさせなければ。

しかしうまいことに、賭けに負けた家では一匹の痩せ犬が餓えと寒さで死んだ。そこでその男は七斤三両の肉を剥ぎ取り、よく煮てほかへ売り、残った二斤一両の犬の頭を相手にやって、この一件はお茶を濁した。

また一年が過ぎたが、黒嫂は相変わらず再婚する気配がない。赤ん坊もすでにアーウーと言葉を覚え始め、燕燕と名付けられた。恐らく、春を待ちわびる、という意味を込めたのだろう。「一年」と賭けた方もまた賭けに負けた。

村の人々はみな不思議がったが、黒嫂は再婚せず、しばらくは沈黙を守っていた。しかしおしゃべりでよく笑う明るい気性はまた甦り、特に婆さんと燕燕の世話をしている時、彼女はまるで小娘のように始終おかしなことをしては二人を笑わせた。婆さんは温厚な人で、以前息子夫婦が言い争いをした時も、いつも嫁の肩をもってくれた。今、人生も終わりに近づき、その心の傷はどんなに深いものか容易に推し量ることが出来た。自分の残りの人生を憂い、嫁がいなくなったら辛かろうと思いながらも、彼女の良心は、黒嫂に一生辛い操を守らせたくもない、と思っていた。

ある日黒嫂は、鼻歌を歌いながら、燕燕をあやし婆さんの足を洗ってやっていたが、婆さんが涙を流しているのに気づき、慌てて尋ねた。

「母さん、また何を泣いているんです。」

婆さんはこらえきれずに大声で泣き出した。しばらくしてからやっと落ち着きを取り戻し、なおもしゃくり上げながらこう言った。

「お前……、私はお前を追い出そうとして言っているんじゃないんだよ。でも……やっぱり若いうちにもう一度嫁にお行き。私は生産隊の救済手当で食べていけば、なんとかやっていけるんだから。心配しないでおくれ。」

婆さんは話し終わらぬうちにまた泣き出した。二つの干涸びた目は、悲しみの涙を留めておくことが出来なかったのだ。

黒嫂はなんともやるせない気持ちになり、婆さんの胸に飛び込み、その涙を拭ってやりながら自分も泣き泣き言った。

「母さん、もう何も言わないで。私は一生母さんから離れないから。」

驚いてわっと泣き出した燕燕を、黒嫂は慌てて抱き上げた。そして三代の女たちは一つに抱き合い、泣き声も一つになった。

しばらく黒嫂の頭をなでていた婆さんは、胸一杯の悲しみを無理に押し殺して言った。

「馬鹿なこと言わないでおくれよ。お前はまた嫁に行って…しょっちゅう私に会いに来てくれればいい。そうすれば今までと同じじゃないか。」

「そんなこと言わないで！」

黒嫂はかたくなに言った。

「母さん、母さんの両目はあまり役には立たないんだから、誰かがそばにいなくちゃ。」

彼女は言葉を途切らせながら言った。

「この世では、私を自分の娘だと思って。婿をとるなら話は別だけど、私は決してよそへ嫁になんか行かないから。」

婆さんは感激してもう何も言えなかった。燕燕はおっぱいを飲みながら、もうすやすやと寝入っていた。

四

婆さんが嫁のことで心を砕いていたというのは、嘘偽りのない気持だった。そして嫁が婆さんのことを思っているのも真実で、黒嫂が婆さんに言ったことは本心から出た言葉だった。

もちろん、黒嫂も再婚を考えることがあった。もしまた嫁に行けば、死んだ夫の病気を治すためにした借金も、婆さんの心配、家の苦しさ、独り身のろくでなしたちにつきまとわれることも、耐え難い長い夜も……そんなすべての悩みがなくなるだろう。しかし、黒嫂は結局嫁ぎ先の家を出ていかなかった。

黒嫂が実家へ帰ると、おばたちがやって来て彼女を取り囲み、ため息をつき、涙を流した。母の心痛はことさら大きく、涙に濡れた目を拭って言った。「妮児、お前は…なんて辛い運命なんだろうねえ。これからまだ長い人生だというのに。どうやって生きていくんだい。父さんも兄さんも言っているけど、今は新しい社会なんだ。嫁ぎ先を出たいなら、止めはしないよ。どうしても困るなら、燕燕は私が見るから……」

「私はどこへも行かない。」

黒嫂は母の話を遮ると燕燕をぎゅっと抱きしめ、まるで誰かに子どもを奪われるのを恐れるかのように、母をまっすぐ見据えて冷ややかにこう言った。

「運命、運命って。それなら、この私の運命が丸いか四角いか、この目で見てやろうじゃないの。」

それ以来、母はもう娘に嫁ぎ先を出るようにとは勧めなくなった。そして心の中でこう思った。この娘は小さい時から何でも自分の好きなようにしてきた。この先どうなろうとも、この娘に任せるしかないだろう。

「黒嫂は嫁ぎ先で婿をとる。」

このニュースが徐々に広まっていった。

村の若者にとっては機会均等になり、競争が繰り広げられることになった。みなそれぞれ独自のやり方で黒嫂を慕う気持と熱意を表した。一人のお調子者に至っては、黒嫂のそばに寄って来て大っぴらにこう宣言した。

「嫁さんを見つけたら、毎日毎日嫁さんの尻だってふいてやるさ！」

人々はそれを聞いて腹を抱えて笑った。黒嫂も体をよじらせ、息も出来ないほど笑った。が、彼女はその男を馬鹿にした。お尻を拭くだの、下男になるだのと、これが私の心にかなう男であるわけがない。ああ、そんなお供え物はまっぴらさ。黒嫂は玉泉の媚びへつらうようなおどおどした小さな白い顔を飽きるほど見た。だから、未来の夫にはそれと正反対の男を思い描いていた。男というものは…彼女は想像した。たくましく、力強く、自分の女を守れなければならない。まっすぐな気性で、分不相応な野望は持たず、気概がなくてはだめだ。それに、人に腰をペコペコして暮らすべきじゃない。それから……

こんな要求は高すぎるかもしれない。「鉄砲隊」全員を見渡しても、黒嫂の目にかなう者は一人もいなかった。つまり、一人として彼女の心を動かした者はいなかったのだ。慌てることはない。彼女は自分をいさめた。それは、一度目の結婚が教訓になっていたからかもしれない。日常のつきあいで、黒嫂は若者一人一人と等しい距離を保ち、全員と親しく話したり笑ったりしていた。度胸のある者はちょっと向こう見ずなこともできたが、黒嫂はそれにも気づかぬふりをし、そんな振る舞いも相手が無意識にやったことだと思うようにした。静かで寂しい場所で誰かに捕まり、逃げられそうにないと思うと、黒嫂は神秘的な様子を装い、小声でこう言った。

「ここじゃ、だめ。今夜、村に前の川っぷちで待ってて。」

若者は気も狂わんばかりに喜び、すぐさま手を離す。もちろん、この男は黒嫂に騙されたのだ。そして夜、虚しく彼女を待つことになる。一晩辛い目に遭い、空が白む頃、男はキュウリの漬け物のような情けない姿になっている。黒嫂は遠くからそれを眺め、身をかがめて笑いこける。その後、また同じような成り行きになり、同じような答えを貰っても、若者はまた出かけていって黒嫂を待った。彼は騙されても、やはり黒嫂の言葉を信じたかった。それが嘘だとは思いたくなかったのだ。女というものはまったくわけがわからない。しかし、もしかしたら本当に来てくれるかもしれない、と。

黒嫂は約束の場所へ行ったこともなければ、そのことを人に言いふらしたこともなかった。

こんなことを持ち出しても、人は嘘を真のように言い伝えるだけだ、ということを黒嫂は知っていた。こんなことを人に言うのは、年若い後家にとって自ら恥をかくことに等しいではないか。彼女はいつも憐れむような気持で男たちを許していた。自分も辛いが、嫁を貰う年になってもそれが出来ない男というものは、後家の暮らしより更にもっと辛いものがあるに違いない。

結局のところ、黒嫂はあんなに簡単に親しげにしてくれるのに、こんなに手に入れにくい。仙女のように人を惑わせ、狐のようにずる賢い。ある時、独り者が集まって黒嫂のことをなんだかんだと噂していた。すると誰かが感じ入ったようにこう言った。

「いやはや、まったく、黒嫂は『狐仙女』だ。」

この男は恐らく『聊斎志異』[6]を読んだことがあるのだろう。そこにいたすべての独り者は、狐仙女、お前はとどのつまり誰に夢中になるのだ。

うまいことを言うものだ、とみな感心した。

村の人々は、黒嫂が彼女の家の左隣と親密になって来たことに、しだいに気づき始めた。

五

黒嫂の左隣は、生産大隊の党支部書記、老石の家だ。

老石は四十ほどで、女房は重い婦人病を患い、長いこと寝たきりだった。子どもが三人、その食べることだの、着ることだの、あらゆることが老石を煩わせていた。一日中外で忙しく働いて家に帰ると、どこもかしこも散らかり放題で、それを片付け、それから飯を作る。女房と子どもの世話をして一日が終わる頃には、精も根も尽き果ててしまう。子どもたちはいつも老石に怒鳴られ震えあがっている。しかし所詮、男は男である。

女のやる仕事はどうやっても、やりきれるものではない。

晩、蒲団にはいり足を伸ばすと、もう骨の寄せ集めのようなった女房に触れる。女も病がここまで重くなると、夫婦の営みが出来ないのは言うまでもないが、はたから見るだけでも気持のいいものではなかった。

老石は時々いらついて、こんなことを思った。

こいつも死んでくれたほうがましだ。こいつが死んだらまた嫁を貰う。そうすれば、家の中と外でこんなに苦労することはなかろう。

しかしまた思い直して、こうも考えた。

人がまだ生きているのに、早く死んでくれとどうして望めよう。そんな事を望んじゃだめだ。こんな心の葛藤を抱え、老石の顔色も、晴れたり曇ったりだった。女房もそれを見て、自分が今では厄介者なのを知り、心中辛く、病も日一日と重くなっていった。

ある日、老石が煎じた薬を枕元に持っていくと、女房はそれを受け取ろうとせず、夫の手を握りしめ苦しい胸の内を話した。

「あんた、わたしのこの病気は治る見込みがないよ。もう薬を無駄に飲ませないで。とりたて注文はないけれど、……わたしが死んで、あんたがまた後添えを貰う時には、きっと……心根のいい人を選んでおくれよ……、母親がいないと……子どもたちが可哀想だから。」

そして、また涙にくれた。

老石は夫婦の情を甦らせ、たまらない気持になり、女房を慰めてこう言った。

「馬鹿なことを考えるんじゃない。病気はこれから医者に診せるんだ。どうかなったら、その時はその時さ。」

こう言いながら、自分も涙を流した。

こんな暗くて寒々とした家の雰囲気の中に、若い後家の黒嫂がとびこんで来た。

以前にも、黒嫂はこの家族に同情してよくやって来た。そして子どものために服や靴を縫ってやったりしていたが、そんな手伝いも限りがあった。家の中まで入って来ることはほとんどなかった。黒嫂は、結婚式の献酒の時の、老石のあの捕まえどころのない目付きをまだ覚えていた。

年のいった独り者の金麻が追いかけて来て、彼女にいたずらをしようとした時以来、黒嫂は夜になるとまんじりともしないで嘆いていた。家に男がいないと、誰からも好き放題にいじめられる。色気違いのような独り者の群に囲まれていれば、いかにうまくあしらっていても、いつかはきっと何か起こってしまうだろう。

ある日の夜、彼女は様々思いめぐらしていたが、空が白む頃、ふとあることを思いついた。そしてそれ以来、黒嫂は日に何度となく老石の家に足を運び、洗い物に繕い物、ご飯の支度に掃除、と一人の主婦が出来る一切を引き受けてやるようになった。子どもたちは甘えられる相手ができて大喜びだった。老石も後顧の憂いから解放され、いつも感謝の気持でこの若い後家を見つめていた。寝たきりの病人も行き届いた世話をしてもらい、時おり嫉妬の気持が湧くことは避けられなかったものの、自分を諌めてこう考えた。

大人も子どもも面倒を見てもらい、その上何を考えるというんだ。

まもなく、この噂はたいそうな勢いで広がっていった。

「狐仙女が書記の『奥様候補』になったとさ。」

「へっ！十幾つも年上だというのによ。」

「まったくだ。カサスゲだって、ニラだって、ハスの実だって、売れるのは若いうちさ。」

「ふん！」

「ハッハッハッ！」

そしてこの噂が広がると同時に、ほとんどすべての独り者たちが家族に諭された。

「あきらめな。老石の女房が死ねば、あの若い後家は書記の奥様さ。」

「気をつけろよ。まだ狐仙女を追いかけていると、お前をやっつけに来る奴がいるぞ。」

若者たちは案の定呆気にとられた。大隊支部書記を怒らせたらえらいことになる。

村では様々なことが取りざたされていた。大かたは馬鹿にした口調で語られ、中にはひたすら黒嫂の腹が膨らんで来たかどうか注意している女もいた。

この手のくだらない噂や冷たい視線を、黒嫂はすべて承知していた。それは彼女をぞっとさせたが、彼女は何の弁解もしなかった。

何の弁解をしようというのだ。黒嫂は老石に嫁ごうと思ったことは一度だってなかったが、彼女が必要としたのは、まさにこういう一種の社会的な効果だったのだから。

あのよだれを垂らさんばかりの独り者たちの間で、大胆にも黒嫂と騒ぎを起こそうとする者はもう誰もいなくなった。その上、上から支給される配給食糧の補助も黒嫂の家が一番多く、黒嫂の家の生活は大体保障されるようになった。

当然のことながら、こうした保護を受けるには、その代償を払わなければならない。しかし一匹のカマキリのほうが一群のハチよりも相手にしやすいのだ。この事を、黒嫂はとっくに計算していた。

あるうっとうしい雨の日、老石の子どもたちは昼ご飯を食べるとみなまた学校へ行った。黒嫂は鍋や碗を洗いおわると、かまどの前に座り一息ついた。そして胸をはだけ燕燕に乳を飲ませていた。老石の家に来る時、黒嫂はいつも燕燕を身近に置いていた。それもある必要からだったのだ。

この時、黒嫂は燕燕を軽く叩いて乳をやりながら、外のそぼ降る雨をぼんやり眺めていた。顔には憂いの色が浮かんでいた。誰もいない時、黒嫂はよくこんな表情をした。突然、老石が門口からとびこんできた。老石は、ある行動に出ようと心に決めているように、いささか緊張した面持ちだった。

黒嫂は無意識に胸をかきあわせた。老石は不自然に彼女を見ながら、腰から二十元の金を取り出し、黒嫂に向ってニヤリと笑ってこう言った。

「補助手当がまた出たよ。これがあんたの家の分だ。」

こう言うと一歩一歩彼女に近づき、金を受け取ろうとして伸ばした黒嫂の手をつかんだ。黒嫂はどうしていいかわからず顔をまっ赤にしたが、口では「心配をかけてしまって……。」と答えた。こう言いながら、燕燕の尻を一つねりした。燕燕はその痛さでワーっと泣き出した。

奥の病人はそのつんざくような泣き声に驚き、大声で聞いた。

「燕燕は何を泣いているんだい。」

老石もびっくりして黒媤をつかんだ手を離したが、辛そうな顔には一抹の悲哀さえ浮かんでいた。黒媤は老石が手を離したすきに立ち上がり、燕燕を抱いて外へ出た。玄関を出ると、もう一度老石の方を振り返り、やさしく微笑んだ。そしてもう一度母屋の中に向って、明るい声で病人に言った。

「燕燕が眠たがってごねるから、家に置いてきますね。」

こう言うと、急ぎ足で老石の家を出た。老石は黒媤のすらりとした美しい姿をぼんやり見ていた。何かを失ったようでもあり、また遥か遠くにはまだ一縷の希望があるような気もした。

黒媤が家に帰ると、婆さんは嬉しそうに金を受け取った。そしてその金をぼろきれで何回も巻き、震える手でむしろの下にしまうと感極まった口ぶりでこうつぶやくのだった。

「書記は菩薩様だねえ。わたしらはいつまでも書記の親切を忘れちゃいけないよ。」黒媤はベッドのへりに座っていたが、蜘蛛でも飲み込んでしまったように、自分の気持をどうにも言い表すことができなかった。彼女は燕燕の小さな顔を自分の顔に押しつけて、あふれる涙で頬を濡らした。

六

時は一年また一年と進むもの。しかし百姓たちには一日も、そして一月も、時の経つのがたいそう遅く感じられた。

村の独り者の部隊も、その規模をさらに拡大していた。彼らは書記の老石の女房が結局死ぬこともなく、次第によくなって来たようだと感じた。するとまた期せずして、黒嫂に様々な思い入れをするようになった。

しかし老石の威光もあり、表立っては誰も好き勝手な真似は出来ない。毎晩、人も寝静まる夜更け、よく観察してると、黒嫂の家の塀の周りで、決まって誰かがうろついていたり、塀に登って中をうかがっているのに気づくだろう。時にはそれは一人ではない。そんなことをしても何の得にもならないが、それは彼らの習慣になってしまったようだ。ちょうど町の人間が夜散歩に出たり映画を見たりするのと同じだ。それは一種の精神的な娯楽だった。村には読む本もなければ、映画もない。こんな暇つぶしのほかにはまったくやることがない。

独り者たちの誰もが皆こんな風に能なしかというと、必ずしも全員というわけではなかった。物事には万事例外がある。黒嫂の右隣の家の老弯はそんな悪さをしたことがなかった。

この見た目はアホにしか見えない独り者には、物事の善し悪しを判断する彼独自の物差しがあった。彼が一番見下しているのは気概のない奴らだ。あの黒嫂たちの結婚の際、黒嫂は老石に恥をかかせて、大いに老弯の称賛を受けた。しかしこの何年か、黒嫂がその老石の家でペコペコし、援助を恵んでもらっているのを見て、老弯は黒嫂を心の底から軽蔑していた。そしてその気持は憎しみにまで達していた。黒嫂に出会うと、老弯は大金持ちのように頭をぐっと上げ、お前なんぞちらりと見るにも値しない、という顔をした。

「ろくでなし！」「あばずれ！」

彼はこんな言葉をいつも口にし、黒嫂を思う存分罵った。

老弯の考えでは、百姓というのは麦や米などをつくるものだ。その百姓が補助食糧をもらって喰うとは、何たる面汚し！まったく百姓の面に泥をぬるようなものだ。こんな考えから、彼は一切の補助をことわっていた。老弯に何かを支給するのは、彼の家から何かを持ち出すよりずっと手間がかかった。

老弯の家には重さ三斤ちょっとのぼろ布団があるきりだった。そのぼろ布団も春夏秋には使わない。冬はこれでは薄過ぎる。十二月、氷や雪で地面が覆われる頃、老弯はどうやって眠るのだろうか。やり方はあるもので、寝る間際、老弯はまず着ている物を全部脱ぎ捨てる。そしてオンドルの縁にうずくまり、ハーハーハーハーと力を入れて刻みタバコを吸う。体中寒さで紫色になり震えるほどになると、キセルを投げ捨て布団にもぐり込む。その時、この薄い掛け布団をかけると、それが火でできた毛布のように感じられるのだ。老弯はこれを自分で「蒸し布団」と呼んでいた。燃やす薪や藁も節約できる上、暖かく経済的だ。

では食べることはどうしているのだろうか。彼は一日三斤の穀物がないと腹一杯になれなかったから、生産隊から支給されるわずかな量ではとうてい腹ぺこだった。しかし慌てることはない。

昔、黄河は村の南を流れていた。今では流れが変わり、以前川床だった所は荒れ地になっていた。老弯はその荒れ地を三畝[7]ほど自分で耕しはじめたのだ。実は前にもこの荒れ地を耕す者はいた。しかし、こんなに思い切って大きく耕そうとする者は誰もいなかった。荒れているのは構わないが、作物を植えることが罪になったからだ。しかし百姓たちもなかなか狡くなり、作物を植える分だけ土地を耕すようになった。つまり、ここをちょこっと耕しカボチャを植え、あっちをちょこっと鋤いてトウモロコシを何粒か蒔く、という具合である。だが老弯のように三畝まとめて耕し、旗をかかげ大砲でも鳴らす勢いで作物を植えるような真似をする者は誰もいなかった。誰かがそれを止めようとすると、老弯は頭を叩いてこう言った。

---

7 「畝」は中国の土地の面積を表す単位。1畝は約6.667アールに当たる。

「何だって。俺の首を持っていくことができるっていうのか。えっ！」

信じようと信じまいと勝手だが、例の如く災いはやって来た。生産大隊書記の老石が老弯の三畝の土地をこう名付けた。「封建割拠」！　明らかにこの罪名は「資本主義的傾向」よりなお始末が悪く、是非とも見せしめにする必要があったのだ。

ある日、老弯は公社に呼び出され、何人かの「不法地主」「博打狂い」「占い婆」「祈祷師」といった訳のわからない連中と一緒に大型トラックに乗せられ、県中を引き回された。この日車の上で晒し者にされた者たちは皆沈んだ暗い顔をしていたが、一人老弯だけは意気揚々としており、車の上に高々と立っているその姿は、まるで凱旋将軍のようだった。老弯自身は、この事を少しも恥ずかしいとは思っていなかった。何畝かの荒れ地を耕し、喰うものを作ってそれを喰う、それは何の罪でもない。公社へ行く前に、老弯は頭をつるつるに剃り、「光明正大」を自ら示した。見てごらん。どこへ引き回されても、みんな老弯を指差して笑った。とりわけ、老弯の鉄筋か鉄骨のような逞しい体と電球のようなつるつるの頭、そして時に厳かに、また時に馬鹿のように笑っている間の抜けた様子を見た者は、可笑しくて、もうどうにも笑いが止まらなくなる。これではどこが晒し者の醜態なのだ。まったく前世の功徳のお陰である。老弯はこの年になるまで、東西南北三十里より外へ出たことがなく、車に乗ったことなど更に言うまでもなかった。今日はなんとただで諸国漫遊の旅が出来たのである。視野を広げられたと言ってもいい。暗くなる頃引回しの一行は公社に帰って来た。ほかの「妖怪」たちは、「行ってよし」の命令を聞くと慌てて逃げ帰っていったが、つるっぱげの老穹だけは公の仕事でもしたかのように、声高に尋ねた。

「あしたもやるのか？」

引回しの責任者は老穹がものをわきまえないのを叱った。

「何をわめいているんだ！まだ晒されたいのか。とっととうせろ！」

老穹は頭をなで、大声で馬鹿笑いをした。本当の事を言えば、彼は確かにまだ楽しみ足りなかったのだ。

老穹は浮き浮きした気分のまま家路を急いだ。そして家に入って初めて、今日一日ずっと腹ぺこだった事を思い出した。これから自分で飯を炊かなければならないと思うと、急に面倒になった。

ところが、台所に入り釜の蓋を開けると、もうもうと湯気が立ち、上には刻みネギのはいった饅頭が蒸してあり、下には塩味のついた白菜汁があった。鍋の置かれた台の傍らには唐辛子のたれのはいった小皿まで置いてある。これは俺の好みにぴったりじゃないか。

おやっ、変だぞ！誰がこれを作ったんだ。両親に早く死なれてから何年もの間、老穹は人の作ってくれた飯を食べたことがなかった。今日のこれは……しかしグルグル鳴るほど腹が減っていたので、細かく考えてもいられず、老弯は十二個の饅頭を一気に腹に入れ、たて続けに三発ほど屁をこき、ようやく食べる手を休めたのだった。

老弯は腹もいっぱいになり母屋にもどった。しかし明かりをつけると、今度はベッドの上に、何枚かの洗って繕われた服が置いてある。老弯はそれを見ると、女のやさしい気持が自分に向って押し寄せてくるのを感じ、なぜか母親のことを思い出した。そしてわっと涙があふれ出た。しかしぐるりと辺りを見回しても、誰もいない。母親は何年も前にとっくに死んでいる。まさか、本当に幽霊というものがいるのだろうか。それが母の霊で、息子がひどい目に遭ったのをかわいそうに思い、こっそり助けてくれたのだろうか。

「おっかあ!」

老弯は悲痛な声でこう叫ぶと、ベッドに身を投げ出し、大声で泣き出した。

この夜、老弯は落ち着いて眠ることが出来なかった。

七

翌日、老弯は夜が開けるやいなや起き上がった。彼は腹一杯の怒りをぐっと圧し殺したような表情で、またあの三畝の畑へ行き、一段と力を入れて耕した。

その後も、老彎は決して改めようとはしなかった。老石がそれを見て公社に報告し、老彎はまた何度か引き回されることになった。最後には老彎もすっかり頭に来て、老石に自分を縛らせると、一人で公安局へ行き、拘留してくれるよう要求した。老彎は腹を立てていた。死ぬか生きるかの苦労をして作物を植え、そのあげく、こんな目に遭うのなら、いっそ牢屋の臭い飯を喰ったほうがまだ楽だ。

公安局に着いてみると、応対に出た者は老彎がどんな事件を起こしたのか知らなかった。尋ねられた老彎は今までのあらましを話し、またこんなことも言った。

「やろうがやるまいが、同じだろうが！」

「蟻は休むことなく働いているのに、腹が減ってやせ細る。ウジ虫は一つも動かないのに太っているじゃないか！」

訳のわからない話で、つかみどころがない。

応対に出た者は、この骨ばかりの大男を見て、おおかた腹が減って頭がおかしくなってしまったのだろうと思い、いささか同情した結果、一枚の紙を取り出し、何文字か書き付けた。「大隊で善処することを望む」

そして老彎には

「帰れ。ここではお前を収容できないから。」

と言った。

老弯はそれを聞くと急に力が湧き、腕をビンと伸ばすと三本よりの麻縄もピシッと切れた。そしてその書き付けを持ってさっさと歩き出した。戻って来ると、老石に向って意気揚々とこう言った。

「どうだ。公安局も俺のことは要らないとよ。お前は俺を引っぱり出して何が面白いんだ。まったく畑仕事も出来やしない。そうだろ！」

老弯はまるで皇帝の宝剣でも手に入れたような勢いだった。

公社も、大隊も、彼をどう取り扱っていいかわからず、公社員の会議でも「老弯はうすら馬鹿だ。みんなあんな奴の真似をしては駄目だ。」などと言うしかなかったのである。これ以上何の良策も無い。

実際あの当時、愚かで身よりもない独り者の老弯でなかったら、所帯持ちの誰がこんな思い切った真似が出来ただろうか。

老弯は誰にも相手にされないことをかえって喜んだ。そして「うすら馬鹿」という呼び名も、優雅でこそないが、そんなことで人に反論しようとは思わなかった。それ以来、彼はその三畝の土地にもっぱら精を出した。

今、彼にはただ一つ気にかかることがあった。それは、引回しから帰ってくるたびに温かい汁と飯が用意され、家の中がきちんと片付けられていることだった。どこもかしこも気持がいい。その様子から見て、女がやったということだけははっきりしている。この女とは誰なんだ。いくら考えてもわからず、老弯はただただ心の中で感謝感激するしかなかった。

秋のとりいれが終わってみると、三畝の土地からは一八〇〇斤の上等の穀物がとれ、老弯はそれをふるいにかけた。一日一人で三斤食べるとして、それに種にする分などを加え一三〇〇斤を家に持ち帰り、残りの五〇〇斤は公社に差し出すと宣言した。差し出した分を食糧倉庫に積み上げると、あとの事はどうでもよかった。その後も老弯の三畝の土地からの取れ高は年々増えていった。増えるにつれて、老弯も手元により多く置けるようになり、公社にも多く差し出せるようになった。そして彼の暮しも、裕福とはいえないまでも、腹がすくことはなくなった。

老弯は自分の二本の腕と汗水で、人々にこう知らしめたのである。腕を振るって頑張りさえすれば、百姓だって上からの援助や施しなしで暮らしていけるのだ。かりに手足を縛られたって、人に物乞いをしては駄目だ。いくら貧しくても、餓えて肉がすっかりなくなってしまったとしても、まだ骨があるじゃないか！どうだ。彼はこの理屈を頑固に重んじていた。

が、それが、まさに老弯が黒嫂を見下す理由でもあった。

彼は黒嫂を見下していた。黒嫂を必死に追いかけ壁にまでよじ登る奴らも見下していた。そしてその連中をからかってやるのを痛快に思っていた。

毎晩十時頃を過ぎると、老弯は小便をしに行った。経験上、彼はこの時間隣の黒嫂の塀の周りには必ず誰かがいる、ということを知っていた。そこで、用を足し終わると、ズボンを引っぱり上げながらレンガのかけらを一つ拾い上げ、塀越しに投げつける。ガツン、という音がしてレンガが地面に落ちるや否や、慌てふためいて逃げ去って行く足音が聞こえる。言うまでもないことだが、ほうほうの体で逃げていくのは「鉄砲隊」の戦友たちだった。自分が出した奇妙な音を聞きながら、老弯は一人闇の中でおかしそうに笑い、大満足で家に帰り眠りにつく。それが彼の一日で唯一の精神的娯楽であり、おそらく唯一の公明正大とは言い難い事だった。

ある日突然、老弯は倒れた。そして、病状もなかなか重かった。よく言うように、普段丈夫な者が病気になると軽くはすまないものだ。

独り者の暮しは食べるも眠るのも不規則だ。寒いも暑いも構わないものだから、体はひどく弱っている。老弯は二日続けて意識も朦朧としていた。三日目にはなんとかよくなり始め、夕方になると頭もちょっとは冴えてきた。その時老弯は、喉がからからに乾いているのを感じ、口をむにゃむにゃさせた。すると、冷たく気持のいい水が一筋、口の中に流れ込んで来た。一口飲み込むと、また誰かが一口注いでくれる。老弯はその気持のよさに目を細めた。

ああ、なんという気持のよさ!老弯は十分水を飲むと、だるそうに横になった。が、ふと思った。一体誰が俺に水を飲ませてくれたんだ。

老弯は一生懸命目を見開いたが、ベッドの前にも部屋の中にも誰もいない。しかし、台所から碗やしゃもじのぶつかる音が聞こえてくる。彼はひどく不思議に思い、起き上がって、部屋の入り口の方を見た。すると、なんと一人の女の影がせわしげに立ち働いているではないか。この時、老弯は以前引回しに連れ出された時、必ず誰かが自分のために飯を作ってくれたことを思い出した。それはみんなこの女がやったのだ。すると我知らず、心の中に熱いものがわき上がってきた。

大病からの病み上がりだったので、老弯の目はまだ少しぼんやりしていた。目がぼんやりしていればいるほど、目の前の女の姿ははっきりせず、あたかも仙女のように見えた。夢か幻の中にいるような気持で、老弯は狂わんばかりの熱い衝動を抑えきれなくなり、そっとベッドを下りると、裸足のままゆっくりとその女の方へ近づいて行った。そしてそばまで来ると、突然腕を広げ、ぐっとその女を抱きしめた。

「なんてやさしいやつなんだ。つかまえたぞ。」

この瞬間、老弯は体中がなんとも気持よくなるのを感じた。

ああ！これが女というものなんだ。

その女は驚きのあまり、手に持っていた汁碗をもう少しで取り落としそうになった。そして慌てて碗を下に置き、こちらに顔を向けた。

「あっ⁉　黒嫂……あばずれ…の……」

老弯は蛇にでも触ったように慌てて手を引っ込め、大口をあいてぼんやり立ちつくした。

黒嫂は振り向くと、二つの目で老弯を見据え、嘲笑うように言った。

「ろくでなし！あばずれ！なんでもっと私を罵らないのさ。」

「……」

老弯はしばし、言葉も出なかった。しばらくして、やっと、緊張した面持ちでこう言った。

「あんた、何しに来たんだ。」

「私？」

黒嫂は冷ややかに笑った。

「私は生まれながらのろくでなしでしょうよ。でも、つらく当たられれば当たられるほど、そいつのことをかまいたくなるのさ！」

「誰が、誰があんたにつらく当たった？」

「あんたじゃないか。」

「俺が？」

「そうだよ。ほかでもない、あんただよ！」

黒嫂の傷ついた心の堰がさっと開けられ、これまでの積もり積もっていた苦しみがすべて溢れ出した。そして最後はすすり泣きになった。

「この何年か、つまらない連中にいじめられても我慢して来たのは誰のためだっていうんだい。目の見えない婆ちゃんのためだし、燕燕のためじゃないか。みんな私をいじめるし、あんたまで私を馬鹿にする。あんたは私たち三人がどうやって暮らしているか知っているのかい。あんたは……本家だっていうのに！」

黒嫂は話せば話すほどつらくなり、顔を覆って泣きつぶれ、とうとう話を続けられなくなってしまった。

こうして黒嫂が泣いて胸の内を訴えると、老弯は夢から覚めたような思いがした。この何年かの黒嫂の苦しみを、朴訥な老弯はどうして気づくことが出来ただろうか。彼は目ばかり大きく見開いて、話す言葉もなかった。黒嫂に泣かれて、なすすべも無かった。が、しかし、心の内は恥ずかしさでいっぱいになり、男らしい気概が生まれ胸を塞いだ。

「そうだ。この女は大変な思いをしているんだ。俺はこいつが人からひどい目に遭わされないように守ってやらなけりゃならないんだ。畜生！」

老弯はこうつぶやいたが、それは人を罵っているのか、自分を罵っているのかわからなかった。そして目を凝らしてみると、黒嫂はすでにもう目の前から去っていた。

八

黒嫂が老弯に惚れたのは、だいたい、彼が補助穀物を食べないことから始まっていた。黒嫂の性分からだろうが、男女のことに夢中になっているような村の独り者たちは、誰一人彼女の心を捉まえることがなかった。が、この自分を仇のように見ている大男こそが、黒嫂を心底感服させていたのだった。これこそ男の気概だ。老弯が自分を「ろくでなし」と罵れば罵るほど、黒嫂は老弯に惚れた。老弯は率直で分を知っており、気骨がある。彼こそ真の百姓ではないか。黒嫂は、自分が長年探し求めて来た夫は、つまり老弯のような男だ、いや、老弯なのだ、ということをますますはっきり意識するようになった。それに初めて気づいた時、黒嫂は顔を赤らめた。

後家の愛情というものは何も顧みないものだ。老弯が引回しに連れて行かれるたびに、彼女は家でひとしきり大泣きをし、昼は彼の家で洗い物や片付けものをし、暗くなる頃ご飯を作って自分の家に帰った。都合のいいことに、黒嫂は老弯の本家筋の兄嫁だったから、他人が勘ぐりはしても非難されることはなかった。

黒嫂は母のような暖かさで老弯の傷ついた心をそっと優しく慰めていたのだ。彼女にも、自分が当分結婚出来ないことははっきりわかっていた。それは老弯が自分を仇敵のように見ていたばかりではない。一番の大きな理由は、もし自分と所帯を持てば、老穹は「独り者で、うすのろ」という特殊な身分を失うことになる。そうするとあの三畝の土地を耕し続けることは出来なくなるだろう。自分もまた老石からの「恩恵」を受けられなくなる。その頃、生産隊の仕事だけをしていたのでは、老穹はどうやったって腹一杯喰うことは出来なかった。まして黒嫂たち親子三代を養うことは不可能だ。ああ！この煮えたぎるような思いを、一体いつまで隠しておかなければならないのだ。

思いがけず、今回の老穹の病気で老穹に見つかり、自分の気持をわかってもらうことが出来た。二つの心は一つになったのだ。

秋が来た。黒嫂は急いで一足の大きな靴を縫い、夜陰にまぎれて老穹の家に届けに行った。そしてまるで命令するようにそれを老穹に押しつけた。

「履いてみて！」

老穹はおとなしくそれを受け取り履いた。ぴったりだ。立ち上がって一回り歩いてみると、黒嫂の方を向いてにこりと笑った。

「へっへっ、嫂さん。あんたの腕はすごいや。」

「なんて馬鹿な顔して！」

黒嫂はちょっとすねたようにこう言うと、口を押さえてくっくっと笑い、くるりとむこうを向き駆けて行ってしまった。

冬が来た。黒嫂は嫁入りの時に持って来た掛け布団をほどいて綿を取り出し、老弯の薄い布団裏に入れてやった。老弯はそれを掛けると、心の中まで暖かくなったような気がして、口をゆがめて涙を流した。その夜、彼はいつの間にかうとうとと寝入り、黒嫂と夫婦になった夢を見た。

遅い春がついにやって来た。紆余曲折もあったが、村でも責任請負制が行われるようになった。

黒嫂の家の請負地は老弯の土地の隣だった。ある日、黒嫂は嬉しそうにこう言った。

「老弯、これからもよろしくお願いしなけりゃならないね。」

「ようし。」

老弯は快く応じてくれた。土地を耕し鋤を入れ、種をふるって蒔く。老弯は自分の土地と同じように精を出して、黒嫂はそれを手伝うだけでよかった。

それからというもの、黒嫂の家の周りも前よりずっと静かになった。大かた、暇人がいなくなったのだろう。それに、夜になると、つるつる頭の老弯が見張っている。誰かがその路地に入って来るのを見つけると、彼はたちまち恐ろしげな声で「誰だ?」と怒鳴った。

鬼を捕まえる鐘馗そっくりのその姿を見たら、誰が入っていけようか。

老弯の黒嫂に対する気持は一途に深まっていき、ついにどうにもならなくなっていた。

九

ある日の午後、百姓たちは皆昼寝をしていた。盛夏の「三伏[8]」と呼ばれる三十日間は、午後のこの時間が一日中で一番暑い。しかし黒嫂は休んでもいられない。十二になった燕燕に食べた物を片付け学校へ行くよう言いつけると、自分は熊手鍬を背負い、畑へ草刈りに出かけた。彼女はまっすぐトウモロコシ畑へ行った。そして、まもなく鍬いっぱいの草を刈ると、暑くて体中汗びっしょりになり、手や顔は泥だらけになっていた。

黒嫂は川辺に熊手鋤を置いた。川の水は底が見えるほど澄んでいる。両岸の木々が水に影を落とし、枝や梢まではっきり見える。黒嫂は川辺で手や顔を洗ったが、着ている物も汗で体に貼り付き、体中がべたべたしていた。川の澄みきった水を見ていると、いっそのこと川に入って水浴びをしようと、ふと思った。

8　三伏　夏の土用の三十日間

この川は村をぐるっとまわるように流れており、何カ所か蛇行している場所があった。どこもみな砂の川底で、四季を通じて一年中水がある。夏の夕暮れになると、黒嫂はいつも何人かの娘や嫁たちを誘ってここに来て、水浴びをしたり水遊びをしたりするのが好きだった。追いかけあったり水を掛けあったり、バシャバシャとはしゃぎあう様はアヒルの群のようだ。それは女たちにとって最も楽しい時だった。黒嫂はたいてい早めに岸に上がり、川の曲がった向こう側で水浴びをしている男たちがこちらへ入って来ないように見張っていた。

この日黒嫂はいつもと違って仲間を誘わず、夕暮れ時になるのも待たなかった。黒嫂は伸び上がって辺りを見回したが、人影一つ見えない。ただ、川の堤の林の中から、耳を震わすばかりの蝉の鳴き声が聞こえてくるだけだった。黒嫂はまた辺りを見ながら、すばやく上着とズボンを脱ぎ、それを岸辺の木の下に置いた。そして下着だけになってパシャッと川に飛び込んだ。なんと気持のいいこと！黒嫂は川の水をすくって体を洗いながら、心ゆくまで自分の姿をながめた。三十三になってはいたが、彼女の体には今なお健康的な美しさがあった。皮膚にはまだつやがあり、十分はりもある。彼女は急に自分の体にほれぼれし、手を止めて水を静止させた。前屈みになって水に顔を映してみると、なんと嫁入り前のように清らかで美しい。黒嫂は茶目っ気を出し、またちょっと恥ずかしくもなり、一本の指で水面を軽くはじいた。ああ恥ずかしい！水に映った顔は崩れて無くなった。彼女は楽しげに体を揺すり、また水に飛び込んだ。

しばらくして、黒嫂はやっと気づいた。こうしていつまでも水浴びをしてはいられない。万一人が来たらどうするのだ。彼女は水の滴る体に何も着ないまま、急いで岸にはいあがった。しかし、顔を上げてみると、なんと服がない！黒嫂は慌てて、身をひるがえしてもう一度川に飛び込んだ。だが、心臓は飛び出しそうに高鳴っている。ああ、どうしよう。きっとろくでもない奴に遭ってしまったんだ！

水の中に身を隠し頭だけ出すと、目でゆっくり岸辺の林の中を探って見た。が、一っ子一人見当たらない。ただ相変わらず蝉の声が聞こえて来るばかりだ。黒嫂は怖くて泣き出しそうになった。どうやって家に帰ろう。

ふと、低い木立の後ろに頭が半分見えた。あいつだ。頭の上の二つの目が、貪欲そうに自分を見ている。つるつる頭の老弯だ！黒嫂には一目でそれが老弯だとわかった。そして心の中では腹も立ったがおかしくもあった。黒嫂は急いでこう叫んだ。

「老弯の馬鹿！なに訳のわからないことをやってるのさ。この恥知らず！」

実はこういうことだったのだ。老弯は請負田のほかに、この川の堤の木の管理も請け負っていた。彼は籠やござを編むことが出来た。木の形を整え切り落としたその枝で、いろいろな物を編んで売れば、金になる。最近彼は物を揃えていた。秋の取り入れ後、黒嫂と結婚する、そのための準備だったのだ。二人はすでに密かに結婚の約束をしていた。この日の午後、老弯はちょうど堤を歩き回り、思いがけず黒嫂が川で水浴びをしているのを見つけた。それで、急に心が動いたのだ。三十過ぎのこの独り者はこんな光景を見たこともなかった。

老弯に突然悪い考えが浮かんだ。彼はそうっと黒嫂の服の置いてある木の下まで来ると、彼女の気づかぬうちにその服を抱えて逃げたのだ。老弯は木の茂みの後ろに隠れ、こっそりと黒嫂が水浴びするのを見ていた。すべてが新鮮で物珍しかった。まったく黒嫂は天上の仙女だ。その仙女が女神の池に降りて来たように思えた。本当に美しい。老弯の体中の血管がふくれあがった。そしてある強烈な欲求が湧きあがり、もうこの天と地の間に黒嫂以外何も存在しなくなったような気にさせた。

ちょうどその時、黒嫂が老弯を見つけた。老弯は黒嫂の叫び声を聞くと、茂みから首だけ伸ばし、ぎこちなくこう言った。

「上がって来いよ。上がって来ないと服を返してやらないぞ。」

黒嫂は一瞬驚きそして慌てた。私を水から上がらせ、それからどうする気なんだろう！悪い奴！黒嫂は急いでまた水に入ると、大声で怒鳴った。

「老弯！服を返してくれるの？返してくれないなら大声をあげるよ。」

「ダメだ！上がって来たら返してやる。」

黒嫂はどうしようかと悩んだ。彼女は老弯が一徹なことを知っていた。川から上がらなければば老穹は服を返してくれないだろう。でも川から上がったら、真っ昼間だというのに、それは死ぬほど恥ずかしい！黒嫂は水の中で体を縮こまらせ、気が狂うほど胸をどきどきさせた。そしてどうしたらいいか決めかねていた。だが、急にわかった。これ以上このままでいるわけにはいかない。仕事に行く連中がやって来たら、なおまずい。どっちみち、遅かれ早かれ老穹とは一緒になるのだから、上がれと言うなら、上がってやろうじゃないか。そんな大したことじゃない！だが、心の中では「老穹の馬鹿！どろぼう猫！」と罵っていた。

黒嫂は意を決した。顔を赤らめ周りを見回すと、エイッ！と岸に上がり、両手で胸を覆い隠し、まっすぐ老穹の方へ走って行った。黒嫂が自分のそばまで走って来たのを見て、かえって慌てたのは老穹だ。顔を豚のレバーのようにまっ赤にし、驚き慌てて叫び声をあげた。そして黒嫂の服を下に落とすと、一歩踏み出すや否や、一目散に駈けて行ってしまった。度肝を抜かれたのだ。

黒嫂は老穹のそのあり様を見ると、怒りもおかしさに変わり、老穹の慌てふためいた姿に向って腹の底から大声で笑った。そして急いで服を着ながら、老穹の後ろからこう叫んだ。

「老穹、私の分も草を運んでいっておくれよ！」

しかし、一瞬にして、老穹の姿は消えていた。

「間抜け！」

黒嫂はまた老弯を罵った。そして仕方なく草を背負い、不満そうに村へ帰っていった。

その年の秋の取り入れの後、黒嫂はついに老弯と夫婦になった。黒嫂たちと同時に結婚した者には、ほかに鈴当たち七人の独り者がいた。党支部書記の老石は合同結婚式の席上で心からの祝いを述べたが、彼はどこかきまりの悪そうな表情を浮かべていた。

翌日、村の人々は、老石が村の運搬屋の孫三爺（ソンサン）さんに大きな黒いロバを引いてもらい、病気の女房を病院へ連れて行くのを見た。

聞くところによれば、彼らが出かける前、黒嫂は病人の掛け布団をなおしてやりながら、老石にこう言ったそうだ。「安心して姉さんの看病をしてやってくださいよ。家のことは私がやっておくから。」

老弯も一本気な表情で、老石の肩を叩いてこう言った。

「あせるんじゃないぞ。何か要る物があったら、知らせてくれればいい。俺がなんとかするから。」

まさに真心も情けも兼ね備えた有徳者の風格だ。話によれば、老石夫婦は感極まって泣き出したということだ。実にその有り様が目に浮かぶようじゃないか。

世の中には、実際なんとも訳のわからないことがあるものである。

名士・張山

一

張山（チャンシャン）の名声がどれほどのものか、知っている者はいない。なにしろ石柱寮は三百里の深い山々によって外界から隔絶され、ここの人々はほとんど山の外へ出たことがない。それゆえ、張山の怪しげな噂もただそれを聞くばかりであった。

しかし張山本人の話によれば、山の向こうでの彼の名声は自分でも驚くほどだというのだ。山を越えてすぐの所には砂利を敷いた国道がある。その国道の続く限り沿道には切れ目無く彼のご来臨を歓迎する横断幕が掛けられているという。町へ行けば警官が尻を振りながら駆け寄って来て彼に敬礼し、さらに張山がロバを引くのを手伝ってくれる。料理屋で飯を喰おうとすれば、娘たちが列を作ってお出迎え、席に着けば大旦那を接待するように誰かが付きっきりで食べ物、飲み物の世話をしてくれる。食べ終わって口を拭いたらすぐ席を立つ。お椀も箸も、自分で洗う必要はない。宿屋に行けば女将が彼を部屋までお通しし、女将自ら足を洗う水を用意してくれる。それから熱いお茶を入れ寝床をととのえ、やっと引き下がる。女将は部屋を出る時も、笑いながら「もし何かあれば、私をお呼びになりさえすればいいんですよ」などと言う。テレビをつければ、テレビの中から美女が張山に向って微笑みかけ、「私どもの番組をご覧いただきまして、誠にありがとうございます」と言い、見終わる時にはまた「ご覧いただきまして、ありがとうございました」と礼を述べる。夜寝る時、たった一人で寂しいと思ってドアを開ければ、香しい女が入って来て美しい声で「あなたと添い寝をいたしましょうか」と囁いてくる。つまり、どこへ行っても歓迎され、何をするのにも必ずお仕えしてくれる人間がいる、というのだ。

石山寮の山里の人々は痩せて顔は真っ黒だ。そんな顔の目も口もただぼんやりと開け、「世の中にはそんな事もあるものなんだ」と感心して張山の話を聞き入った。彼らは山の向こうの世界でどんな事が起こっているのか知らず、張山のように外へとび出て行った者が、そんなに厚くもてなされるということも、よくわからなかったのだ。

張山の石柱寮での評判は、もともとそう芳しいものではなかった。十歳ちょっと過ぎた頃から素行が悪く、村長の老且（ラオチエ）の布団の中に蛇を入れたとか、菩薩像に小便をひっかけたとか、人の家の牛の尻に柳の枝を突っ込んだとか、隣の家の女の行水を盗み見した、等々、様々な悪さをはたらいていた。しかしこれはみな昔の話だ。その後山を出て、何をやっていたかは知らないが、よその土地で数年暮らし、戻って来た時にはひとかどの人物になっていた。そして彼は大いに意気込み、この石柱寮も自分と同様、世間に知らしめるようにしたいと考えていた。張山は山の人々に何度も言った。今は何をやっても、人に知られるようにならなければ駄目なんだ。人も有名にならなければならないし、土地だって有名にならなければ駄目だ。有名になれば金が儲かる。張山の石柱寮での影響力はすでに村長の老且をはるかに凌いでいた。その存在は、しだいに人々の暮らしに塩で味を付けるような、ちょっとした刺激になっていった。

張山が今回、山を出てから、十日あまり経ったろうか。

張山は今度は七頭のロバを連れて来た。

張山の畜生はやはり苦労にも耐えられるようだ。

今回俺は張山にキノコを二十六斤渡した。

俺は張山に薬草三十斤持って来てやった。

張山はきのうの晩もどって来たぞ。

張山のロバはまた女を運んで来たぞ。

張山の下衆野郎が！

二

山ではこんな事を言う者がいた。張山が名を成したのは、やつの名前がいいからなんだ。張山、なんていい響きだ。村長の老且という名だって張山には及ぶまい。

老且だって？どういう意味だ。妙な名じゃないか。張山はそれを聞いて言った。「わからないことはあれこれ言うんじゃない。張山なんていう名は実にありきたりさ。中国全土で、張山というやつは十二万とんで三人いるんだ。その中で本当に有名なのは二人だけさ。一人はこの俺で、もう一人は、世界射撃選手権のチャンピオンの女の子で、それはたいした腕前だ。」石柱寮の人々はびっくりした。そして「なんでそんなに詳しく知っているんだ。」と言った。

「十二万とんで三人というのは、先月の数字さ。今月はまたちょっと増えた。きのうの夜だけでも二十一人の小さな張山が生まれたのさ。」

　村長の老且は口をへの字に曲げて言った。「なに言ってるんだ。」

「老且の親父よ、疑っちゃいけないよ。今、山の向こうは情報時代になったのさ。ニュースはすごい速さで広がるんだ。俺はこうしてイヤホンを耳につけているだろ。すぐにいろんな事がわかるのさ。」張山はふだんいつもイヤホンを耳につけている。まったく神秘的だ。山の人々はそれが何なのか知らなかった。村長の老且は「情報時代とは何だ。」と張山に聞いた。

　張山は例えを出して言った。「例えば、夜、たくさんの懐中電灯を空に向っててんでに照らす。遠くから見ると、それは一束一束の電気の光になって、明るく、さっと届くだろ。」老且はすぐさま鼻でせせら笑った。「山のむこうの人間はどうかしている。夜になって懐中電灯でやたら照らしたら眠ろうとしたって寝つけまいよ。」

「わかってないな、老且の親父。あんたもいつか俺と一緒に山の向こうに行ってみな。驚いて飛び上がるかもしれないぜ。」

「俺はそんな度胸無しじゃないぞ。懐中電灯を知らないやつがどこにいる。」

三

一晩たって老且はまた何かを思いついたのか、張山の所へやって来た。

「話がある。お前、その張山とかいう名の娘を石柱寮に連れてくるようなことはするんじゃないぞ。」

「なぜだ?」張山は聞いた。

「きのう、お前はその娘がえらく腕がいいと言ったな。」

「ああ、百発百中さ。さもなければ、世界一にはなれないだろうが。」

「その子が世界一であろうがなかろうが、俺の知ったこっちゃない。ただ、お前がその子を石柱寮へ連れて来てイノシシでも撃たせるようなことがあったら、お前を殺してやる。」

「イノシシを撃ちに来るわけがないだろ。イノシシを撃ってどうするんだ。競技用の的を撃つのさ。」

「蝶々だって撃ってはならん。この山の蝶々も、イノシシやキツネと同じようにみんな石柱寮の宝だ。誰もそれを犯すことは出来ないんだぞ。」村長の老旦はそう言った。

張山はしょっちゅうカッとなる。カッとなると村長にもひどい悪態をついた。

四

張山は老旦を毛嫌いしていた。

老旦も張山を毛嫌いしていた。

この二人が初めて衝突したのは新聞が原因だったが、その時、張山はまだ十歳をちょっと過ぎたくらいの子どもだった。

石柱寮ではそのころ何種類かの新聞をとっていた。『人民日報』もあれば、省や市の新聞もあった。当然のことだが、それはみんなお上がとれと言ってきたのだ。石柱寮はひどく辺鄙な所だから何種類か新聞が無ければだめだ、というのだ。村長の老旦はもともと新聞をとりたくなかった。金がかかるからだ。しかし彼は結局とることにした。理由は簡単で、新聞をとらなければ、お上は年中人を寄越し、ひどい場合には工作隊を寄越すだろう。そうなるともっと厄介だ。金もかかってしまうに違いない。老旦は山犬のボスになりたいわけではない。彼はただ自分の祖先の山の人々と同じように、よそ者が石柱寮の暮しの邪魔をするのを望まないだけだ。

言伝えによれば、石柱寮の人々の祖先はもとはといえば皆山の向こうからやって来たという。罪を犯して逃げて来た者もいれば、戦乱を逃れ兵を逃れ、山に逃げ込んで来た者もいるのだ。祖先たちはここに居を定めたが、山の外の世界に対してある種の恐れを抱いていた。彼らはただ静かに暮らしたいのであって、人に邪魔されたくもないし、また人の邪魔をするつもりもなかった。石柱寮はとても小さく、全部合わせても数十軒の家しかない。一番近い山村までも数十里あり、そこの誰かと縁談がまとまるというような事でもなければ、ふだんはほとんど行き来も無かった。

新聞をとることになると、ふつう一、二ヶ月に一度配達されて来た。新聞はいつもロバに載せ、毎回麻袋二つ分だった。郵便配達がロバを駆って新聞を配達して来ると、石柱寮は祭りのような賑やかさになった。みんなわいわいと集まって来て新聞をとり囲む。新聞紙は広げると一枚の大きな紙だ。ここでもあそこでも、みな新聞紙を触っている。そこに書かれたこまごました字は誰も読まない。山の人々はみな字を知らなかったからだ。そこで写真や絵を見る。珍しくて開いた口がふさがらない。張山と何人かの娘たちは争って新聞を読もうとする。彼女らはいくらか字が読める。よその村から嫁いで来た女に習ったのだ。その女は山果（シャンクオ）といい、実家のある村には小学校があり、山果は三年まで通ったそうだ。

老且は大声で一喝し、みんなの手にしていた新聞紙を一枚一枚取り返し、「誰も見ちゃ駄目だ！」と言った。張山が一枚つかんで逃げようとすると老且に捕まった。そして一発で倒されてしまい、その新聞紙も取り上げられてしまった。しかし張山も意固地だったから鼻血を一拭いすると起き上がり、老且に向って猛然ととびかかり、新聞紙を再度奪いとると身をひるがえして駆け出した。老且もやられっぱなしではない。すぐさま張山の後を追いかけた。二人は石柱寮のまわりをぐるぐると追いつ追われつして駆け回った。みんなもそれを追いかけながら、「張山、頑張れ、張山、頑張れ！」と声援を送った。その頃の老且は正に働き盛りで力があった。二人はものすごい勢いで走り、一気に村を何周もしているように見えたが、やはり張山は力及ばず老且に捕まった。そして一枚の新聞紙はやぶけて細かいばらばらの紙切れになったが、結局は取り戻されたのだった。

老且は息を切らしながらみんなに宣言した。「今後は新聞が来ても全員一枚も取ることは許さん。すべて自分が保管し年末に一軒づつに分配するから、出来上がった餃子に掛けるのにでも使うように。」老且の考えでは、新聞紙は紙だ。しかも大きな紙だ。こんな大きな紙は石柱寮ではめったにお目にかかれない。俺も俺もと取りあえばめちゃくちゃになってしまう。しかもそこに書いてある字はみんなは読めないのだ。なんて書いてあるんだ？何か読むべきものがあるのか？なんかのニュース、山の向こうのニュースであることは間違いない。しかし知っていることが多すぎるのはよくない。多すぎると心が乱れ、穏やかでいられなくなる。たとえば、石柱寮で村長が最も嫌いなのは、でたらめをしゃべりまくるような人間だ。そういう奴らがあそこはこうだ、ここはどうだと勝手なことを言いまくるようになると必ず事が起こる。新聞だって同じようものだ。大掛かりなでたらめに過ぎない。まったく同じようなものだ。

老且はやり方が公正だった。年末になると彼はとっておいた一年分の新聞紙を空地に運んで行き、それぞれの家の人数に応じて一軒一軒分配した。どの家も数十枚の大きな新聞紙をもらえたし、全部新品だった。まだ何枚か余って分けようがない時は、老且はそれをナイフで切り、また一軒づつ分けた。山の人々は果たして大喜びしたのだった。年越しにはどの家でも餃子を作るが、その大きな新聞紙をかぶせておくととびきりおめでたい感じがした。そしてこんな大きな紙はどこの家でも一年はつかえ、壁紙にしたり、窓に貼ったり、天井の補強に使った。女たちはそれを靴の型紙にも出来、とにかく役に立った。老且の石柱寮における威信はこうした事を通して打ち立てられていったのだ。

張山が老且の布団の中に蛇をいれたのも、この新聞の事件が原因だった。人々はもちろん張山を叱り、そんな事をすべきではない、と言った。

張山が隣の女の行水を覗き見をしたというのは、山果の行水のことだが、それについては諸説ある。山果は午後行水をする習慣があったが、これは石柱寮ではちょっとない事だ。山果は字を知っているが、字を知っているから行水が好きなのだ、と言う者もいる。彼女は家の山形塀の脇の草葺き小屋で行水する。その小屋は張山の家の塀にくっついているので、もしも張山が自分の家のトウサイカチの木の上まで登れば、山果が裸で行水するのをはっきりと見ることができる。山果は行水の様子を見られても、少しも身構えなかった。張山は母子二人暮しだったが、老いた母は目が見えず、しかも張山はそのころ十ちょっとの子どもだった。それで山果は少しも気にせず、毎日午後、子どもの張山によって思う存分覗き見されていたのだ。しかし別の見方もある。それは山果が意識して張山を誘惑した、彼女は雛鳥が好きなんだ、というのである。山果は字を教えてやる、という理由でしょっちゅう張山を自分の家に遊びに来させた。山果の亭主はいつも山守に行き、ふだんは帰って来ない。山果には時間と場所がたっぷりあった。張山に字を教え終わると山果は張山にこう言ったというのだ。「あんたはもうお帰り。私は行水をするんだから。あの小屋の中でするんだよ。あんたは塀に登って覗いたりしちゃだめだよ。」張山は顔を真っ赤にして走って帰ったが、壁越しに水の音を聞いていると我慢できず、やはり壁に登った。山果は小屋の天井の隙間越しに張山を見つけると、頭を上げて「張山、この恥知らず！」と罵った。そしてその後また小声で「早く下りて来て、背中をこすっておくれよ。」と言った。誰かがその辺りを通り過ぎた。言葉の前半分だけ聞き噂が広がり、張山は行水の盗み見をしたということになった。しかし実は人は知らなかったのだ。張山は山果の行水を盗み見しただけでなく、背中をこするのを手伝ってやり、その上彼女の乳を吸ったという事を。

どちらにしても、張山の評判は地に落ちた。大きくなってからも彼の嫁になりたいと思う娘は一人もいなかった。張山が二十八の時、目の見えない母親も死んでしまい、張山にはもう何の気がかりも無くなり、とっとと山の向こうに行ってしまったというわけだ。

張山がよその土地に行って六年経つが、彼がどこへ行ったかは誰も知らない。どうであれ、戻って来た時にはいささかふんぞり返っていた。みんな今でも覚えている。張山が初めて帰って来たのはある日の夕方で、後ろに二頭のロバを連れ、一頭には大きなトランク、もう一頭には若い女を乗せていた。その女は鮮やかな赤い口紅をぬり、眉は三日月のような曲線を描き、胸はぐっとそそりでていた。山の人々を見ると笑って「あんたの所の人たちはなんでこんなに色黒なの。」と張山に言った。痩せて黒い顔をした人々は後ずさりし、あっけにとられていた。張山は全身ばりっとした身なりで、服はポケットだらけ。そしてどのポケットからかタバコを取り出し「こんにちは、みんなご苦労さん！」などと言ってからタバコを配った。一人一本づつ配ったのだ。山の人々は張山がどんな神様になったのかと思い、タバコを受け取ると火も着けずびっくりして、彼が自分の家に帰って行くのを見ていた。

山の人々はその後、あの若い女は張山の嫁ではないということを知った。彼女は自分の友達で彼について遊びに来たのだ、と張山は言った。山の人々は訝しく思った。男と女でも友達になれるのだろうか。彼の嫁でないとしたら、きっといい仲の女なんだろう。物好きな奴が夜張山の家にもぐり込んでこっそり見ていると、案の定とんでもないことになっていた。まず張山はその女のために大きな洗面器一杯の水をもって来てやり、女の服を脱がせて行水をさせたのだ。またしても行水だ。やはりこの女も字を知っている女なのだ。それはさておき、驚いたことに、昼間見たところはごく普通な体つきだったのに、裸になると豊満でまっ白な肌をしている。物を知っているやつは、こういうのを隠れデブというのだ、と言った。行水が終わると、張山とその女は抱き合いもすれば口づけもし、そのあと寝床にはいって寝た、そしてまもなくその女は突如大声をあげたのだ！

そこで盗み見していた奴は、大慌てで逃げ出した。

その後十数日の間、二人は夜になると一緒に寝、昼間は山で遊んでいた。石柱寮は山に閉ざされてはいるが、山水の風景には恵まれている。森、高い山、渓流に滝、様々な鳥や動物、すべてが原始の姿を留めている。これは老且と彼の前任者たちの功績でもあった。木を切ってはいけない、鳥や動物を撃ってはいけない、というのは石柱寮が長い年月をかけて作り上げた規律だった。そして常に山守の人間がいた。ここで一番不思議なのは、柱の形をした石がやたら多いことだった。一番高い物になると百丈以上あり、雲を衝く勢いで空に向ってそそり立っている。石柱寮というのはここから来た名前だった。

その女は石柱寮で十日ばかり遊ぶと間もなく張山に送られて帰って行った。見た所確かに張山の嫁ではないようだ。

張山が一人でまた山のこちら側に帰って来ると、誰かが「あんたはなんであの女を嫁にしないのか。」と尋ねた。

「あの女を嫁にするだって？」

「じゃあ、嫁にしないのか？」

「それがなんだって言うんだ。嫁をもらいたければ俺は年に十二人ほどもらえるさ。なんであんたらのように、一人もらって一生そいつとやっていくっていうんだ。今、山の向こうの世界じゃそういうのは流行らねえんだよ。」

張山はいつもみんなを励まし、「山の物を採ってきて自分に預けろ」と言った。彼がそれを山の向こうに持って行き、売って金に換えるのだ。帰ってくる時には案の定、いつもロバに若い女を乗せて来て、十日ばかり遊ぶとまた送って行く。それを見て山の人々は気を揉み、張山のくそ野郎！とこっぴどく罵るのだった。

山果は張山のもとを何度か訪れ、その度に山で採れたキノコを持って来た。山果はすでに四十過ぎの中年になっていたが、いまだに豊満な体つきをしていた。ただこころもち色黒になり、二十数年前のあのみずみずしさは無かった。彼女は張山をいささか恨めしく思っていた。張山は帰ってくるようになってから一度も自分に会いに来ない。道などであっても、ふつうの隣近所の人間に会ったように軽く頭を下げるくらいで、何の特別な感情も見て取ることが出来なかった。山果は気落ちした。そして心の中で、あんたは私の乳を吸ったじゃないか、と思った。張山がよそから連れてくる女はみな若く、山果も彼女たちとは太刀打ちできないことぐらいわかっていた。だが、特にその女たちが寝床であげる叫び声を聞くと、心はいっそうむずむずし、ひどく動揺するのだった。山果はそんな声を聞きたくなかったが、また聞かないわけにもいかなかった。壁一つの隔たりはあまりに近い。山果は張山が寝床できっとたいそううまいのだろうと勘ぐった。さもなければ女はあんな気持よさそうに叫ぶはずがない。昔、張山を拒絶すべきではなかった、と山果は心底後悔した。あのころ張山はたった十五、六だった。山果は彼をもてあそび、背中を擦らせ、そして乳を吸わせた。面白がって張山は山果を抱きしめ地面に押し倒したが、山果のビンタを食らい泣きながら逃げ帰って行った。張山は二十八になるまで嫁ももらわず、また山果を尋ねて来ようともしなかった。あの子には強情な所がある。山果はそれ以来ずっと、自分の方が張山に借りがあるのか、それともやはり彼の方が自分に借りがあるのか、よくわからなかった。張山がよそからもどって来て以来、山果はいつも気が揉めて落ち着きを失っていた。

ある晩、山果はついに我慢できなくなり、手には一籠のキノコを持って張山の家の扉を叩いた。張山は一人で家にいた。彼は前の日に山の向こうからもどって来たばかりだった。山果が暗くなって自分を訪ねて来たのを張山は意外に思い、山果にこう尋ねた。

「山果ねえさん、いらっしゃい。キノコを売りたいのかい？」

「あんた、まだ私のことを覚えているの？」

「覚えてないわけがないじゃないか、俺はあんたの乳を吸ったことがあるからな。」

山果は意外にも顔を赤らめた。

「あんたはまともな所がないんだから。」

「俺がまともになっても、誰も信じちゃくれないさ。そんならいっそ、まともでなくなってやる。」

山果は弱々しそうに張山を見て言った。

「あんたはまだ私のことを恨んでるのかい？」

張山はため息をついた。意外にもため息をついて言った。

「俺はあんたを恨んじゃいない。ただあの時のあんたのあのビンタが、俺をだめにしちまったんだ。」

「いい加減な事を言って。」

「俺はあんたにうそを言おうなんて思っていないさ。俺が石柱寮を離れる前に、他のどの女の所へ行ったというんだ？」

「他の女の所へ行かないわけが無いじゃないか。」

「あんたの所に行きたくなかったわけじゃないが、俺はだめになってしまったんだ。」

「でも私は知ってるよ。あんたがいつも山の向こうから女を連れて来て、寝床じゃブタでも殺すような叫び声をあげさせている、ってことを。あんたはすごいんだろ。」

「俺は山の向こうで治ったんだ。」

「どうやって？」

女を買えばいい、そういう商売の女はいろいろやり方を知っているから、たちまち治るものだ、と張山に教えてくれる者がいた。そしてその通りにしたら本当に治った、と張山は言った。山果は驚いて目を見張り、しばらく言葉も出なかった。そしてやっと自分の方こそ彼に借りがあることがわかった。

「あんたはなぜちゃんと嫁をもらって暮らさないのかい？」

「俺はちゃんと嫁をもらって暮らすことは出来ないんだ。しろうとの女とはやっぱりだめなんだ。商売の女としかできないんだよ。ああいう女には怪しい力があって、俺は彼女たちといっしょになって、初めて男になれるのさ。俺の一生はこういうふうに定められているんだろうよ。一人暮らしもまたいいものさ。」

山果は家に帰ると、大声で泣いた。

五

張山は山の人間が自分に好意を持ち始めたことに気付いた。なぜなら、張山はもとは山で朽ちていくような宝物を金に替え、その金を彼らの懐に入れてくれるからだった。公平に見ても、石柱寮の人々は金に対してひどく大きな欲をもっているわけではない。しかし、もしもちょっと手を動かすくらいのことでいくらかの金が稼げるなら、当然怒る者はいない。張山は山の向こうから戻ってくる度に洋服、ファンデーション、タバコ、酒といった日用品を運んで来る。そしてこういう物は石柱寮にはかつて無かった物だったから、山の人々の好奇心をたきつけ、少しづつ人々の欲望を育てていった。張山は利口だった。彼は今までテレビやラジオといった電気製品を持って来たことがなかった。なぜならここは大きな山が障害になって、どんな電波もとどかなかった、それで電気もラジオもなかったのだ。だから張山がいつも耳につけているイヤホンはまったく人をおどかす小道具だった。彼は山の向こう側の情報時代の神秘とその独占権を自らの手に握っていた。こうしてこそ、彼は山の人間から大者だと思われたのだ。

しかし張山は人を騙して一杯食わせようと思っていたのではなかった。山の向こうで六年も渡り歩いた結果、張山は石柱寮が外界から隔絶され、時代から取り残されていることを痛いほど強く感じた、そして石柱寮のために本当に何かしたいと考えた。人々の採って来る山の産物を買い付ける値段も公平だった。しかしこうして山の産物の行商人になるだけでは、彼はきわめて不満だった。こんな事だけでは、石柱寮にとってまったく十分とはいえない。石柱寮には石柱寮の名を世に広める、ひいては世に名を轟かせるようなものが無くてはならないのだ。しかし彼にはそれが何だかわからなかった。そこで彼はしょっちゅう人を連れ帰り、ここで遊んでもらうというやり方で、彼らに何かいい考えを出してもらおうとしたのだ。彼が連れて来た女たちがすべて彼と寝たことがあるというのでは決して無かった。女たちの多くは教養があり、旅行社のガイド嬢もいた。張山は男性も連れて来たことがあったが、その中には旅行社の社長もいた。ここを訪れた人はみな石柱寮は美しい所だと言ったが、それをうまく言葉で表現できる者はいなかった。張山には石柱寮が大規模に開発される日もさほど遠くはない、とわかっていた。人を石柱寮に連れてくる度に、張山は誰か本当に見識と学問のある人間がここにやって来て、ここの山や河を見て、中国のほかの土地の山や河とどこが違っていて、結局何をもって観光客を引きつけたらいいのか見定めてくれることを望んだ。

張山には違いがわかっていた。

それは彼が六年間よその土地で学んだことだった。

張山はこうしたことをする時、いつも自腹を切った。その上、それを人知れずやった。山の人々には張山が絶えず人を連れて山に入るその意味が理解できず、ただ彼が山の産物で商売をしているのだ、と考えていた。

張山はまたこんな事もわかっていた。もしも彼の計画を実行に移したいのなら、一番いいのは老且に村長の座を降りてもらい、自分が村長になるということだ。彼は自分は老且よりもしっかりと村長の大任を果たすことが出来るだろうし、そうすれば数年のうちに石柱寮はその姿を大きく変えるだろうと信じていた。

老且と話し合って、彼に退いてもらうというのは、明らかに駄目だ。それはトラに向って皮を寄越せというほど無理なことだろう。老且は村長になって二十年になるが何度も選挙に出て、出れば当選していた。これはもちろん競争相手がないということとも関係があった。山の人々は、これまで老且だったのだから、やはりこれからも老且だ、と考えていた。これは嫁を貰うのと同じ道理だ。これまで自分はこの女の亭主だったのだから、これからもそうでなくてはならず、何年か経ったからといって別のと取り替えることは出来ないのだ。この道理ははっきりしている。

しかし張山はこの道理を認めなかった。彼はすべてのことは変えてもいいのだと考えていた。張山が石柱寮にもどって三年目にちょうど村長の選挙があった。その時までに、張山はすでに三年間山の産物の商いをしており、山の人々のためにかなりの現金を稼いで帰って来ていた。彼は自分の影響力がすでに老且を凌いでいるとはっきり感じていた。あとは手を振り上げて高らかに叫びを上げるだけだ。選挙の前の晩、張山は石柱寮の家を一軒一軒回ったが、どの家でも彼を村長に選ぶ、と言った。張山は最後に老且の家を訪れた。かれは老且にやって来たわけを説明し、「明日の村長選には立候補して戦うことになるが絶対自分が当選するだろう。だがあまり辛く思わないでくれ。」と言った。そして張山は「老且のこれまでの長年の苦労を十分認める」とも言った。功績は無くても、苦労はあっただろう。老且は終始何も言わず、ただタバコを吸い目を細めて張山を見ていた。しかしその表情は測り知れなかった。張山は老且の眼差しにたいした注意も払わず、容赦なく老且の肩を叩くと立ち去ろうとした。張山が老且の家を出ようとした時、老且が後ろから、「張山よ、家に帰ったら、今晩中国で何人の小さな張山が生まれたか耳をすまして聞いているがいい。」と言った。張山はそれには何も答えず振り返りもしなかった。彼には老且の言葉の意味がわからなかったが、ただ背中に薄ら寒いものを感じた。

翌日の選挙は、張山の思いもよらない結果になった。張山に入ったのはたった一票で、しかもそれは張山自身の投じたものだった。老且は再び村長に選ばれた。村長に再選された老且はまた張山の肩を叩き、穏やかな口調で張山に尋ねた。「昨日の晩、何人の張山が生まれただろうな？」

張山はいささか傷ついて家に帰って来た。彼は山の人々がいい返事をしておきながら、なぜ心変わりしたのか理解に苦しんだ。

山の人々は心優しい。その晩みんな張山の家に来て、悲しそうな様子で張山に謝った。彼らはみな老且に一票入れたことを認め、張山には申し訳なかったと言うと、おし黙ってしまった。誰も口下手で、言い訳はしなかった。この事は張山を感動させたが、どうすることも出来なかった。

実のところ、その晩もしもう一度投票が行われたとしても、彼らはやはり老且を選んだに違いない。なぜなら老且は人々を安心させる存在なのだ。張山は能力はあるが、どこか真っ当でない所がある。村長は石柱寮の最高責任者なのだから、当然自分たちをを安心させてくれるような人物を選びたいのだ。

六

幸い張山は度量が広かった。終わったことはもうあまり気に掛けなかった。つまり広い世の中をよく見た人間だった。その上、老且と村長の座を争ったのも、もとはといえば自分のためではない。彼はただ事業を起こしたかっただけだ。張山が以前と同じように山の産物を買い付けてそれを売って来るとなると、山の人々はやはり以前と同じように採った物を絶えず持ってきて張山に托した。この事は選挙があっても、ほとんど何の影響も受けていない様だった。老且はその事について、一貫して大目に見て来た。人々が山の産物を張山に渡すことに、彼はけっして提唱や支持もしなかったが、反対もしなかった。なぜなら老且は山の産物が山で腐ってしまうのは確かに惜しい、と思っていたからだ。キツネ、イノシシ、オオカミといった動物も多すぎる。山中好き勝手に走り回っているのは、農作物に被害をもたらすだけでなく、しょっちゅう人を噛んだりして傷を負わせていた。山の人々はこっそり撃ち殺していたが、これも山の動物の集団を大きく破壊することにはならなかった。もしも公にそれを認めたら、動物たちは大規模に殺され、その結果はどうなるかわからない。老且は役人だ。役人というのは昔から、どうやってことを把握するかという物差しを持っているものだ。老且はふだんただ見て見ぬふりをしている、と思ってはいけない。彼は見るべきものはすべて見、そうでないものは見ないふりをしているのだ。

七

ある日突然、張山は山の向こうから三人の人間を連れて来た。一人は老人で眼鏡をかけ、態度には品があり、会っただけで襟を正し尊敬の念がこみ上げて来る、そんな人物だった。あとの二人は若かった。張山の紹介によれば、その老人は大学教授で、あとの二人はその教授の博士課程の学生とのことだった。山の人々は何が教授で、何が博士の学生かもわからなかったが、ただ彼らは学問のある人間で、以前張山が連れて来た男や女とはどこか違うという事だけはわかった。みな張山が何のために彼らを連れて来たかわからなかった。しかし石柱寮で何か大きな事が起ころうとしているということはぼんやりと感じとられ、好奇心の中にいくらか不安も混じって、事態を見守っていた。もちろん一番不安を感じていたのは村長の老且だ。老且は以前から張山がこそこそと何か企んでいるのを察していて、それをずっと観察しながら様々憶測していた。張山はよく女を連れ帰り、その女と一緒に寝たり遊んだりしていたが、そんな事は気にならなかった。そんなのは大事を成す者がすることではない。しかし今回何人かの学のありそうな人間を連れて来た事は、老且を心底緊張させた。

翌日の朝早く、張山は教授と彼の学生を連れて山に出かけた。老且はこっそり彼らのあとをつけ、彼らがいったい何をしようとしているのかを見ていた。その日から七、八日、彼らは山中を歩き回った。そして森も滝も渓流も、様々な鳥や動物もすべて見て回った。見た所、彼らはたいそう嬉しそうだったが、特に気になるような行動はない。老且は内心ほっとした。ただ嬉しそうにしているだけなら何の問題もない。我々石柱寮の風景なら、誰だって見れば喜ぶに違いない。彼は心の中で自分を慰めるように言った。何ということはない。人が遠くからやって来たのだから、その人たちにいろいろ見てもらって何がいけないんだ。どっちみち景色など運んで行けるわけでもなし。数日間あとをつけ、老且はその教授を心から尊敬するようになった。こっそりとしかも遠くからあとをつけたのだが、その教授の一挙手一投足は手に取るようにはっきり見えた。教授はたいそう品がよかった。山に登るのだから、張山は暑いので胸も大きくはだけ、その後上半身はすっかり服を脱ぎ、それを肩に掛けていた。しかし教授と学生たちはずっときちんとした身なりをくずさず、ボタン一つもはずそうとはしなかった。学生がうっかり小さな木の苗木を踏み倒してしまうと、教授はすぐにかがんで手で土を掘りそれをまたきちんと植え直してやった。老且はそれを見て感じ入った。石柱寮にもこれほど草木を慈しむ者はいない。そこで老且は少し安心した。こういう人が石柱寮で何か悪事をするはずがない。

しかし九日目になると状況は変わった。教授と学生はもうほかの物は見ようともせず、ただひたすら山のあの石柱を一本また一本と観察しているのだ。最後の数日はたて続けに高さ百丈にもなる大きな石柱のまわりを回っていた。それは石柱寮で最大の石柱だった。彼らはこの大きな石柱をノコギリで切り、持ち去ろうとしているのではないだろうか。この石柱がなくなってしまうことは、石柱寮の命の綱を切ってしまうに等しい。老且のほぐれた神経がまたピンと張りつめた。なぜなら結局の所、老且はこの教授の身分を知らないのだ。もしかするとこの老人は大物なのかもしれない。いやもしかすると、ずっと上の方から派遣されて来ているのかもしれない。本当にその通りならば、命令一下で石柱を切り倒し持ち去ったところで、誰もそれを止めることは出来ないだろう。今、老且は張山を死ぬほど恨んだ。張山を絞め殺してやりたかった。これじゃあオオカミを連れて来たようなものだ！

はっきり言えるのは、教授はあの大きな石柱が気に入った、ということだ。何日も彼らはその大きな石柱から離れようとしなかった。その上、教授の二人の学生は測量計を持ち出し、測量を始めた。しばらく望遠鏡をのぞいてはメジャーで高さを測り、触ったり叩いたりしては喜色満面だった。二人の学生は跳ね回り、教授も上着のボタンを二つほど開けて、顔中に嬉しそうな表情を浮かべ、何かとてつもなく素晴らしい物を発見した様だ。張山まで一緒に馬鹿笑いをしている。なんてざまだ！

一人の学生が用を足すため近くの林の中にはいって行ったが、まもなく駆けもどり今度は何か大声で怒鳴っている。「えらい事ですよ。教授！またまた大発見ですよ！」その時その学生はズボンも上げていない。教授たちは走ったり転げたりしながらその学生について林の中に駆け込んで行った。老且は彼らがまた何を発見したのかわからず、自分も慌てて駆けて行き、近くに隠れて彼らを観察した。彼らは一つの洞穴の中に入って行った。洞穴に何か珍しい物があるのだろうか。老且はずっと前からそこに洞穴があることを知っていた。それは狭く長く奥まで続いていた。まわりには灌木や茅などが鬱蒼と生い茂り、奥は深く石の壁面はつるつると湿り絶えず外へ水がしみ出ていた。そしてその中には小さい流れがあり、水の絶えることはない。老且はこの山の洞穴の中で雨宿りをしたことがあったが、その時はとりわけ珍しいものだとも思わなかった。似たような洞穴なら山にまだたくさんあるし、それが一番大きい洞穴だというに過ぎないのだ。

ずいぶんしてから、張山は教授の一行をつれて、やっとその洞穴から出て来た。全員気が触れたように喜んでいる。ただ教授の叫び声だけが聞こえた。

「何ということだ！天下の奇観だ。ほかでは見られまい、ほかでは見られまい！」つづいて二人の若者はまたしても測量し写真を撮った。洞穴でも写真を撮り、再びあの巨大な石柱のかたわらでも全員で写真を撮ったのだ。老且は気もすくみ、もう我慢が出来なくなり、大きな石の上から飛び出して行った。そして、「やめろ！」と怒鳴った。みな一瞬呆然とした。教授と二人の学生は老且を見、また張山を見た。これは追いはぎだろうか。

張山は笑って、「これは村長だから、皆さん怖がることはないですよ。」と言った。村長はもう張山の前までやって来ていた。彼はひどく怒っていたが、なぜか教授の前まで来ると急に卑屈な気分になってしまった。だが、やはり強いて厳しい表情をつくって、こう言った。

「あんた、あんたたちは…何を、しようっていうんだ。」

張山はその言葉を受けて言った。

「大声でわめかないでくれよ、村長。俺たちの石柱寮が一躍有名になりそうなのさ！」

老且はよく訳がわからず、何が有名なんだ、と聞いた。

「あの人たちはトーテムというのを発見したんだよ！　教授、トーテムって言うんでしたよね。」

教授はうなづいてにこにこ笑った。

老且はますます訳がわからなくなり「トーテム」というのは何なのだ、と聞いた。

張山は老且を引っ立てて上を見た。「あんた、この石の柱は何に似ていると思う？」

村長の老且は頭を上げ、今までどれだけ見て来たかわからない石柱を改めて眺め、

「石の柱じゃないか。」とぶつぶつ言った。

「あんた、もっと下を見てみろよ。石の柱の根もとの両側にはひどく大きな丸い石の玉が二つあるだろ。」

「この石の玉だな。」

張山は手をたたいて言った。

「そうさ。石の玉はつまり二つの玉なのさ。つまりこの石の柱は…つまり…その…」

張山は教授を見ると急にそれを言葉にできなくなってしまった。比較的上品な言葉を選ぼうとしたのだ。

教授は笑いながら言った。「生殖器だよ。」

「そう、そのとおり、生殖器さ。」張山も笑ってしまった。

村長の老且はそれでもまだよくわからないようだった。

「何だって、せいしょく…き…?」

張山はもう上品にもしていられず、大声で言った。

「つまり、あれさ。男の、あれさ!そう見えないかよ?」

村長はあきれ返ってしまった。

彼はぼんやりと改めてこの雲間にそそり立つ巨大な石柱を眺めた。下から上へ、また上から下へと眺めた。畜生、なんともいやらしいものだ!

張山は老且を引っ立て、今度はあの洞穴に向って行った。

「あんた、あの洞穴が何に似ているか見てみなよ。女のあれに似てるだろ…」

「だまれ!」

老且は大声で怒鳴った。しかし今回はその洞穴の意味がわかった。しかし老且の目から突如涙が溢れ出し、頭を抱えてしゃがみ込んでしまった。事実を前に老且は恥ずかしさで居たたまれなくなったのだ。

この時教授も老且の所にやって来た。教授はやさしく老且の肩をたたいた。教授はこの山里の人々はこういう事に対してまだ心が狭い、という事を知ってたので、諭すように言った。

「村長、あなたは喜ぶべきでなんですよ。これは大変素晴らしい観光資源になりますよ。これは天が創った神秘です。何億年もかかってこういう不思議な物が創られたのでしょう。これはなんの恥ずかしい物でもありません。人類の生殖トーテムに対する崇拝は大昔からあったんです。それは我々の父であり、母であり、生命の源です。石柱寮の山にある生殖トーテムは全国そして全世界にだって二つと無いもので、重要な観光的な価値、文化的な価値、そして生命科学的な価値があります。私は帰ったら中央の関係機関に報告し、出来るだけ早く開発と研究を行うつもりです。その時石柱寮は全中国、全世界に知られるようになり、その時は、その村の村長であるあなたも有名人になりますよ！」

老教授があまりに多くの事を言ったので、村長の老且の頭の中はぐちゃぐちゃに混乱してしまった。教授の話は老且をびっくり仰天させ、手足が冷たくさえなった。この石柱と洞穴は本当に本物のようだし、山にはまだ大小無数のこれと同じような石柱と洞穴がある。今その全貌を思うと、天下にこんな事があろうか！と感じ入ってしまう。昔から毎日見ていたが、なんでそのことに思いつかなかったのだろうか？今、人に言い当てられて、老且はたいそう辛い気持ちになった。何百年も使われていた石柱寮という名が急に男根寮となってしまうのは、老且には何とも受け入れ難かった。石柱寮は村が出来て数百年、これまで世に知られたことはなかった。今日、天下にその名が知れ渡れば、たくさんの人間が山の向こう側から見物にやって来るだろう。それはご先祖のズボンを脱がせて人様に見せるに等しい。それは恥さらしで、ご先祖に顔向けが出来ないではないか。

要するに、恥さらしなことなのだ。

八

十日あまりたったある日、張山は教授と二人の学生を送ると。喜び勇んで石柱寮にもどって来た。そして老且の所に来て二つのニュースを伝えた。一つは張山が、石柱寮生殖トーテム観光会社設立の準備をしているということだった。これは村長も予想していた。村長はこのとんでもない奴がこれを機に騒ぎを起こすに違いないとわかっていた。村長は何年も張山のことで手を焼いて来たが、とうとう張山を化け物にしてしまった。老且は、石柱寮では今後もう二度と落ち着いた暮しはできないだろう、と思った。

さらに村長、老且をがっくりさせたのは、もう一つのニュースだった。張山は老且に言った。張山が教授を山から送って行く途中、教授は張山に村長の名を聞いたというのだ。張山が教授に「村長は、老且という」というと、教授はさらに、どういう字か、と尋ねた。張山がその字を教えると、思いがけないことに教授は突然天を仰いで大笑いし、ロバから転げ落ちそうになったということだ。そしてこう言ったそうだ。

「来た甲斐があった。何ということだ、何ということだ！」張山がどこが可笑しいのか、と尋ねると、老教授は笑いを抑えてこう言った。

「この『且』という字については、諸説あり、読み方も一つではない。が、その中の一つは音が『祖先』の『祖』と同じで『祖』のふるい字体でもある。『且』は実はほかでもない男性生殖器トーテムなのだよ！」

張山は老且に言った。「老且の親父さんよ。いろいろあったが、あんたの名はやっぱりよく出来てる、いいぞ、いいぞ！」

村長の老且の顔はさっと青ざめ、誰かにがつんと殴られたようであった。

絶唱

庭は青々とした竹に覆われ、八畝ばかりの広さがあった。木々には枝葉が茂り、緑の木陰は美しく映えている。地面にはここに一群、あそこに一群と草が生え、色とりどりの花を咲かせ、その花に招かれるようにやって来た蜂や蝶がこの竹園を飛び交っている。

この庭の主人は姓を尚(シャン)といい、人には尚爺(シャンイエ)と呼ばれ、七十あまりである。丸顔で色白、髭も無い。若い頃はこの竹園と同じように風雅で垢抜けした人物で、三人の女を娶った。尚爺は昔、地主の家の番頭をしていた。詩文を諳んじることも出来、とりわけ柳永詞[1]を好んだ。興が乗ると墨をすり筆をとることもある。一生とりたてて何か功を成すことも無く、家を取り仕切ることがそう得意と言うわけでもなかった。しかし、芝居や鳥を飼うことが好きで、しかもそれらに精通していた。その後、地主の懸想していた女と密かに通じたため番頭の職を解かれた。尚爺はその処置には何の不服も言わず、一年分の給料ももらおうとはせず、ただその地主の女中を貰い受けると自分の家に連れ帰り妾にした。彼の家には十数畝の痩せた土地があった。妻もいたが、連れ帰った女と本妻はたいそう仲睦まじくなり、二人で一人の男を愛し、畑を耕し子を生み育てた。そして尚爺は心置きなく今まで通り芝居を見、鳥を飼うことを楽しんだ。彼

1　柳永詞…北宋の詩人、柳永の作った詞

は女というものが好きだった。女を殴ったり怒鳴ったりしたことがなかった。大紅拳という武術も得意だったが、彼はよくこう言った。「女は殴ってはだめだ。殴ったら骨が砕けてしまう。」

話は昔の事になるが、ある年のこと、河南から旅回りの芝居の一座がやって来た。尚爺は毎日、一座についてまわり芝居を見た。興行場所が変わると尚爺も一緒にそれについて行き、ひと月あまりすると一座とともに徐州まで来ていた。家からはすでに二百里近く離れている。尚爺は芝居に夢中だった。この一座は豫劇[2]をやっており、一人の男の役者と一人の娘役が特にうまかった。尚爺はこの二人が好きで、とくにその娘役をことさら気に入っていた。娘役はいつも座席の前列に尚爺をみつけ、そのたびに心が騒いだ。旅回りは辛い。至る所を流れ流れて落ち着く所は無く、その上いつも人に痛めつけられる。娘はもうずっと以前から芝居から足を洗いたいと思っていた。そして前列の色白の若い男が自分を追いかけて来ていることに気づいていた。男は女を愛し、女も男を愛している。自分にこんなに惚れてくれる男なら一生ともに暮らしてもいい。誠あれば一念岩をも通す、の例えである。かたや舞台で芝居をし、かたや舞台の下からそれを見つめている。二人は目と目で情を通わせた。娘は台詞も忘れてしまい、舞台を下りると殴られる。尚爺は舞台の裏まで行くと、ぐいと娘の腕をつかんで言った。「逃げよう、私と逃げるんだ。お前につらい思いはさせない！」娘は涙をぬぐうと本当に尚爺のあとに従った。この時、尚爺はまだ手には鳥籠を持ち、金持ちの若旦那のようだった。一座の座長は止めることも出来ず、ただ目を見開いて二人が出て行くのを見ているばかりだった。

その時、舞台ではまだ芝居が行われていた。

尚爺は娘役を連れて徐州の町を出、黄河の古い川筋沿いを一路西へ向った。日はとっぷりと暮れ、自分の五本の指も見分けられぬほどの暗闇で、荒れた草とでこぼこの道だけが続く、人っ子一人いないような寂しい所だった。娘は尚爺の服をぎゅっとつかみ、驚き怯え、ただ震えるばかりである。尚爺は娘を慰めて言った。「怖がることはない、これを見ろ。」道端に、両手でつかむほどの太い柳の木があった。尚爺は片手に鳥籠を持ったまま、もう一方の手でその柳の木をつかむと一ひねりした。すると、柳の木はバキッと音をたてて折れた。それを見て娘はたいそう喜んだ。

「あれ、あんたはこんなに力があるんだね。」

「お前、一節、歌ってみないか。」

「誰が聞くのさ?」

「私が聞く。」

2　河南省に伝わる地方伝統劇。周囲の陝西、河北、山東などにも普及している。

娘は歌いだした。「花木蘭は羞らいて〜」

「止まれ！」

後ろから突如大声がした。娘は驚いて歌うのをやめ、叫び声をあげながら尚爺に身をよせた。尚爺は旅人を狙う強盗に出くわした、と思った。振り返ると、十歩以上離れた所に一人の若い男がいるではないか。片手にたいまつをかかげ、片手に剣を持ち、まさに一歩一歩じりじりと迫ってくる。

尚爺は娘を後ろに押しやり鳥籠を渡すと、長衣の裾を腰までたくし上げ、相手に近づいていった。二人は互いに十歩ほどの近さにいた。尚爺が突然かぶっていた帽子を脱ぎ手をあげると、黒い影はぱっと跳びのいた。相手は尚爺がふいに何か武器を使ったと思い、体をひねると同時に剣を振り上げ、むかえ打とうとしたのだった。しかし何の音もしない。その瞬間、尚爺はさっと近寄り、足を跳ね上げた。「カラン」剣は冷たい光を放ち、一丈以上離れた草むらに落ちた。するとと相手はたいまつを捨て、身構えて立ち向かってきた。尚爺は一歩進み出、一ひねりで相手を倒したが、近づいて押さえ込もうとすると、相手はなんと後ろにもんどりをうち跳びのく。身軽だ！「いいぞ、やるじゃないか」尚爺は心の中で叫んだ。水に潜ったかと思うとまた空高く飛んでいく燕のようだ。しかし尚爺は再び体勢を整え、相手の首根っこを押さえると足を絡め相手を地面に投げ打った。その時尚爺は足の下に何か硬い物を踏んだ。手を伸ばして触ってみると、それはまさに自分が蹴り飛ばしたあの剣だった。尚爺は剣をぐいとつかみあげ、それを相手の肩に押しつけると、娘の方を見て言った。

「こいつを殺してしまおうか。」

「ああ、だめだめ、私はあんたに人殺しなんかさせたくない。私は…」

娘は地面にへたり込み、何度もこう叫ぶのだった。

尚爺は振り向き、手の力を抜いて剣を地面に捨てた。そして相手に向って「うせろ！」と言った。尚爺が体を起こした時、相手の男は地べたにすわり込み叫んだ。「いや！やっぱり俺を殺してくれ！」尚爺はそれを聞いて驚き、また捨てた剣を拾い上げた。

「ようし、望み通りにしてやろう。」尚爺がまさに剣を振り上げた時、娘が気も狂わんばかりに尚爺に体当たりし、尚爺の体にしがいついた。

「だめ、だめよ！この人を殺してはだめ！」

尚爺はためらいながら、また立ち上がった。

「あんたは、関山（クアンシャン）なのね！」娘は男の体に覆いかぶさると、むせび泣いた。

関山というのは誰のことだ。この娘の知り合いなのだろうか。関山と呼ばれたその男は、地面に横たわり微動だにしない。そして娘が泣き続けるのにまかせ、死んだように何の反応も示さない。

尚爺は何が何だか訳もわからず、何歩か離れると、男がさっき捨てたたいまつを拾い上げ、何度かそれに息を吹きかけた。火は再び燃え上がりあたりは明るくなった。尚爺はたいまつを持ったまま腰を曲げ、その男を照らした。尚爺は胸が高鳴り、そしてしばし呆然とした。関山と呼ばれた男は、ほかでもない、あの旅回りの一座の男役だったのである。尚爺は一瞬にしてすべてを理解した。この役者も娘役のこの女を好いていたのだ。そして衣装を脱ぐや二人を追って来たのだ。

尚爺は自分のしたことを恥じ、両手を前に合わせて言った。「申し訳ない。私は何も知らなかったのだ…」そして娘を関山に返そうとした。しかし、娘は戻ろうとしない。関山はひたすら「俺を殺してくれ」と言うばかりである。

これはいささか面倒なことになった。尚爺も地面にすわり座り込んだ。三人は草の上にすわり、殺すの殺さないのと、まるで談合でもしているようだった。しばらく言いあっていたが決着がつかない。尚爺は腹を立てた。「お前も根性なしだ！女一人のために、私にお前を殺させると言うのか。私は多くの役者をこの目でみてきたが、見た所、お前の芝居は大したものだ。歌も、所作も、語りも、人後に落ちるところがない。十年後には、お前はきっと一流の役者になっているに違いない。お前を殺すことは罪だ！わかったか。お前を殺すことはできないのだ！」

関山は草の上にすわり、しばらく押し黙っていた。娘はまた泣き出して関山に言った。

「私はあんたと一緒には…なりたくないんだよ。苦しいのはいやだ。私は物覚えも悪いし…」

関山はため息をつくと立ち上がり、喉をつまらせながら尚爺に言った。

「どうか、この娘によくしてやってください。」そしてくるりと向こうを向き、その場をたち去ろうとした。尚爺は胸が熱くなり、関山をつかんだ。

「関山、本当にすまない。いやでなければ、私と契りを結んではくれまいか。じつは私も芝居狂いだ。私はお前の芝居が好きだ。それにお前の人品にも感服した！」

関山は考えた。こういうことなら人を恨みようもない。何の因果か自分は貧しい役者、女一人さえ養えないのだ！この人は豪放磊落でなんとも気持ちのいい人物だ。物もよくわかっている。自分をほんとうに理解してくれる人間を見つけることはまったく難しいことだ。よし、この人にまかせよう！」

二人は改めて名を名乗り、互いに生年月日を告げ、砂を炉に、草を香に見立てて叩頭し、義兄弟となった。尚爺のほうが五歳年上なので兄となり、関山は弟となった。そして娘の涙は笑いに変わったのだった。

別れの時、関山はあの剣を尚爺に贈った。

「途中、何かの役にたててください！」

尚爺は関山に贈る物が見つからなかったので、鳥籠を彼に渡した。その鳥籠には百霊[3]がはいっていた。

「私はこの鳥を十年飼ったが、これを君に贈ろう。この百霊は十三の芸をし、本当に楽しげに鳴く。十三の芸をすることを『十三口』という。君も芝居に専念したら『百霊十三口』といわれるのと同じような稀な役者になるに違いない！」

関山は涙を振り払い一人去っていった。尚爺も依然として身じろぎもせず立ちすくんでいた。手には剣を持ち、心には痛みを感じ、関山に申し訳ない気持ちでいっぱいだった。

尚爺は娘を家に連れ帰り三番目の妻にした。そしてその剣をさらに見つめ深いため息をついた。「これは宝剣だ！」娘役だった女は「一座にいた時、この剣を見たことがあります。関山は、これは伝家の宝刀だと言って、ふだん誰にも触らせなかったのです。」と言った。尚爺はそれを聞くと、いっそう関山にすまないと思った。「あの男は、娘と宝剣、自分の愛するこの二つを二つとも自分に贈ってくれたのだ。なんという心の広さだ！」


関山は尚爺と別れて以来、ひたすら精進を重ねた。そして十年後、果たして一世を風靡する役者となり、江蘇、山東、河南、安徽の省境一帯で、関十三の名を知らぬ者はないほどになった。関十三というのは、彼の百霊が十三の芸をすることから来ていた。「百霊十三口」とは十三種のほかの鳥の鳴き真似が出来る百霊のことで、その芸には、カササギの枝渡り、オンドリの時の声、たまごを産むメンドリ、にぎやかな雀のさえずり、燕の餌やり、コウライウグイスの柳渡りなどがあった。百霊が百の芸をするというのは本当の話ではない。大げさにほめて言ったまでのことで、実際にはそれほど多くの芸は出来ないものだ。ふつう十三の芸が出来れば上物といわれた。関山は丹誠込めてその百霊の世話をし、折りにつけて尚爺の励ましを思い出し、力の限り芸の道を広げていった。彼は主役であろうと相手役であろうと、演技をおざなりにすることがなかった。ふつう人が芝居を見る時、主役ばかりでなく、その相手役を見る。そして相手役の立場から主役のあら捜しをしたがるものなのだ。関山が相手役をつとめると、一挙手一投足、すべてよく考えつくされており、えも言われぬ趣があった。しかもそれでいて決して主役を食わないのだ。いい相手役は主役を引き立て、まずい相手役は主役を台無しにしてしまう。ここに芸に真髄があり、芝居の徳というものがある。主役がよく、相手役もよければ芝居はうまくいく。それゆえ主役になる役者はみな関山を相手役にしたがった。彼が人を引き立て、そして人が彼を引き立て、こうして関十三の名はますます世に轟いていった。

3　鳥名「コウテンシ」ヒバリ科の鳥で、様々な鳥の鳴きまねをする。

関山の演じる役の幅は広く、立ち役、女形、妖怪、脇役となんでもこなせた。しかし彼が最も得意としたのはやはり『単刀会』[4]だった。それは自分の先祖、関公の芝居であったからだ。関山は敬虔な気持ちでこれを演じた。毎回舞台に上がる前に、関山は手を清め香を焚き、空に向って叩頭し祈りを捧げた。関山はもともと赤ら顔で大柄だったので、衣装をつけるとまるで関羽が甦ったようだった。武将の立ち回りはもちろんのこと、歌だけでも喝采を浴びた。関十三が英雄を演じると、胸を震わせるようなその堂々とした声は、野外であれば、三里先までも聞こえたという。「大江東へ流れ浪千疊、小舟一葉引くは〜」高らかな声は響き渡り、その気は天を衝いた。関山の声がまだ消えぬうちから、拍手と喝采が天地を揺るがすこともしばしばだった。

そんな時、最も大きな声で喝采を揚げるのはやはりいつも尚爺だった。関山が黄河の古い川筋一帯で芝居をする時、尚爺は必ず駆けつけた。それはもちろんを芝居を見るためで、彼は関山の芝居にぞっこんであったのだが、もう一つには、関山が人からひどい目に遭わないよう護ってやるためでもあった。ある時のことだ。関山が舞台を終えまだ衣装も脱いでない時、数人の地元のやくざがやって来た。そして関山と武術の手合わせをしたいと言った。尚爺は彼らの前に立ちはだかり、両手を胸の前で合わせ丁寧な挨拶をすると微笑んで言った。

「何かご不満でもおありか。皆様、話があるなら、この私におっしゃってくだされ。」

こう言いながら、前にいた男の手をぎゅっと引き寄せた。そして力をこめると、男の腕の骨は音をたててひねり折られてしまった。男は悲鳴をあげ地べたをのたうちまわり、ほかの男たちもひどくうろたえ、なす術もなかった。

「お前は関十三の何なのだ。」

「兄弟兼用心棒だ！」

男たちが息を切らし、倒れた仲間を担いでその場を立ち去ろうとした時、尚爺は懐から数枚の銀貨を出して放り投げた。そして「怪我を治して出直して来い！」と言った。

その男たちは人づてに、彼こそが尚爺という、黄河の古い川筋でその名を知らぬ者はなく、面子を重んじ、口も達者なら武術にも長け、兄弟分、師弟だけでも二百はいる、そんな男だということを知った。やくざたちは悔しがりはしたがどうにもならず、それ以来、関十三がこの辺りで芝居をしても、もう因縁を着けてこようとはしなくなった。

解放後、関十三はもうあまりこの辺りにはやって来なくなった。彼のいた旅回りの一座は河南のある大きな町の劇団となり、彼は業務も取り仕切る団長になった。劇団は毎日町の劇場で

4　伝統劇の演目名。三国時代蜀の関羽がわずかな供と一本の愛刀だけを持って敵陣に赴いたという故事を描いた話。

公演し、田舎に来ることはめったに無くなった。農村が合作化で賑わった時と人民公社が成立した時、劇団は求めに応じてやって来て二度公演した。その二度とも尚爺は見に行った。その公演は関十三に招かれて行ったのだった。しかし尚爺はなぜか気落ちした様子で、芝居が終わっても声をかけることはなかった。演技がよくないというのではない。決してそういうことではなかった。尚爺は自分でもその気持ちをうまく説明出来なかった。関山は尚爺の楽しまない様子を見て何かを感じとり、慰めて言った。

「兄さん、ずっと家にばかりいるからですよ。私の所に来て、しばらく遊んでいってください。私がお相手をしますから。」その後尚爺は関山の手紙を受け取り、二度ほど町へ出かけた。一度は十日、もう一度は七日泊まっていった。実は二度目に行ったのは、関山に百霊を持っていってやるためだった。一度目に関山を訪ねた時、尚爺はあの百霊十三口が鳴かないことに気づいた。その百霊は尚爺のもとで十年、関山のもとで二十年飼われていた。老いたのだ。その百霊は三十年生きた。昔の人は「生まれた時から飼ったとしても、一生に三羽の百霊を飼うことはできない」と言ったものだ。この言葉には道理があったのだ。尚爺が今度贈った百霊は十四の芸が出来、前の鳥よりさらに優れていた。それ以来関山はこの鳥を自分の命のように慈しみ、練習する時は練習室に連れて行き、舞台に立つ時は楽屋に置き、自分のもとから離したことがなかった。関山は劇団の団長になったがやはり舞台に出ていた。拳が手から離れることはなく、曲が口から離れることがないように、関山は一日たりとも百霊から離れることはできず、一日たりとも芝居なしでは生きていけなかった。

ところが、なんとも惜しいことに、文化大革命十年の動乱の時、その十四の芸をする百霊は籠からつかみ出され、叩き殺されてしまったのだ。この鳥は八年しか生きなかったが、実によく芸をした。関山は口移しで餌をやるほどこの鳥を可愛がっていた。彼の目からは涙が止めどなく流れた。その後関山は下放させられた。環境衛生所で汲取り人夫をやらされ、十年間芝居をすることはなかった。彼の喉は潰れてしまった。十年後劇団に戻ったが、口を開けて歌おうとすると、なんと声が出ないではないか。力んで顔を真っ赤にし喉をふくらませてみても、かすれたような声がわずかに出るだけだ。関山は地団駄踏んで悔しがり、楽屋で気を失ってしまった。

彼はまだ劇団の団長の地位にあったが、もう舞台に上がって演じることは出来なかった。関山はそれからというもの、いつも悶々として楽しまず、とうとう尚爺に手紙を書いた。尚爺はやって来た。そして今度は三羽目になる百霊を持って来た。それは十二の芸が出来る鳥で、関山は大層喜んだ。この時尚爺は一月ほど関山のもとに留まり、毎日関山と出かけ、一緒に酒を飲むこともあった。関山は今まで芝居のために酒もたばこもやらなかったのだが、今は酒を飲み始めていた。しかし飲むには飲んだが、量を過ごすことはなかった。関山はまだ喉が元に戻ることに期待をかけていたのだ。尚爺には関山の気持ちがよくわかった。「十二、大丈夫だ。お前はまたうまく歌えるようになるさ。また回復するだろう。ただあせってはだめだ。ゆっくりかまえていろ。」しかしこの時尚爺は心にもないことを言ったのだ。関山はもう五十を過ぎている。十年、鍛錬の機会を逸してしまったのだ。再びその技を取り戻すのは容易なことではない。しかし尚爺は関山に真実を話すには忍びず、嘘を言ったのだった。人は希望を持たなければ生きてはいけない。

　尚爺には見抜く力があった。関山の喉は結局もとに戻ることはなかった。百霊を心の拠り所としていたが、苦しくつらい思いは続いた。一生を舞台に捧げてきたために、所帯を持ったのも遅く、たった一人の娘もよその土地で働いており、連れあいにも何年か前に先立たれてしまっていた。ふだん彼は一人で家にいた。関山は瞬く間に老い込んでしまった。

　ここ何年か、尚爺の暮らしはきわめて順調だった。三人の妻は全部で十七人の尚爺の子を生んだ。そのうち五人の娘は嫁に行き、十二人の息子たちもそれぞれ嫁をもらい、家には子や孫があふれていた。解放当初、婚姻法が徹底され、三人の妻のうち二人とは離婚しなければならなくなった。尚爺は最初の妻だけを残し配偶者としたが、あとの二人も実際には離婚後も家に留まり相変わらず同居していた。尚爺は行きたい女の所へ行くという暮らしをしていたが、それをとがめる者は誰もいなかった。その後最初の妻と、主家の召使いだった女は死に、あの娘役だった女だけが残った。尚爺はまたこの女と再婚した。こうして暮らしたほうが結局は便利だったのだ。尚爺の家は家族も多かったが、一人につき百畝の土地を分けた。息子や孫たちは共同で畑をし、商売をする者は商売をした。家には車二台と大型トラックターが二台あり、暮らし向きはたいそうよかった。近所の人々は皆、尚爺は家の治め方を知っている、と褒めたたえた。しかし当の尚爺はそんな言葉を聞いても「ふん、わしはそんな事にかまっていられるか。」と手を後ろに組んで、気にもかけない様子で行ってしまうのだった。

尚爺は子どもたちに頼んで自分のためにちょっとした土地を拓いてもらった。その広さはちょうど八畝で、尚爺はそこに湘妃竹を植え茅葺きの小屋を作った。畑からもその竹園が見えた。彼は子や孫に「竹を売ったら、その金はお前たちのものだ。わしは自分の住みかがあればいい。」と言った。尚爺は静けさが欲しかったのであり、家の一切はあの元娘役の妻に任せた。

関山がまた手紙を寄越し、もう退職したことを知らせて来た。尚爺はすぐさま関山に返事を出し、こっちへ来て一緒に暮らすように勧めた。関山は本当にやって来た。

彼らは茅葺きの小屋に住み、茶を楽しみ将棋を指し、鳥と遊び竹園を散歩した。それはまるで仙人のようだった。しかし尚爺は関山に芝居の話はしないようにしていた。

関山は尚爺の所にくる時、あの十二の芸をする百霊を持って来た。この百霊は気性が激しく、新しい芸を覚えたがり、覚えられないといつも癇癪を起こし籠にむやみに体をぶつけた。漢方でいう火気の強い気性で、激しやすく、いつも目がただれ、尾にはでき物ができていた。しかし尚爺はその治し方を知っていた。近くの畑で、このあたりで「舌グリ」と呼ばれている小動物を捕まえるのだ。「舌グリ」はヤモリのような姿をしている。その用途はあまり知られていないが、実は貴重な薬材で「鳥中参」という立派な名前があり、生きたまま捕まえて皮を剥いで擦りおろすと、あらゆる鳥のあらゆる病を治すことが出来、その効能は大したものだった。しかしそれを百霊に与える前には必ず手を洗わなければならなかった。百霊は清潔好きだったからだ。

二人の老人は一匹の「舌グリ」を捕まえるために、何度も転び、顔も体も泥だらけになった。そうやってやっと一匹捕まえることができた。そして二人は大声をたてて笑った。その後、この百霊は病気にかからなくなり、鳥籠を気持ちよい竹園に掛けておくと、朝から晩まで鳴いていた。そしてほかの鳥を見れば、どんな鳥でもその真似をするようになり、しだいに十三、十四と芸の種類を増やしていった。二人は前にも増してこの百霊が可愛くなった。

ある日、どこからともなく一羽のコジュケイが飛んで来た。灰色がかった黄色で、ヒナドリかシャコのようだった。コジュケイはふつう山におり、気性が荒く好戦的だった。この鳥は山の暮らしに飽きたのか、それとも仲間とうまくいかなくなったのか、たった一羽で里に飛んで来たのだ。空から下に広がる竹林を見つけ、羽根を震わせ急降下してきたのだった。

百霊は竹の梢に掛けられた籠の中からこの新しい友を物珍しげに眺め、時折耳に心地よい口笛を吹いて歓迎の意を表した。コジュケイは飛び跳ね、そして鳥籠のそばに伸びた竹の枝に降りたった。竹の枝はふるえ、そして静かになった。二羽の鳥は三尺ほどの近さで互いに首をかしげ見合っていた。コジュケイが突然大きな声で「カッカッカッ…」と鳴き出した。百霊は驚き、鳥籠の中を何度も飛びまわり、やっと止まり木の上に落ち着いた。「これは妙なやつだ」百霊は思った。コジュケイのほうは友情を表そうとしたのだが、声が大きくなってしまったのだ。コジュケイは残念そうに尾を振り、お詫びの気持ちを表そうとした。百霊にもそれはすぐわかった。悪気はないのだ。この鳥はこうやって鳴くのだ。それは百霊にとってまったく聞いたことのない鳴き声だ。猛々しいが格別の野趣がある。百霊はコジュケイに向ってまた口笛を吹いた。なんともご苦労な話だ。

この時、尚爺と関山は竹園のわきの木下で将棋を指していた。二人は同時にコジュケイの猛々しい声を聞き、目を合わせ一斉に立ち上がった。二人ともこの鳥の鳴き声をきいたことがなかったのだ。二人の老人は興奮した。平地には鳥が少なく、このことが百霊が鳴き真似を増やす上で大きな障害になっていた。新種の鳥が現れるということは、新しい鳥の鳴き声に触れるということだ。百霊がそれを学べば、この鳥は十五の芸をする「百霊十五口」の境地に達するに違いない。「十五口」、それはたいしたものだ。百霊の中でもとびきりの上物で、世にも稀な鳥になるだろう！尚爺はずっと鳥を飼ってきたし、数えきれないほどの百霊好きにも遭ってきたが、十五種もの芸をする百霊を飼っている者などいたためしがなかった。関十三に至ってはそんな鳥など見たこともなかった。二人の友は興奮で顔を紅潮させ息を荒げた。二人は互いに何も言わなかったが、相手の思いはわかっていた。二人はこれまでずっと鳥を飼うことを楽しんできたが、晩年になって、ついにこんなふしぎな体験をしようとしているのだ。

それなら、今急ぎやらなければならないことは、あのコジュケイを驚かすことなく落ち着かせ、竹園に住み着かせることだ。二人はすぐさま竹園に入っていこうとはしなかった。尚爺が前、関山が後ろになり、腰をかがめてそっと竹園に分け入り、猫のように押し黙ってそっと迂回しながら進んでいった。コジュケイはまたカッカッ…と鳴き、数羽のスズメがそれに驚き飛び立った。

彼らの心臓は高鳴り、手も微かに震えていた。いっそのこと、と二人は腹這いになり、地面に伏せるようにして一寸一寸と少しづつ前に進んでいった。もしも二人が老人の体と皺だらけの顔をしていなければ、人は、二人の悪戯っ子が何か秘密の遊びでもしている、と思ったに違いない。

彼らは竹むらのすき間をゆっくりと這っていった。野の花や草は二人の体の下に押しつぶされ、二人の手や顔にも泥や草の葉、そして花びらがついた。しかし二人はそれを払おうともせず、ただただ緊張した面持ちで前を見つめ、竹むらから上を窺うようにしながら、だんだん鳥に近づいていった。もうすぐ百霊の鳥籠に手が届こうとした時、二人は鳥籠を見た。すると鳥籠の中で百霊は嬉しそうに跳びはねている。籠から十数歩離れていたが、これ以上近づくことはできない。尚爺が後ろに向って手を振ると、関十三は尚爺の後についたまますぐ腹這いになり、動こうとはしなくなった。二人はあの新参者の鳥を捜したが、びっしり生えた竹の細い枝が視界を遮り何も見えない。あの鳴き声がまた聞こえてきた。並外れてよく響く声だ。二人の老人は驚いて息を吐くこともできず、あわてて頭をひっこめ、ただひたすら、その鳥に見つかるのを恐れた。こうしてしばらくじっとしていたが、何の動きもない。ということは、あの鳥はまだここにいるのだ。関十三はこらえきれず前へ這い出て、尚爺とぴたりと肩を並べた。尚爺が真剣な表情で自分を見たので、関十三はあわてて笑ってみせた。

そよ風がかすめるように吹き、竹林全体にそっとさざ波が立つような音が広がった。そして目の前の斑竹が揺れた。一本の枝が動き、そこにあの鳥が姿を現した。二人は目を見開き、同時にそれを見た。風が吹くとその鳥は興奮し竹の枝の上で何度も跳び上がったが、それは実に力強い動きだった。尚爺はしばし目を凝らしこの鳥を見ていたが、何の鳥なのかわからない。平地にはこんな鳥はいない。振り返って関山を見ると、関山も目を細めてじっと見ている。思い出した。彼は興奮した様子で尚爺に口を近づけ声をひそめて言った。「コジュケイだ！山の鳥だ。」尚爺も、そうか、とうなづいた。関山はかつて旅回りの芝居をしていたので色々な所へ行ったことがあった。それに自分も百霊を飼っていたので、鳥には特に注意していたのだ。彼は十三年ほど前、大別山でこの鳥を見たことがあったのを、今突然思い出した。

「カッカッカッ…」コジュケイは百霊に向ってまた鳴きはじめたが、それは百霊を挑発しているようでもあった。百霊は止まり木の上に立ち、首をかしげてコジュケイを見ている。少しも動かず、コジュケイがどうやって鳴くのかを考えているようだ。「カッカッカッ…」コジュケイはいっそう嬉しそうに鳴いた。百霊は顔をまっすぐに向け、砂嚢を膨らませ口を開けた。「カッ！」しかし突然声がつまった。その鳴き声はコジュケイではない。しかも続けて声を出すことは出来なかった。コジュケイはまた鳴き出した。鳴いては跳んで、その様はまるで山の野生児が、大きな山など見たこともない平地の小娘を嘲笑っているようだった。百霊は恥ずかしそうに頭を垂れた。するとコジュケイはまた嘲笑うように鳴いた。いつまでもそうしているかと思うと急に飛び立ち、百霊の鳥籠のまわりを飛びまわった。そしてまた竹の枝の上に降り立ち、得意の絶頂のような顔をした。

尚爺と関山は草むらに伏せて、心配そうに目を合わせた。彼らはコジュケイがこれほど挑戦的だとは思ってもみなかった。この百霊は気が短い。コジュケイの声をすぐ真似出来なかったら気が触れてしまうに違いない。そうなったらまずい。百霊が芸を覚える時、時々こういうことが起こるのだ。声を出そうとしても出せないと、その鳥は息をつめ、その後もう鳴かなくなり、それまで出来た芸さえやらなくなってしまう。これを「叫落」というのだ。「叫落」の期間が長くなると、喉がだめになる。これは役者と似ている。どんないい役者でも、喉がつぶれると、舞台では役立たずになってしまう。「叫落」が長く続けば、この百霊は何の価値もなくなってしまう。二人の老人は極度に緊張した。午後の夕陽が竹林に差し込んできたが、その光線は色もまだらで弱々しかった。しかし二人の皺だらけの額からは玉のような汗が流れていた。

しかし彼らの心配にもかかわらず、最悪の事態が起きてしまった。コジュケイの無情の嘲笑は百霊の恥ずかしさを怒りに変えてしまったのだ。百霊はゆっくり顔を上げ、三尺以上離れた所にいるコジュケイをじっと見据えた。コジュケイはまだ「カッカッカッ……」と鳴いている。百霊は喉を一度二度とふくらませたが、両目は血でも吹き出さんばかりに充血していた。飛び跳ねもせず、鳴きも動きもせず、ただただ押し黙っている。

尚爺と関山も言葉を発することはなく、両肘を力一杯地面に突っ張らせ、息を荒げていた。しかし、彼らは動こうとしない。一分そして一秒と時は過ぎ、空は暗くなり始めた。二人はただひたすら、そのあわれな百霊を見ていたので、コジュケイが飛び去ってしまったことにも気づきはしなかった。百霊は依然同じ姿勢のまま前方を見ている。すでに去ってしまったあのコジュケイを見ているのだ。

尚爺は悲しげにため息をつき、振り向いて関山にこう言った。「おしまいだ。この百霊はもうおしまいだ。」関山は何も言わなかった。

「もうよそう。日が暮れた。百霊を部屋の中に連れていこう。」尚爺はそう言いながら大儀そうに地面から起き上がった。二人は長いこと地面に腹這いになっていたので、体中の骨と筋肉がばらばらになってしまったような気がした。二人は後先になって百霊の方に歩いていった。尚爺が斑竹を押し分け、鳥籠を下ろすのに体の向きを変えようとした時、百霊が急に籠の中で激しく暴れだした。羽根と頭を思い切り籠にぶつけ、いつまでも暴れている。おかしい！ふだん籠を家の中に入れる時、こんな事は決してなかったのだ。尚爺は不思議そうに関山を見た。関山は手を伸ばし籠を受け取ると、それをまた竹の枝に掛けた。「こいつはここを離れたくないんだ！やはりここに置いてやろう。」思った通り、百霊はもう飛びまわりもせず籠に体当りすることもなくなった。止まり木の上にうずくまりぼんやりしている。関山がなぜ一瞬にして百霊の心を正確に見抜いたのか、尚爺にはわからなかった。

それなら、こうするしかあるまい。しかし夜の間、百霊の鳥籠を竹林に掛けておけば、何かにやられてしまう恐れがある。そうならないためには、夜通しで番をしなければならないだろう。外に出しておいてやらなければ、百霊はやたらに飛びまわり籠に体をぶつけ、今夜のうちに怒り狂って死んでしまうに違いない。二人ははじめて、この小さな生き物にこれほどまでの強い意志があることを知ったのだった。彼らは共に感動した。関山の感動はいっそう大きいようだった。「兄さん、こうしよう。私が夜中の半分まで起きているから、あとの半分は兄さんが起きていてください。」「ようし、わかった。」

彼らは交代で寝ずの番をした。時は初秋で夜風も涼しく、二人とも外套は着ていたが、明け方はやはり冷えた。

翌朝、尚爺は食事を運んで来てくれた息子に「この三日は、誰も竹林に入ってくれるな！食事を持ってくる時にも声を立てないでくれ。部屋に置いておいてくれればいい。」と言った。息子は今まで父の言うことに「なぜ」と理由を聞き返したことはなかった。しかし母屋にもどってその話をすると、家中の四、五十人の者たちもどういうことか事情がさっぱりわからない。あの二人の老人は竹林の中で何をしようとしているのだろうか。

尚爺には尚爺の考えがあった。かれはまだ百霊に最後の望みを抱いていたのだ。今この百霊は明らかに「叫落」してしまっている。声を取り戻すのは容易なことではない。しかし尚爺は、この百霊がこうしてだめになってしまうのに甘んじることが出来なかった。百霊が「叫落」しても時には例外がある。何日か沈黙した後、突然新しい声を覚え、急に鳴き出す。そしてすべてが正常に戻るのだ。そうなればこの百霊は格が上がり、価値も倍になる。百霊が十三の芸を覚えた後、さらに新しい芸を覚えることは極めて難しい。そして十四から十五に芸を増やすのはさらにいっそう難しいだろう。事実、この百霊が声を取り戻す可能性は、今までの例から考えても、万に一つほどしかあるまい。つまり極めて、極めて小さいのだ。しかし尚爺はこの鳥の気性をよく知っており、また昨夜の様子からある予感がしていた。こいつはまた鳴き始めるに違いない！今一番大事なことは竹林の静けさを保ち、あのコジュケイがまた飛んで来て、百霊の前でもう何遍か鳴いてくれることだ。こうすれば、百霊の苦しみはさらにひどくなるには違いない。だが、百霊に相手の鳴き声をよく知る機会を増やしてやることになる。

しかしコジュケイはまる一日やって来なかった。百霊は時折水を飲むだけで何も食べようとはせず、相変わらず止まり木の上にぼんやりと止まっていた。

三日目も過ぎようとしていた。しかしコジュケイは依然として姿を現さない。百霊はもう食べることも飲むことも一切しなくなり、体は明らかにげっそりとやつれていた。風が吹くと止まり木から落ちそうになる。尚爺は時々こっそりと百霊に近づいていった。そして籠から十歩ほど離れた所で見ていると、百霊と同じようにひどく辛い気持ちになった。尚爺はこの小さな命が哀れに思えてきた。そして心の中で思った。なんでここまで一途なんだ。お前はもう全力を尽くしたのだ。もう普通の鳥ではないのだ。これで鳴かなくなったとしても、私はお前を飼い続け、お前を可愛がるのだから、安心しろ。この尚爺は一生これまで言ったことは必ず守ってきた。その私をお前はまだ信じないと言うのか。しかし百霊は依然として頑固に止まり木の上に立ち、体を震わせていた。

　関十三はまるで今までこの竹林を離れたことがなかったかのように、そこをじっと動かずにいた。自分も飲まず食わずで、ただ鳥籠から十歩ほど離れた草むらに腹這いになり、目をかっと見開き百霊を見つめ、何かを待っているようだった。しかし彼の血走った両目はひどくぼんやりとし、百霊を見ているようでもあり、実は何も見ていないようでもあり、彼が何を考えているのかは誰にもわからなかった。尚爺はそんな関山を見て、何度も首を振りため息をついた。

何ということだ。百霊のみならず、この男までぼけてしまうとは！

　四日目の朝、百霊は止まり木の上に立っていられなくなった。しかし、まさにこの時、この三日間姿を見せなかったコジュケイが、それまでどこを飛んでいたのか、突如舞い戻ってきたのだ。戻ってくると、あの伸びた竹の枝先に止まり、カッカッと鳴き出した。それはまるで百霊を嘲笑っているようだった。どうだ、お前はとうとう、この声を覚えられなかったじゃないか。

　想像だにできなかったことだが、奇跡がまさにこの時起こった。百霊が急に気力を奮い起こし、コジュケイに向ってカッカッ！と鳴き出したのだ。コジュケイのほうが逆に驚き呆然としている。そして尚爺と関山はさらにただただ唖然とした。百霊はコジュケイそっくりの声で鳴けるだけでなく、本物よりもさらによく響くつやのある鳴き方をしている。十歩ほど離れた草むらで尚爺は自分でも信じられないほど感動し、関山の目からは涙が止めどなく溢れた。鳴いた、鳴いたぞ！百霊十五口、世にも稀な鳥！こんな気概のある鳥にお目にかかった者がどこにいよう。どこを捜してもいまい！尚爺は心の中で喩えようもない晴れやかな喜びを感じた。三日の辛抱、いや十数年たまりにたまっていたものが、今すべてこの百霊によって吐き出されたような思いだった。

二人の老人はほとんど同時に駆け出し、ふらふらと気が触れたように鳥籠に近づいていった。コジュケイは人の気配に驚き、一声妙な鳴き方をすると、さっと飛び去っていった。しかし百霊は高い止まり木の上に立ち、コジュケイの飛び去った方向に向かって首を持ちあげ「カッカッカッ…カッカッカッカッ…」と大声で鳴き続け、鳴き止もうとはしなかった。狂っているようでもあり、酔いしれているようでもあった。いや、百霊は本当に気が触れてしまったのだ。「カッカッカッカッ！カッカッカッ…」関十三はまだ鳥籠のまわりで手をたたき大笑いしていた。しかし、尚爺の顔色が急に変わった！埋もれていた記憶が彼の頭の中で閃いた。これを「絶口」といい、また「絶唱」とも言うのだ。鳥はこうしてずっと死ぬまで鳴き続けるのだ。若いころ尚爺は老人たちからそんな話を聞いたことがあったが、未だかってそれを目にしたことはなかった。聞くところによれば、世の中で最も優れた、そして最も心意気のある百霊だけが、その運命をたどるという。自分たちは今まさにそれを目の当りにしているのでは！

案じたとおり、百霊の声はだんだん小さくなっていった。関十三も不穏な成り行きを感じとり、じっと尚爺を見つめた。彼は慌てて手を伸ばし鳥籠をつかもうとしたが、尚爺はそれを押しとどめて言った。「手を出すな。もうおしまいだ！」確かにもう手の施しようもなかった。百霊は何日も飲まず食わずで、すでに気力も体力も衰弱しきっていた。百霊は命の力すべてを使いきり、その気概を歌いあげ、自分が百霊の世界で最も輝かしい高みまで昇りつめた事を宣言したのだ！

ついに全力を使いきった百霊は、最後に「カッカッカッ…」と鳴くと、突然止まり木から落ち、ころがってそのまま死んでしまった。その死はあまりに突然で、あまりに潔く、そしてあまりに壮絶だった。

尚爺と関十三は百霊のために小さいけれどよく出来た木の箱を作り、百霊を竹林の真ん中に埋葬した。それは小さな鳥塚で、周囲は斑竹や青々とした草、そして美しい花だった。百霊はいなくなった。しかしあの最後の鳴き声はいつまでも竹園にこだましていた。

一月あまりたった時、関十三が急にこの世を去った。彼は病気が急変し、それはあっという間の出来事だった。死を前にして、関十三は尚爺の手を握り、涙は止まるところを知らなかった。そして「私…は…あの……百霊にも及ばない。」と言った。

尚爺は意外にも一滴の涙もこぼすことはなかった。彼は関十三を理解していた。が、彼を慰めるすべもなかった。ただ真剣で厳かな表情で首を振りながらこう言ったのだった。「十三、つらく思うな。私は決してお前を一人にするものか。」

関山の葬式の日にはたくさんの弔問客がやって来た。遺言により、彼のいた劇団とたった一人の娘には知らせなかったが、土地の芸人たちは大勢やって来た。彼らはこの芸の道の先輩を尊敬し、自分たちから笙や笛、チャルメラなどを持って来て奏でた。

尚爺は葬儀に必要な一切の段取りをつけると、息子や孫を外に待たせ、一人であの小屋に入って行った。しばらくして、誰かが突如、尚爺が小屋で自らの命を絶ったことに気づいた。彼の首には傷口が開き、血がまだどくどくと流れていた。傍らには一本の剣が置かれていた。

それは昔、関三十が尚爺に贈ったあの剣だった。そして机の上には書き付けが残されており、そこには「十三のともをする」とあった。

すべてがたいそう思いがけないことであったが、またすべてが少しも不思議なことではなかった。娘役だった尚爺の妻と子どもや孫たちはみな涙にくれた。聞き及んでやって来た人々はみな涙ぐみ、尚爺と関十三の埋葬を手伝った。二人の墓は竹園にあり、その間は三歩と離れておらず、その真ん中にはあの小さな鳥塚があった。

一面の青々とした竹、それは八畝ばかりの広さであった。

斬首

すでに季節は秋となり、夜は涼しい。道端の草むらでは虫がリーン、リーンと鳴いている。

護送車は一路北へ向っている。

護送車と、それをはさんで進む騎馬隊が近づくと、虫はたちまち声をひそめた。虫には何が起こったのかわからない。人の叫びも馬のいななきも聞こえないが、カタカタという音はやはり大きな動きだ。その音は重苦しく、せき立てられているようでもあり、また慌ただしくもあり、ますます夜の深さと静けさを際立たせていた。

匪賊の頭目、馬祥（マーシアン）は護送車の中にすわっている。その体の輪郭も、外からではっきり見ることができない。ただぼんやりとした黒いかたまりのように見える。彼は綿入れをはおっていたが、その前は開けていた。そして馬祥の心は熱く燃えていた。

この宿場を結ぶ古道は長年修復されることもなく、でこぼこして走りづらい。護送車が揺れるたびに、その黒い影はころがり、こちらへあちらへとぶつかりそうになった。馬祥は突然凶暴な叫びをあげた。「もう少しゆっくり走れ。俺様の体がバラバラになっちまう！」老劉（ラオリウ）は慌てて護送車の後方から駆け寄り、声をひそめ護送車を引く兵士に呼びかけた。「梶棒をしっかりささえ、車をガタつかせるな！」

護送車は一路北へ向っていた。

車が行き過ぎると、道端の草むらではまたリーン、リーンと虫が鳴き出した。

この匪賊の頭目は依然、ひどく偉そうにしていた。捕まる前にもましてさらに偉そうにしていた。護送車で北京まで運ばれ、秋を待って首を切られることになっている。これは本人も思ってもみなかったことだ。

二十年あまり匪賊をやってきたが、日々死というものを思わないことはなかった。死ぬことには何の恐ろしさも感じなかった。馬祥は様々な死に方を考えたことがあった。たとえば、強盗をやりそこね人に殴り殺される、仇に後をつけられ暗殺される、捕まって絞め殺される、棍棒で殴り殺される、石で打ち殺される、水に沈めて溺れ死にさせられる、銃殺、ぶった切り、メッタ刺し、油にぶち込まれて焼き殺される、いずれにしろいい死に目には遭うまい。しかしどこで死ぬかは考えたことがなかった。それは大したことではないように思えたのだ。太湖[1]のあたりを荒しまわった匪賊なのだから、おそらく太湖のあたりで死ぬのだろう。蘇州、無錫まで連れていかれても、それはどういうことはない。格が上がるだけだ。しかし、今行こうとしている所は北京城、天子様の膝元だ。天子様のお住まいに入っていくことになるかもしれない。天子に一日会い、その裁量を受ける。その後、午門[2]から引っ立てられて、最悪の場合でも菜市口[3]へ行くだろう。そここそ大英雄や大清帝国の朝臣が首を切られた所だ。地方の匪賊でここまで来るとは、まあまあといえよう、いや、大したものだ。

何を成就というべきか。これこそ、まことの成就ではあるまいか。

しかし馬祥には不満もあった。それは自分を護送して行く道中がずっと夜道だったことだ。昼間は逆に眠るのだ。これは彼をいい気分にはさせなかった。まるで、彼の護送は人に見せられぬ、とでもいうようだ。沿道の民百姓にこの護送を見物させるのは、いいことじゃないか。お上の御威光を明らかにすることが出来るばかりか、この馬祥の堂々たる威厳も見せることが出来る。護送車の中に立ち、足には足枷、首には首枷、背中には罪状を書いた木の札が差し込まれ、その上には「斬首」の二文字がある。それでもなお泰然自若としている姿は、見る者に豪傑とはなんたるかを教えるだろう。そして少なくとも何十年かは語り伝えられるであろう。

1　江蘇省と浙江省の間にある湖
2　北京の紫禁城の正門
3　清代にあった北京の刑場

馬祥には、この護送が夜に限って行われる理由が、いくら考えてもよくわからなかった。

馬祥はこの事で兵士たちに向って何日も騒ぎ立て、老劉は愚かなブタ野郎だ、と罵りまくった。老劉とはこの護送隊の頭のことだ。どの程度の小役人なのだろうか。しかし、老劉は気性がよく、たとえ馬祥がどんなに罵っても腹も立てず、馬祥のことをずっと丁寧に世話をした。自分で馬祥に食べ物や飲み物を与えた。馬祥は彼らが自分をどうにも出来ないことを知っていた。都へ入り秋を待って首をはねるのであれば、死人の姿で連れていくことは出来まい。馬祥がどんなに罵っても何の役にも立たないのなら、いっそのこと断食だ。この時は老劉も慌て、出来る限り馬祥に物を喰うよう勧めた。「兄弟、あんたは飯を食わなければだめだ。お前が飢え死にでもしたら、俺も役目を全うできぬ。」また事の重大さを説いて言った。「お前は朝廷の命によって罰せられる罪人だ。昼間進んで誰かにさらわれでもしたら、俺は間違いなく死罪だ。家には上は婆さんから下は女房や子どもまでいるのだ。」馬祥は何も言えなくなった。馬祥も孝行息子だったが、彼の老いた母は首をくくって死んでいた。


やはり、事が起こった。

ある日の真夜中、一行は野原の窪地を進んでいた。すると、突然、前方に一列になった人影が現れた。そして暗闇の中で微動だにせず行く手をふさいでいる。

その刹那、老劉の髪は逆立った。

護送の兵士たちは騒ぎ出し、みな銃剣を抜いた。追い剥ぎに出くわしたのだ。この事を彼らは恐れていた。夜を選んで進んでも、やはり避けることは出来なかったのだ。馬祥は匪賊の頭目で、太湖のあたりを二十年あまり抑えてきたが、事情は複雑だった。手下も多く、自分が殺した者も少なくはなかったが、逃亡した者もいた。見たところ、彼らは馬祥を救いに来たのだ。もう何日も後をつけて来たのかもしれない。護送の隊列は、彼らの目を逃れることはまったく不可能だった。この荒れた窪地の前後数十里に村は見当たらない。周囲には何本かの川の支流があり、葦のたけも高い。この場所を選ぶとは、これ以上都合のいい所はなかろう。

馬祥にも、何が起こったのかわかった。しかし彼は少しも驚かなかった。馬祥は彼らがやってくる事を知っていたのだ。

老劉は一人先駆けをし大声を張り上げて尋ねた。「お前らは何をしようというのだ。」

黒い影の中の一人が言った。「その人を逃がしてもらいたい。」

「大胆なやつめ!馬祥は朝廷によって捕えられた罪人だ。護送車を強奪すれば、どういう罪になるか、知っていよう?」

「死罪だ。」

「死罪と知っているなら、なぜそれでも失せぬ、どけ!」

一ならびの黒い影はそれでも動かない。

一陣の風が野を吹き渡った。老劉は困り果て、振り返って兵士たちを見た。見ればみな準備万端整っており、彼の命令が下るのを待っている。老劉は腰の刀を抜いた。冷たい光が一瞬きらめいた。

この時、頭目の馬祥が護送車の中で話し始めた。「兄弟たちよ、帰れ。女房子どもが家でお前らを待っているぞ。」

しばし沈黙が続いた。

この時、広野を渡る風が音をたてて吹き、それはまるで泣いているようでもあった。

すると一ならびの黒い影は壁のように倒れた。馬祥の兄弟たち全員が護送車に向ってひざまずいたのだ。

護送車は一路北へ向って行く。

二日後、一行は左驛と呼ばれる所まで来た。老劉はここで一日休養をとり隊を整えることに決めた。道中、神経もひどく張りつめており、その上よく眠ることも出来ない。護送の兵士も馬祥もともに疲れきっていた。

左驛は昔から朝廷の宿駅が置かれていた所で、大運河の東側に位置し、故に左驛と呼ばれている。百年千年と時は流れ、左驛は単なる宿駅から運河の要所となった。町には万にものぼる人が住み、街道路地が縦横に通じ、店屋が立ち並び、たいそう賑わっている。

しかし昔の駅舎は今も残って使われており、のみならず、左驛の中心的な建物になっていた。駅舎は三層の中庭を持つ構えで、左右両側とさらに横にもう一棟あり、角には鐘鼓楼がそびえ、上から敵を見つけて知らせることが出来る。ふだん駅舎には三十数名の常駐軍の兵士がおり、さらに数十頭の俊足の良馬がいた。駅では役所の手紙や文書を運ぶ飛脚人足の世話をし、また行き来する朝廷の役人の接待もする。当然のことながら、食料や囚人を護送する兵隊たちの世話もした。

ここに泊まれば、この上なく安全だ。

馬祥は地下牢に入れられた。

しかし、馬祥はその時、これが数ヶ月にも及ぶとは思ってもみなかった。

一日目は駅の兵士が彼に食事を持って来た。これは馬祥にも理解できた。老劉と自分を護送してきた兵士たちは休んでいるのだ。それで、馬祥のことはしばらく駅にまかせたのだ。しかし二日目、三日目と何日もつづけて駅の人間が彼に飯を持ってくる。馬祥は不思議に思った。

一日だけ休んで隊を整える、と言ったじゃないか。なぜ、出発しないんだ。老劉はどうした。馬祥は飯を持ってくる駅の兵士に尋ねたが、その若者はうろたえた表情をするばかりで、何も言わない。

匪賊の頭目、馬祥は、これは何かあったな、と確信した。

しかし、何が起こったのだろう。仲間割れだ！これは彼が一番容易に思いつくことだった。つまり、老劉と彼の部隊は駅に駐留している兵士たちと衝突したのだ。そして、ひどくやられてしまったのだろう。さもなければ、老劉はなんで姿を見せなくなってしまったのだ。しかし彼らはともに朝廷の役人だ。何の理由で、仲間割れしたのだろう。それに老劉の気性は荒くない。あるいは、つまり、老劉が自分を駅に渡し、自分の部隊を連れて別の公務に向ってしまったのかもしれない。これは大いに考えられる。聞く所によると、役人が人や文書などを伝え送る場合も、一駅一駅で交代し、人も馬も変えて、また次の宿駅まで行くという。もしそういうことであるならば、老劉と彼の部隊は、すでに左驛を離れている。しかし、彼らはなぜ何の挨拶もせずに行ってしまったのだろうか。

匪賊の頭目、馬祥は急に彼らが懐かしく思えてきた。老劉は人柄がとてもよく、隣の家の兄貴のようだった。役人の身というのも不自由なもので、そうして飯を食っていくのも容易なことではなかろう。

馬祥は気持ちが落ち込んだ。まるで一人の友をなくした様な気がした。見知らぬ人間の手に落ちたら、どうなるかわかったものではない。

一日おきに、あの若い兵士がまた飯を持ってきた。馬祥はまた尋ねた。「いったい地上では何が起こったのだ。」匪族の頭目、馬祥は、穏やかに笑顔さえつくって言った。この兵士を怖がらせてはいけないと思ったからだ。若い兵士は十七、八のようで、見た所まだ子どもだった。しかし兵士は馬祥には取り合わず、彼を正視する勇気さえなく、飯碗を置くと鍵をかけ、くるっとむこうを向くと、たちまち駈けて行ってしまった。馬祥は、兵士が石段を駆け上がりざまつまずく音を聞いた。

今、馬祥は事態がいくらかわかった。どうも今回のことは自分の身にも関わってくるようだ。自分が捕まったこの事に関しても、何か情況が変わったのかもしれない。たとえば、都へは送られなくなり、この地で処刑されるのかもしれない。そうでなければ、あの若い兵士はあれほど動転するはずはない。

これはいささか腹立たしいことだ。堂々たる大清帝国が前言を翻すことがあろうか。北京へ行って首を切ると言っておきながら、途中で俺様を殺すとは、なんとも不甲斐ない。

匪賊の頭目、馬祥は地下牢で大声をあげた。「おーい、俺を北京へ連れて行け！」しかしどんなに叫んでも、誰も相手にしてくれない。馬祥は壁の上にあいた手のひらほどの小さな窓を見つめたが、スズメの姿さえ見えない。

また飯が運ばれてきたが、案の定人が変わっていた。今度は前掛けをした賄い夫で、一碗の飯のほかに豆腐も付いている。死ぬ前にうまい物を食わせる、これは慣例だ。馬祥にはわかった。彼は賄い夫に尋ねた。「俺はいつ首を切られるんだ。」

賄い夫は笑って言った。「旦那、何を急いでいるんです。食べてくださいよ。明日も私が旦那に飯を運んできますよ。」

「俺をふとらせて、それから首を切る、ということじゃなかろうな。」


匪賊の頭目、馬祥は肥えることもなければ、また首を落とされることもなかった。

その後、賄い夫は馬祥のために綿入れの掛け布団を持って来た。地下牢は小さく、地面に掘った穴のようで、そう寒いとはいえない。ただ空気がひどくこもっていた。

瞬く間に晩秋になった。

地下牢の壁の上に開けられたあの手のひらほどの小窓からは、いつも薄暗い光が洩れてくる。落ち葉が窓の半分ほどをおおってしまい、地下牢のなかの光線はさらに暗くなった。

時折、秋の雨がしとしとと降り、それが冷たくはね返り窓から入ってくる。

馬祥にはもうわかっていた。外の変事は自分とは何の関係もないのだ。世の中ではきっと何か大変な事が起こり、自分のことなど、誰も顧みなくなっているのだろう。

どうやら、秋に首を切るのは、もう間に合わないだろう。

匪賊の頭目、馬祥はいささか気が滅入ってきた。この地下牢は自分の終の住処になるのかもしれない。彼は死ぬことなど少しも怖くはなかったが、こんな所で死ぬのは実に諦めきれないことだった。たとえ訴え出て左驛の街頭に引き出され首を切られたとしても、そのほうがまだましだ。

賄い夫は相変わらず食事を運んで来てくれた。はじめは日に二度、その後日に一度になり、さらには二日に一度、三日に一度にさえなった。奇妙な事に馬祥は少しも餓えを感じなかった。しかし彼はその賄い夫が地下牢に来るのを心待ちにしていた。ただ一人の人間に、一つの生き物に会いたかったのだ。

匪族の頭目、馬祥はひどく寂しかった。地下牢の中では昼か夜かもほとんどわからず、終わることのない死の様な静寂が彼を怯えさせた。馬祥は一生何も恐れるものがなかった。しかし今、彼は気づいた。人はこの世で必ず何か一つは恐い物があるのだ。馬祥にも恐い物があった。それは毛虫だった。今、馬祥はその事を認めざるを得なかった。

冬はひっそりとやって来た。

その日、彼はぼんやりと布団の中で縮こまっていた。目をさまして小窓の方をちらりと見ると、その上にうっすら雪が降り積もっていた。

馬祥はこの時はじめて、寒さを感じた。彼の体はひどく弱り、たまに起き上がり座ってみることはあったが、大方の時間は横になっていた。地下牢は湿っぽく、薄い布団もじっとりとしていた。それに臭いだ。大便も小便もそこにあった。以前は賄い夫がやって来てきれいに片付けてくれたが、今はもう何日もそのままになっていた。覚えている限りでも、あの年老いた賄い夫はもう何月もやって来ていない。いや、来たのかもしれないが、馬祥にはそれも定かではなかった。

雪の降る日は馬祥をいくらかいい気分にさせた。そして、わずかに空腹さえ感じさせた。彼がかすかに頭を起こすと、なんとそばに一杯の飯が置いてある。死んでいない以上食べなければならぬ。馬祥は這い寄って行くと、飯碗を取り上げ口の中にかき込んだ。飯は硬く、また冷たかったから、飲み下すのは容易ではなかった。しかし、かれは何とか頑張ってそれをたいらげた。そばには一碗の水もあり、それも取り上げて何口か飲んだ。冷たい。そして、少し残しておかなければならない、と思った。もしかしたら、あの賄い夫がもう来なくなるかもしれないからだ。

頭目の馬祥は、持ちこたえなければ、と自分に言った。もう何月も頑張ったのだからなんとしても頑張り続けねばなるまい。彼は自分を待っているものが何なのか、頑張り続けることに何の意味があるのか、わからなかった。ただ、頑張ること、待つことがすべてになった。彼は上で何が起こったのかをもう考えなくなった。どのみち自分とは関係のないことだ。彼はそんなのはくだらないことだと思った。何も大したことじゃない。しかし意外にも、それは俺様の首をはねるより大事なのだ。

匪賊の頭目、馬祥はしばし取り留めもなく考えていたが、また意識が朦朧となり寝入ってしまった。馬祥は今までこんなに長く眠ったことがなかった。

かれは自分がまた護送車に乗せられた夢を見た。やはり老劉と彼の騎馬隊がまわりを護っていた。馬祥は気持ちが奮い立ち、笑った。

護送車は一路北へ向う。

この時、折りも折り、一人の男が馬に跳び乗り都を離れようとしていた。この男は南へ向い、夜っぴいて駈けて行く。古い街道の雪は踏み散らされ、梨の花のように飛び散った。

老劉が護送車を護衛して左驛に着いたその夜、突如驚くべき知らせが伝わって来た。革命軍が武昌[4]で反乱を起こしたのだ。これはただ事ではない。老劉は、もう不用意に都へ入ることはせず、ただ本来の場所で通達を待とう、と決めた。思った通り、新しい情報が伝わってきた。各省が続々と独立を宣言しているというのだ。みなが動揺し慌てふためいている時、老劉は命令を受けた。それは、匪賊の頭目、馬祥を駅に引き渡し拘留させ、老劉自身は騎馬隊を率いて山東へ一人の役人を護衛して送り届け、秘密裏に都へ帰るように、というものだった。老劉は騎馬隊を連れて、慌ただしく出立した。

　老劉は北京に入り任務完了を報告した後、再び命を受け、騎馬隊とともに北京近郊のある駅に駐留しひたすら次の命を待っていた。何日も立て続けに様々な情報が絶え間なく伝わってきた。屋台骨が傾けば、人身は恐れおののくばかりである。騎馬隊の一部の兵士たちはこっそりと兵舎を離れて逃げていった。老劉は彼らを追おうとはしなかった。彼は残りの十数名の兄弟分たちと駅をしっかり守っていた。こうして一月ばかりたった。突然、今度は孫中山（スンチョンシャン）が南京で臨時大統領の地位に就いた、という情報が伝わって来た。それからまた一月あまりたち、皇帝が退位を宣言した。この時、老劉は初めて完全に諦めた。ただちに騎馬隊の兄弟分を解散し、一人日に夜を継いで左驛に向い急いだ。この頃、老劉は、実はずっと匪賊の頭目、馬祥のことが気にかかっていたのだった。

　大清国が滅亡した。老劉は悲喜こもごもだった。皇帝が退位した日の夜、彼は兄弟分たちとともに都に向って三回、額を地面につけて礼をし、大泣きをした。それから、それぞれの方向を目指した。その道すがら、老劉はまだ絶えず涙を流していた。しかし、馬祥は一死を免れたのだ。そのことが、また彼を喜ばせた。彼は馬祥との間に友情を感じたことはなかった。しかし彼は自分と馬祥は不思議な縁があると思った。天が馬祥を死なせていないのなら、自分が馬祥を救いに行くべきだ。馬祥にこの日まで持ちこたえるだけの運があるのか、老劉は一路、ただひたすらその事ばかりを考えていた。もしかしたら、馬祥は地下牢の中でとっくに死んでしまっているかもしれない。天下は大いに乱れ、宿駅の人間もきっと、もうとっくにみな逃げてしまっただろう。そうなれば、誰が彼のことを気に掛けてくれようか。

老劉は左驛に到着した。その赤いたてがみの馬から飛び下りると、馬はなんと地面に倒れて死んでしまった。老劉には馬が疲労のあまり死んだことがわかった。

駅は果たして人が去り、がらんとしている。ただ一人の老いた賄い夫だけがぐっすりと眠り込んでいる。この賄い夫は土地の人間で、留まって駅の舎屋の番をしていたが、匪賊の頭目をどう処分すべきか、わからないでいた。彼は馬祥を逃がすことも出来ず、殺すこともなおさら

4　湖北省武漢市にある地名。１９１１年、ここで起った蜂起が辛亥革命の発端となったともいわれる。

出来ず、またその権利もなかったので、ただ漫然と日を送っていたのだろう。馬祥は何日と生きてはいられなかったのではあるまいか。

老劉は賄い夫をひねりあげ、声を荒げて言った。「馬祥はまだ生きているのか？」賄い夫は目をしばたいた。そして相手が老劉とわかり、こう言った。「あんたはあの頭目のことを言っているのかね？」そして慌ただしく鍵をとりだすと、「あんたが自分で見に行ったらよかろう。」と言った。

老劉は手を伸ばし、鍵をつかみ取ると、すぐさま地下牢に駆け下りた。

後に残った賄い夫は、自分の持ち物をまとめると、慌ただしく駅を離れていった。あの匪賊の頭目が生きているのか、それとも死んでしまったのか、賄い夫は本当に知らなかった。ただ、ひどく恐ろしくなり、もうこれまで、と逃げていったのだった。

老劉は地下牢の扉をぶちあけた。すると、たちまち悪臭が鼻を突いた。老劉はそんなことは少しも顧みず、暗闇に向って大声で叫んだ。

「馬祥、馬祥！」しかしそれに対する答えは聞こえてこない。

老劉の心は沈んだが、何か妙な予感がした。慌ててやみくもに捜してみると、壁のすみに黒い塊の様なものが横たわっているのが、だんだんと見えてきた。急ぎ駆けよりさわると、一本の手に当たった。その手は暖かく柔らかい。まだ生きている!老劉は喜んだ。こいつは俺を無駄にやって来させはしなかったとみえる。すぐさま叫びながら揺すぶった。「馬祥!馬祥!…」

馬祥は老劉に揺さぶられ、ついに目を覚ました。

彼は、誰かが自分を呼んでいるのを聞いた。その声は遥かかなたから聞こえてくるようでもあったが、よく聞き知った声のようでもあった。馬祥はゆっくりと目を開けた。すると、一つの人影が目の前にかがみ込むようにしているのが見える。しかし、その顔ははっきりしない。

老劉は興奮して、大声で怒鳴った。「馬祥!兄弟よ、お前はまだ生きていたんだな」

馬祥はついにその声の持ち主がわかった。老劉だ!彼は自分の耳がいささか信じられず口ごもって言った。「あんたは…本当に、老劉なんだな!」

「馬祥、俺だ!お前はまだ生きていたんだ、よかった。俺はお前がもう死んでしまったと思っていたんだ!」

こう言いながら、老劉は馬祥の腰をかかえるようにして抱き起こした。馬祥は手を伸ばし老劉に抱きつき、二人は嗚咽を洩らした。

「老劉の兄貴…あんたはどこへ行ってしまったんだ。俺たちは…あの時、ちゃんと話したじゃないか…一日兵隊を休ませるって。あの時ぐずぐずしていたから…秋に首を切られるのも間に合わなくなっちまった。」

「馬鹿だな、舎弟よ、俺たちはもう都へは行かなくなったのだ。お前の首を切るものはもういなくなった。大清朝はおしまいになり、皇帝は退位を宣言したんだ。」

馬祥は驚き、老劉をつかんでいた手を離すとこう言った。「劉の兄貴、あんたはでたらめを言っているんじゃないだろうな。大清朝が…なんでおしまいになったんだ。皇帝がなんで退位したんだ、そんなことを言ったら、あんたは首をはねられちまうぞ。」

「馬祥よ、俺はでたらめなんか言っていない。皇帝は本当に退位したんだ。今はもう民国なのさ！」

馬祥は目も口もあんぐり開けてへたり込んだ。意外にも、何の喜びも湧かなかった。それを聞いて始めは心のうちで不満に思った。世の中で何かくだらない事が起って、それが俺様の打ち首に比べて重大事だと。しかし、それはどうも俺の首を切ることより重大事のようだ。山河がその主人を変え、朝廷が改まる、まことに大変な出来事だ！

匪賊の頭目、馬祥は老劉に背負われ地下牢を出た。そして駅舎で一月あまりしっかり養生し、やっと少しづつ回復していった。その間、老劉がずっと馬祥の世話をした。老劉は料理を作りスープを煮ることが出来た。

ついに別れの時が来た。老劉は馬祥に尋ねた。「お前はどこへいくつもりだ。」

馬祥は実はその事を何日も考えていたのだ。

「俺は左驛に残ろうと思っているんだ。家にはもう誰もいないし、また太湖へ帰ろうとも思わない。帰ったらまたあの舎弟たちが俺を頼ってくるだろうからな。」

老劉はいささか意外に思った。彼の様な者が、左驛などで生きていけるのだろうか。しかし老劉は何も言わなかった。

「あんたは？」馬祥は尋ねた。

老劉はちょっと苦笑すると言った。

「家に帰るさ。俺の家は天津にあり、家族が大勢いる。左驛に来る時天津を通ったが、家に寄って顔を見せることも忘れていた。今、みんな心配してきっと気が気でないだろう。」

匪賊の頭目、馬祥は目を潤ませた。

「老劉の兄貴、あんたは本当の所、兵隊には向いてないなあ。」

老劉は声をあげて大笑いし、言った。

「馬祥、お前の言っていることは違うぞ。俺は実は職業軍人で、一生の半分ほど兵隊をしてきたんだ。」

「老劉の兄貴、あんたはこれからも兵隊でいる気かい？」

老劉は首を横に振った。急に目に涙が光った。

その日、二人は涙をぬぐって別れを告げた。

馬祥は果たして、左驛に住み着いた。

馬祥は運河の岸に草掛けの小屋を作り、荒れ地を耕した。彼一人でやった。始めのうちはそううまくはいかなかったが、それでも頑張り続け、まもなく、かなり広い荒れ地を開墾することが出来た。左驛には彼と関わりあいになろうとする人間はいなかった。みんな間もなく彼の身元を知ったからだ。

その後、馬祥は飢饉を逃れて流れてきた一人の女を妻にした。それまでにも彼には多くの女がいたが、妻として娶ったことはなかった。あの頃の馬祥は、自分のような男は妻を娶るべきではないと思っていたのだ。この飢饉を逃れてきた女は根性があり、立続けに彼に七、八人の子どもを産んでくれた。

さらにその後、馬祥は村の駅舎のそばに地所を買い、立派な家を建てた。こうして馬祥は左驛の大きな一族の主となった。

匪賊の頭目、馬祥は、ついに年老いて動くことが出来なくなった。彼はよく屋根裏部屋にすわり、茶をいれて、それをゆっくり飲んだ。そして長いこと、駅舎の青いレンガと灰色の中庭を見ていた。

駅舎は荒れ果てて屋根の上には茅が茂り、スズメがその上で草の種を探しては食べていた。その小さな頭がちょこちょこと動いていた。

外伝

二〇〇一年、左驛に小魚(シャオユー)という窃盗の常習犯がおり、死刑の判決を受けていた。小魚は人を殺めたことはなかった。しかし窃盗で六度ほど刑務所に入れられながら改心の情もなく、とうとう極刑に処せられることになった。

判決後、小魚は上告はしなかったが、ある物を寄贈したいと申し出、それによって減刑される事を望んだ。彼の要求と指摘によって、裁判官は彼の家の屋根裏部屋の二重壁の中から一つの木箱を取り出した。開けてみると、中から三つの物が現れた。それは足枷、首枷、そして罪状を書いた木の札だった。木の札には「斬首」の二文字が書かれている。これは自分の曾祖父が残した物だ、と小魚は言った。曾祖父はまたつぎの様な話をした、と言うのだ。「自分たちの家は天に命一つの借りがある、この道具も早晩また役に立つようになるだろう。」裁判官は泣くに泣けず、笑うに笑えず言った。「お前はこれを使って減刑してもらおうと思っているのか?」小魚は笑って言った。「どうでもいいさ。ただちょっと言ったまでのことだ。ただこれを持っていってもらいたかったんだ。あれから何世代も経ったが、俺の家では夜中になるといつも足枷の音が響くんだ。」

裁判官はぞっとして、小魚に「何でたらめなことを言っているんだ。」と叱った。しかしやはり、専門家に頼み、その物を鑑定してもらった。文物の専門家は触ったり眺めたりし、これは清末の刑具で若干の価値があるが、文物としての価値は大してない、と言った。

小魚は、やはり銃殺に処せられた。

脱走兵

曹子楽(ツアオツールー)は、逃げることにした。

彼は、八路軍がこれほど命知らずの戦いをするとは思ってもみなかったのだ。弾が無くなれば銃剣で向かって来る。剣先が曲がれば歯で噛みついてくる。噛みつかれた者の血が四方に飛び散る。ウオーと叫び声をあげながら突撃し、迎え打つ少年兵たちも命知らずだったから、八路軍に会うと、不足のない敵に出会ったといわんばかりにとりわけ興奮し、どっと向って行く。こうして一戦交えると、血肉が飛び散り、至るところ死体という有り様だった。

曹子楽は、肝をつぶした。

実は、彼は熟練の兵隊だった。軍閥時代から兵隊をやっている。その当時彼は十五、六そこそこだった。曹子楽は誰かのために命をかけて戦おうなどと考えたことはなかった。張元帥であろうと、呉元帥であろうと、彼にとってはどうでもよかった。曹子楽が兵隊になるのは飯のためだ。彼の住んでいた積水横丁の男たちは、おおかた兵隊の経験があったが、彼らもまた飯のためになったまでのことだった。しかしこの仕事も、結局はそう旨みのあるものではない。兵隊は戦わなければならず、戦えば死人がでるのだ。曹子楽はおっかなびっくり一しきり戦い、腹もちょっとは満たされたと思うと、折を見てこっそり逃げ出した。そしておよそ半月か数ヶ月経ち、もう我慢出来ないほど腹がすくと、また兵隊になった。もちろん曹子楽も、他の事で食べていこうとしたこともあった。たとえば、ちょっとした小商いも試しにやってみた。だが、彼には元手が無かった。人足もしたが、だめだった。曹子楽はひょろっと痩せていて、力が無い。謡ものをしたこともあった。彼はいい喉をしていたし、胡弓も弾けたのだ。彼は街で流してみたが、一日謡っても何銭にもならず、自分が女郎にでもなったような気がした。いっそのこと、また兵隊になろう。軍人の手当が貰えるかどうかはわからないが、取りあえず飯は喰える。大きなマントウが何籠も並び、片手で四つ、両手で八つつかみ取って食べられるのだ。

曹子楽は馬鹿ではなかったから、兵隊になるコツを心得ていた。まず兵営のまわりを見て回り、戦いになるかどうか探りをいれる。決して兵営の中へは入っていかず、ただ遠くから彼らについていくのだ。戦いが終わるや曹子楽は兵営に入っていく。その時、軍隊は兵隊を補充し隊列を整え休息をとっているから、行けば歓迎される。まだしばらく戦うことはない。一日中、マントウを食べていればいい。こうして十日か半月してまた戦いになるが、まもなく一戦始まりそうになると、曹子楽は機を見て逃げ出すのだ。もちろん逃げ切れず、戦闘に遭遇することもある。そんな時、曹子楽は後ろの方に縮こまり、目ばかりきょろきょろ動かし、突撃して敵陣を攻め落とすようなことは、決してしない。その後も、せいぜい殴られるか罵られるかくらいで、昇進しないというだけのことだ。曹子楽は昇進など、考えたこともない。

曹子楽は運がいい。兵隊になって二十年、数度小さな怪我をしただけだった。数十回逃げて、なんと捕まったことがなかった。捕まれば銃殺だ。兵隊になって脱走する。脱走してまた兵隊になる。曹子楽にとって、それは次第に、ほとんど遊びのようになっていった。もちろん彼は常に素性を知られることを恐れて、絶えず違う軍隊を選ばなければならなかった。しかし幸い、そのころは至る所に軍隊がいて、どこの軍隊も兵隊を募集していた。兵隊になるのは簡単で、脱走するのもそう難しいことではなかった。曹子楽は職業軍人だった。そして職業脱走兵でもあった。彼は絶えず兵隊になり、絶えず脱走しているうちに、ある種の快感を味わうようになっていた。自分があらゆる軍隊を冷やかし、彼らから二十年分のマントウをせしめてきたような気がしたのだ。

人間というのは、楽しみを見つけなければだめだ。

曹子楽が八路軍にはいったのも、まったくの偶然だった。

一九四〇年の冬、曹子楽はちょうど国民党のマントウを喰って日々を送っていたが、ある時、八路軍と小競り合いがあり、捕まってしまったのだ。ほかに何百人も捕まった。八路軍の一人の長官が捕虜たちに話をした。まず一しきり抗日の道理を説き、そのあと、八路軍に加わりたい者は残り、残りたくない者は家に帰っていい、と言った。残留を決めた者が大半で、わずかな人数が去っていった。曹子楽はもともと残りたくはなかった。が、その話をしている八路軍の長官を見ると、それは自分の知り合いで、ふるさとの積水横丁の陳方という男であるようだった。気が大きくなった曹子楽が進みでて尋ねてみると、やはり陳方に違いなかった。陳方も曹子楽がわかった。陳方は嬉しそうに曹子楽をげんこつで叩くと、「よお、曹子楽じゃないか?」と言った。そこで、曹子楽は八路軍に残ることにした。戦場で同郷の人間に会うことはそうあることではない。陳方がいれば、よくしてもらえるに違いない、曹子楽はそう考えたのだ。しかし陳方は、曹子楽をすみの方に引っぱって行き、「よく考えろ、八路軍はがむしゃらに戦う。その度胸が無いなら故郷に帰って百姓になれ。」と言った。陳方は曹子楽と積水横丁で一緒に大きくなったので、曹子楽が度胸無しだということを知っていた。曹子楽はヘッヘッと笑って、あんたがいるから大丈夫だ、と言った。それならよかろう、俺の大隊にいれよう、と陳方は言った。陳方は大隊長だった。

八路軍は果たして、これまでの軍隊といささか様子が違っていた。訓練は苦しく、規律は厳しく公正だった。それにいつも政治の授業に出なければならなかった。兵隊たちは若い小さな虎のようで、戦闘が始まると、大風が吹き荒れるような勢いだった。曹子楽はたいそう感心した。しかし、彼自身はといえば、やはり前に向って行くことは出来ず、ただ後ろに隠れて怒鳴っているばかりだった。さもなければ、罵って虚勢を張っているだけだ。一戦終わると、曹子楽は恥ずかしくなった。陳方は曹子楽の所へ来て話をした。それは彼の意識を確かめたかったからだった。陳方は、曹子楽の主な問題は彼の自覚にある、と思っていた。そこで陳方は曹子楽にこう言った。「お前は日本人が憎くないのか?」曹子楽は「憎くない訳がないだろう。」と言った。

「なんで憎いのか、それもわかりきったことさ。奴らは俺たちの国に攻めて来て、家を焼き、人を殺し、女を犯した。そんなこと、俺だってみんな知ってるぞ。」

「知っているならいい。戦闘になったら、そういう事を考えてみろ。そうすれば、恐ろしくはなくなる。奴らは人間じゃない、畜生なんだ。」

曹子楽は何十年も兵隊をやっていたが、それはただ大きなマントウにありつくためで、何のために戦うかなどという事は考えたことがなかった。しかし今、彼は確かにわかった。戦うのは日本人を中国から追い出すためなのだ。曹子楽は自分のいる軍隊を誇らしく思った。一般の兵士は言うまでもないが、あの陳方だって、大隊長から連隊長になっても、戦闘が始まり突撃となると、大きな刀を振りかざしてまっ先に突進して行く。曹子楽は心の中で彼らの気骨に感動した。中国人の面目を施している。曹子楽は、つぎの戦闘では日本人を殺してやる、と決意した。そのとおりだ、奴らは人間じゃないんだ。

しかし、つぎの戦闘でも、曹子楽はやはり突撃して行くことは出来なかった。突撃ラッパが鳴った時、曹子楽は突撃しようとしたが、両足がいうことを聞かなかった。そして軍服を台無しにするほど漏らしてしまったのだった。陳方は曹子楽のそばを通った時、彼を一蹴りした。ろくでなし、もう少し喰う量を減らせないのか！

その晩、曹子楽はふとんを被って泣いた。彼は自分の臆病さが情けなかった。

真夜中、曹子楽は逃げた。

部隊からかなり遠くまで逃げた時、曹子楽は暗闇の中で振り返り、兵営のほうに向って敬礼をした。それは彼の一生で最もちゃんとした、そしてまた最も真心のこもった軍隊式の敬礼だった。

兵営から二里あまりの所まで逃げ、ほっと一息つくと、曹子楽は思いがけないことに遭遇した。前方わずか数歩の所に、人が一人立っているのがぼんやり見えたのだ。もう一度よく見ると、なんと、それは完全武装した日本兵ではないか！

曹子楽は肝を潰した。

その日本兵は銃をかまえていた。引き金を引きさえすれば、曹子楽はもう、おしまいだ。曹子楽は驚いて言葉も出ず、ただ冷や汗が流れるばかりだった。そうして顔を見合わせて立っていると、頭の中は真っ白になり、今はただ銃声が響くのを待つばかりだった。しかし、銃声はいつまでたっても起こらない。時間がまるで凍りついたようだ。

どれくらいの時間、にらみ合っていたかわからないが、目の前のその日本兵が突然、曹子楽の前にひざまずき、両手を震わせながら銃を頭の上に押し載いたのだった。この何の武器も持たず、押し黙っている中国人の前で、その日本人はついに降伏を選んだのだ。この事に気づいた時、曹子楽はやっと大きく一息ついた。この若い日本人も度胸無しだったのだ。曹子楽は警戒しながら駆け寄り、さっとその三八式歩兵銃をつかむと、また素早くもとの位置にもどった。そして銃を日本兵に向け大声で怒鳴った。「動くな！」この時、彼はやっと完全に落ち着きを取り戻した。

三八歩兵銃には弾がこめられていた。今、状況は逆転し、曹子楽が引き金を引きさえすれば、この日本兵は脳みそが飛び散るに違いない。

それはものすごく大きな誘惑であり、曹子楽は胸が高鳴った。彼は日本人を殺すのだ、と心の中で決めていた。しかし、残念ながら戦場ではそれは叶わなかった。これは何とも無念な事だ。部隊から離脱し脱走兵になった以上、今後はもう、こんな機会はあるまい。夜が明けて自分が脱走したことがわかったら、陳方や戦友たちは自分の事を根性無しと罵るに違いない。曹子楽だって日本人を恨み国を愛しているのだ、と信じてくれる人間はもういるはずが無い。自分は日本の鬼を一人殺して、この事を証明しなくてはならないのだ。もちろん、今となっては陳方がその様を見届けてくれるはずもない。しかし、そんな事はどうでもいい。自分のためにそれを証明できれば、それでいいのだ。

日本兵はずっとそこにひざまずき、首を垂れ、甘んじて処分されるに任せるような様子だった。しかし曹子楽には、この日本兵がなぜ夜中一人でここにいるのか、よくわからなかった。

大きな部隊からはぐれてしまったのだろうか。ここは昼間戦闘のあった場所から遠くない。日本兵の後ろは一面のコーリャン畑だった。見たところ、この日本兵ははぐれたようだ。あるいは死体の山からはい出て来た幸運な奴なのかもしれない。どういう事情にせよ、こいつは日本の鬼だ。こいつは殺していいんだ。

曹子楽は銃を水平にかまえ、日本兵の頭に狙いを定めた。そして、右の人差し指を引き金にあてた。もう少し力を入れさえすれば、こいつの魂はこいつの国へ帰れるんだ。曹子楽の手が震えた。興奮で震えた。ついに、自分が日本兵を恨み国を愛していることを、自分に証明してみせる事ができるのだ。これはまさに天が彼に与えた好機だった。

この時、空はびっしりと星でおおわれていた。一しきり風が吹き、向かいのコーリャン畑からサワサワと音がした。その時、日本兵はあまりにも長いことひざまずいていたためか、あるいはまた恐ろしさからか、この中国人が自分をどうしようとしているのかわからず、顔をあげてちらっと曹子楽を見上げた。彼はもとは自分の手にあった銃が今まさに自分に向けられており、あきらかに引き金が引かれようとしているのを見て取った。日本兵は驚いてぶるっと身震いすると、慌てて、まるでニンニクでも叩き潰すように頭を地面に着けてお辞儀をし、口の中で何かぶつぶつしゃべり続けていた。おそらくは命乞いをしているのだろう。

曹子楽はためらった。彼の手は震えていたが、もう興奮は消えていた。彼は地面にひざまずき命乞いをしているこの日本兵を殺すことは、戦場で一人の日本兵を殺すよりも難しいことに気づいた。曹子楽は日本兵に向けていた銃口を下に下げた。彼は手を下すことが出来なかった。そして、自分はもう引き金を引けない、とはっきり意識した時、突如かっと頭に血がのぼり、この日本兵を罵りだした。畜生、なんてこった！

曹子楽には、自分が何をしているかもわからなくなったのだ。

若い日本兵は曹子楽が罵るのを聞くと、ただ呆然と曹子楽を見ていた。彼は曹子楽が何を言っているのかはわからなかったが、この中国人が自分のことを罵っていることはわかった。

曹子楽はこの時、本当に死ぬほど怒っていた。地団駄踏んで怒鳴りだした。もちろん相手のなんで俺たちの中国にやって来て、またなんで、中国の民百姓を殺すんだ！お前らは強盗で野先祖三代までさかのぼって罵り、それから日本人すべてひっくるめて罵りだした。「お前らは獣だ。お前ら中国にやって来て、悪事の限りをやりやがって、言っとくがな、中国の軍隊が承知しないぞ。中国人が承知しないからな。お前ら日本は、カイコみたいなもんじゃねえか。中国は桑の葉か、カイコが桑の葉を少しづつ食い散らしやがって、ちぇっ！夢でも見ていやがれ。中俺は、地図で見たことがあるがよ、お前らの日本はカイコみたいじゃねえか。お前らカイコは大海原に浸せば、震え上がるだろうよ。俺らの横丁の女たちはカイコを飼っているけどよ、水のついた桑の葉はやらねえんだよ。カイコはそんなもの喰えば、死ぬんだよ。てめえ、わかっているのかよ。俺らの国が桑の葉みたいだと？お前ら見損なってるんだ。目やにでもふいてしっかり見ろよ。桑の葉じゃなくて、手のひらなんだよ。その手のひらでお前らを大海原まで追いつめて、海に沈めて溺れさせてやるんだ…」

曹子楽は自分でも何を言っているかわからず、罵っていた。息も継げないほど罵ったが、気持ちはどんどん大きくなっていった。その日本兵は曹子楽がひどく怒っていることがわかったし、彼が何を罵っているかもおおかた想像できた。しかし、彼には、この中国人がもう自分を殺すことはない、ということもわかった。

曹子楽は悪態をつくだけつくと、手振りで彼を立ち上がらせ、どこへ行こうとしているのか聞いた。日本兵は、おそらく意味がわからなかったのだろう、しばらくは手振りで戦いの様子を説明し、それから後ろのコーリャン畑を指さした。そして隠れる動作をした。曹子楽はわかった。こいつは、脱走兵なのだ。触れるべきでない神経に触れたように、曹子楽は急に怒鳴りだした。「どこへ行きたいのかって聞いているんだ！」この時日本兵は曹子楽のいうことがわかったらしく、曹子楽を指さし、一緒に行きたいという身振りをした。曹子楽はこの時、自分がまだ八路軍の軍服を着ていることに気づき、ちゃんとしなければならない、と思った。彼はそう遠くない所にある真っ暗な村を指さした。あそこへ行け、という意味だった。中国の民百姓は善良だ。しかし、日本兵は思いがけず、驚いたように首を横に振り、曹子楽と一緒に行くという身振りをした。曹子楽はいささか煩わしくなった。こいつがどこへ行こうと俺の知ったことか。曹子楽は銃を担いで歩き始めた。しばらく歩いて振り返ると、日本兵は自分の後についてくる。こちらが早足になると日本兵も早足になり、こちらがゆっくりになると相手もゆっくりになった。どうもこの日本兵は、自分の後についてくることにしたようだった。曹子楽は気づいた。この日本兵は軍隊に捕まるのが怖いのではなく、普通の中国人に捕まるほうが怖いのだ。軍隊なら、結局のところ規律があり、銃を取り上げたら殺すことはないだろう。しかし一般の中国人だったら、そうもいかない。日本人は酷いことをやりすぎた。だから捕まったら、いいことはないだろう。この若僧は馬鹿ではなかった。

曹子楽は立ち止まった。彼は何とかしなくてはならなかった。

真夜中近く、曹子楽はその日本兵を連れてとうとう八路軍の兵営近くまで戻った。しかし彼はその中へは入って行かなかった。兵営から数百メートルの所で、曹子楽は弾を外した銃を日本兵にやり、前方を指さし、行け、と言った。あの人たちならあんたを受け入れてくれる。

曹子楽はたった一人でまた荒れ野にもどった。足もとがふらつき何かにつまずいた。それは死体だった。よく見ると、兵士ではない普通の中国人の死体だった。曹子楽はしばし考え、自分の軍服を脱ぎ、その死んだ人間の服を着た。そして自分の軍服を焼け焦げた木の叉にかけた。

それがすむと、曹子楽は自分の顔をめちゃめちゃに叩いた。そして、急ぎ足でコーリャン畑の中に消えていった。

門の無い城

どれほどの歳月が過ぎ去ったのだろうか?五十年、いや、すでに百年経ったのかもしれない。私の脳裡に、もはや時空の概念は無い。ひたすら深い山、そして林の中を進み、ただ日が昇り、日が落ち、季節が巡るのだけを見てきた。漢も、そして魏や晋も、本当に存在したのだろうか。家を出た時、自分が三十三だったことだけは覚えている。今はもう百何十歳かになっているのだろうか。それもはっきりしない。いや、はっきりする必要も無かろう。ただ生きていれば、それでいいのだ。私は今もこうして健康で逞しく生きている。筋肉は鍛えられ、山を登れば飛ぶが如し。今もなお若者のようだ。私は自分がすでに大自然と融け合い一つになったと確信している。山や石、そして川の流れのように、永遠の存在になったのだ。私にとって、この世の生と死の悪夢は、もうとっくに消え失せている。

しかし、歳月の痕跡はやはり存在している。私にはかなり見事な髭があり、それは私の胸の前に滝のように垂れていた。はじめ黒かったその髭は、その後黄色に、そして白くなった。清らかなまでの白である。その後気にも留めずにいると、ある日突然、私はそれが再び黒くなっているのに気づいた。艶やかな黒だ。さらっと広がり地面まで垂れ、風が吹くと黒雲のように巻き上がり、体にまとわりつき、歩くのに危なくてならない。仕方なく私はその髭を体に巻き付けるしかなかった。こうすればずっと動きやすくなる。私はすでに完全な野人になった。体に服らしい物は身につけていない。人間社会から身に着けてきたその服は、山の木や石によってぼろぼろに引き裂かれ、もう跡形も無くなっている。私は今、全裸だ。はじめのうちは大きな木の葉を採って、悠然と体の前にぶる下げていたが、それとてまったく無意識のうちにしたことだ。しかしその後、その必要も無いことに気づいた。文明社会はすでに遥か遠くにあり、私を嘲笑う者などもはやいるはずも無かった。私は心穏やかになった。大自然の風雪がわたしの筋骨を鍛え上げ、二つの拳で胸を叩けば、まるで石臼を叩くようだ。人間社会で暮らしていたら、ここまで鍛えられただろうか。

私は深い山や林を突き進みながら、しばしば生命の不滅に酔いしれた。古から今に至るまで、どれだけ多くの人間が長寿の道を探し求め、それを得ずに終わったことか。しかし、私は知らぬ間にそれを手に入れていたのだ。私には結局の所、超人的な意志があった。私は私の心の中に抱くものを忘れ去ることが出来なかった。私は必ずや孤城を見つけなければならなかったのだ。人は目標を見失っては、永遠に生きながらえようとも、何の意味があろうか。

孤城—隔絶した都市、それは古より今に至るまで存在する謎だ。

この世には、祖父の祖父、またその祖父の祖父の祖父の時代から、山の奥深くにある孤城の言い伝えがあった。言い伝えのみならず、人類最古の文書にもその謎が記されている。そして今のこの世界には、孤城に関する複雑極まりない深遠な学問さえある。「孤城学」と言われるその研究で、少なからぬ人間が学問的な地位を手に入れている。しかし本当のところ、私はそんな論文に少しも敬意を払う気がない。彼らは孤城を見たことがあるというのか。彼らは言い伝えと最古の文字が記すそのあわれなほどわずかな資料によって、謎解きのような憶測と仮説を作り上げ、一編また一編と書かれた論文も、一冊また一冊書かれた分厚い本もみなそれから生まれたのだ。こんなものに何の科学性があるだろうか。遊びだ。確かに「孤城学」は、ある種の高等な遊戯に堕ちてしまったのだ。人々はこの憶測と神秘に満ちた代物をすべからく「孤城学」と呼んでいるにすぎない。孤城学の本来の意義は、もはや甦ることはないだろう。

しかし、私は違う。私は孤城を研究するために、まずそれを見つけようとした。自ら調査を行い、人の手を経ない大量の第一資料を手に入れ、様々な角度からしだいに核心に迫っていった。そして、繭から皮を剝ぐように孤城の謎を解き明かそうとしていったのだ。孤城はいつまでも人類の想像の中に留まってはいられない。私は一つの真実を今、人類の前に明らかにしようとしている。これは私が少年の頃すでに立てた誓いだった。そして、私はひたすらそのための準備を続けてきた。私は嫁を娶らなかった。持ちたくもなかった。家族を持ったとしても、早晩それを捨てることになるに違いない、とわかっていたからだ。ならば、持たぬにこしたことはない。

ついに私は旅立った。そして、この時以来、人間社会からも離れていったのだ。

しかし孤城を見つけることは、決してたやすいことではなかった。

道も知らず、場所も知らず、おおよその方角さえわからない。ただ深い山、深い森の中にあることしかわかっていない。深い、深い山の中、誰も足を踏み入れたことのない場所だ。しかし、必ず孤城を探し出す、と私は心に誓った。私は、そのためなら自分の一生分の全ての精力を使い果たす覚悟も出来ていた。一生かかって、この一事を成し遂げるのだ。それで十分だ。一生に一つのことを成し遂げるのさえ、容易なことではあるまい。これほど様々な心の準備があったにも拘らず、一歩踏み出してみると、その困難さは想像を絶するものだった。野獣に襲われるような危険はいうまでもないが、餓えと渇き、そして孤独だけでも、耐え難いものだった。道半ばで何度引き返そうと思ったことか。しかし、結局は歯を食いしばり耐え忍んだのだ。私は漆黒の闇夜を底なしの深い淵に向かって、一歩一歩手探りで進んでいった。私の行く手に待っているものが生か死かわからない。体の脇を陰気な風が吹き荒れ、虎や狼の吠え声が聞こえる。一歩進むのにもありったけの勇気を振りしぼらなければならない。しかし私はついにこんな環境に自分を適応させた。すでに一人で深い山を、そして密林の中を進んでいくことに慣れたのだ。私は人の世では永久に見ることのないであろう多くの奇怪な光景を見た。一年、一年と月日がたっても、孤城は依然として現れなかった。しかし私はだからといって孤城の実在を疑うことはなかった。いつの日か必ずそれを見つけるであろう、と信じていたのだ。

ある日の朝、私は一つの山の頂きに登った。するとそこから遠くない所にある絶壁の上に、一人の白髪の老人の姿があった。老人は薬草の籠を背負い、慈悲に満ちた表情で私を見ている。私はすぐさま近づき尋ねた。老人は一言も発することなく、ただ手で彼方を指すと、そのまま後ろを向いて去って行ってしまった。老人が指差したのは太陽の昇る所だ。老人は私が何をしているのかわかっているようだった。これは奇怪だ。これは天意ではないか、と私は思った。私の真心が天帝を感動させ、一人の知者を遣わし、行くべき道を示してくれたのだ。

私は深い山中を彷徨うことをやめ、ひたすら太陽の昇る所にむかって進んで行った。そしてまた三年三月と三日が経った。そして、ついに孤城にたどり着いたのだ。それは気も狂わんばかりの、例えようもない喜びだった。

孤城よ、お前は古より今に至るまで、人々の伝説の中で神秘的に生きてきた、そして誰もその姿を見た者はいなかった。今、私は幸いにして、この目で見ることができたのだ。私は人類の敬虔な使者だ。あらゆる危険と困難、そして筆舌に尽くし難い苦しみを経て、私はこうしてお前を拝みにやって来たのだ。

孤城は厳めしくも雄壮に山の中腹にそそり立ち、金の光を放っていた。遠くから望み見ると、白雲が城の周りに纏わりつくように漂い、大鷹がそのまわりを旋回している。それは極めて大きな神仙の宮殿か道教の寺院にも似ていた。が、しかし、それは神仙の宮殿でもなければ道教の寺院でもなく、確かに人間の住む孤城だった。

私はすぐさまその事を証明することが出来た。

私は三日三晩かけて、ぐるぐると迂回しながらその山腹まで登り、ついに自分の手でその孤城に触れることができた。私は矢も楯もたまらず城壁に張り付き、じっと中の動静を探ろうと聞き耳をたてた。すると微かに、城内の車馬の音を聞き取ることが出来た。それに、鶏や犬が鳴き、牛やロバも鳴いている。更にさかんに聞こえてくるのは人の言葉だった。その言葉は古のもので、「〜なり、〜なり」と言っているのが聞こえる。しばらく聞いていても話の内容は理解出来ず、時折、喧嘩や罵りの声も、そして殴り合いの音も聞こえてくる。しかし間もなくそれも止む。そして相変わらず鶏や犬の鳴き声がし、またしても「〜なり、〜なり」という人の言葉なのだ。

私はただ驚くばかりでなす術も無かった。

この世には数えきれないほどの不可解な謎がある。エジプトのピラミッド、バミューダの魔の三角海域、マヤの文明…しかしそれらとて、孤城の神秘と等しく語ることはできまい。なぜならそれらはみな死滅した遺跡だからだ。しかし孤城は今も生きている城市だ。活きた人類の化石なのだ。

これは重大な発見だ。なぜなら、私より前に、どんな学者もこの点については言及していないのだ。ただこの一点だけでも、私の長い旅は無駄ではなかった。

しかし、孤城の周囲を数日も回ったあと、私はまたひどく落胆した。なぜなら、これは城門の無い城だったからだ。外の人間はその中に入ることが出来ず、中の人間は外に出ることが出来ない。これは重大な発見だったが、私の探求をさらに押し進めて行くことを不可能にした。もしもこのまま人間世界に戻ってしまえば、それはあまりに大きな徒労になるだろう。戻って孤城の存在を確証する資料を示したとしても、人に嘲笑されるだけだろう。「そんなこと、お前が証明するまでもないことだ、孤城は存在しないなどと誰が言っただろうか。」と。

私はあきらめきれず、孤城の周囲を一まわり、二まわり、そしてまた一まわりと歩き、城門を見つけようとし、あるいは城に入る何らかの方法を見つけようとした。しかし、それはまったくの無駄だった。私は孤城のふもとの妙な形をした岩にすわり込み、城に入るという考えを徹底的に無くそうとした。それからの日々、私はひたすら辛抱強く待った。そして誰かがこの城から出てくるのを願った。この城の人々が外界といかなる行き来もしていないとは信じ難い。しかし私はまたしても失望した。孤城の中の賑わいは尋常ならざるものがあったが、一人としてその中から出て来たり、城壁をよじ登って出て来る者はいないのだ。彼らは城の外にもっと大きな世界があることを、まったく知らないのかもしれない。

ならば、外からこの城について調べるしかない。

孤城の中の人々の人種や血統、衣食住、風俗や民情、建物のありさま、孤城の起源と歴史、そしてどれくらいの年月が経ち、どれほどの災難を経験して来たのかなどなどは、しばし未解決のままにしておかなくてはならない。それらの問題はどれもあまりに大きすぎ、あまりに複雑すぎる。外から観察したり聞き耳を立てたりしているだけでは、何の結論も引き出すことは出来まい。しかし、ただ一つ断言出来ることは、この孤城が、昔から今に至るまで、生き続けてきた、ということだ。ならば、必ずや独自の生存の手だてがあるに違いない。

その後、私は毎日その城の周りをめぐって観察し、仔細に考えをめぐらせた。孤城は方形で、その点は中国の古代の城とたいした違いはない。ただ、城壁は極めて高く、雲間を突き抜けるようにそそり立ち、その頂上はまったく見ることが出来ない。孤城全体を見ると竪穴坑のようだ。天にもとどく竪穴坑。見ていると、目も眩み、意識がとぎれそうになる。雲が天空の城壁をかすめ悠々と流れ去っていく。この竪穴坑はいつ倒れてもおかしくない。こんな高い城壁は、まったく話に聞いたこともない。

何日か観察し、私はついに、城壁にもう一つ特殊な点があることに気づいた。城壁には数カ所の継ぎ目があるのだ。一つ目の継ぎ目は地上から一丈あまりの所にあり、二番目の継ぎ目は二丈ほどの所に、そして第三の継ぎ目は三丈ほどの所にある。それより上になるとはっきりとは確認出来ない。思うに、さらに多くの継ぎ目があるに違いない。この三つの継ぎ目を見ると、それぞれ一段一段と層を成す城壁は、同じ時代に作られたものではないようだ。レンガの大きさ、厚さ、その規格は明らかに違っている。つまり、これほど高い城壁は一度に築かれたものではなく、何度かにわたって修築されたものなのかも知れない。一段高くなるごとに、それぞれの異なった年代を表し、そしてとうとう今のような姿になったのだ。そして、これからもまた高さを増し続けていくに違いない。城壁は天を突き抜けるかもしれない。しかし、これほど高い城壁は何のために築かれたのだろうか。もしも野獣を防ぐためであれば、これほどの高さは必要無い。それなら一段目ですでに十分であるだろう。よそ者が入ってくるのを防ぐ、あるいは中の人間が出て行くのを防ぐためだろうか。こんな理由があろうかとも考えた。しかし、それとて二段目、三段目ですでに十分であるだろう。ならば、後になって風や雲を避け音を遮るためだったのだろうか。それは疑問だが、今は深く追求しないでおこう。

まもなく、また新しい発見があった。四面の城壁の真ん中には、それぞれ城門の痕跡があるのだ。もしも仔細に観察しなかったなら、それらは見てもまったく気づかなかったに違いない。その痕跡から見ると、はじめはどの城門も広く大きく、車が通り馬が駆け抜けることも充分出来たようだ。しかし、何の理由からか、それらは完全に塞がれてしまったのだ。塞いだレンガの隙間から見ると、一度で塞ぎ終わったものではないらしい。城門は両側からどんどん狭められ、まずは人が体を斜めにしてかろうじて通れるくらいまでになったのだろう。そしてまた上からも次第に塞いでいった。やがて城門は犬の出入り口ほどになり、ついにはぴたりと塞がれてしまったのだ。レンガの規格から分析すると、城門を塞いだ年代も同じではなく、城壁が高くなるのに見合っている。その二つの作業は足並みを合わせるように進められたのだ。それから考えると、その意図は同じであろう。

これは不思議だ。

つまり、孤城は本来、この世から隔絶したものではなく、他の都市と何ら変わるところのないものだった。ただ、ある理由、あるいはいくつかの知られざる理由により、自ら封鎖してしまったのだ。もちろん、封鎖したのにはそれなりの苦しみと道理があったのだろう。しかし長い年月こうして生きているあいだ、よそ者の感じる訝しさはさておき、この城内の人間が鬱陶しい閉塞感を感じなかったとどうして言えよう。しかし城内から聞こえて来る鶏の鳴き声や人の声を聞くと、ここはどうも平和な所のようであり、その鬱陶しさを感じる者など誰もいないようだ。中から時折争ったり喧嘩をする声も聞こえるが、それも閉じ込められていることから来る鬱陶しさと関係があるとは限らないようだ。もちろんまったく無関係とも言えないのだろうが。しかし事実、孤城には門が無く、今もそれを開けようとする気配は無い。もしかすると、この孤城の人々は何世代にもわたって繁栄し生存してきたのかもしれない。そして孤城にはかつて城門があった、という話などもう知らず、すべてもともとこういう状態であった、と考えているのかもしれない。この城には本来門が無かった。そして門とはどういう物か、ということさえ知らず、世界はもともとこのくらいの大きさなのだ、と考えているのかもしれない。
もしも城内に国王がいるとしたら（こうなると、何の根拠も無く、推測するしかないのであるが）その代々の国王というのは、なんともたいしたものだ。かれらは城壁を一段一段高くしていったわけであろうが、臣民たちに視界が妨げられると感じさせることはなかった。城門を少しづつ狭め、塞いでしまっても、そこに住む臣民たちに鬱陶しさを感じさせることは無かったのだから、民を統べる術を実によく心得ていたと言えよう。

もちろん、これは、孤城の人々の気性のよさも表している。彼らはきっと何はともあれ、こだわらない人々なのだろう。例えば、城門にしても、はじめ体を斜めにしてやっと通れるほどまで塞がれた時、彼らだって必ずしも何の意見も無かったわけではあるまい。おそらく一時は抗議もしただろう。しかし、結局のところ、彼らはこの現実を認めたのだ。城門が犬の出入り口ほどに塞がれた時も、彼らは必ずしも屈辱感を感じなかったわけではなかろう。だが、しばし、しげしげとながめ苦笑したあと、犬が這うようにして喜んで出入りしたのだろう。そして門が完全に塞がれ出入りが許されなくなった時、彼らは苛々と数日を過ごしたのかもしれない。が、ついには、苛立つこともやめ、それからは一世代一世代と安逸に暮らしてきたのではあるまいか。私は考えた。もしもいつの日か、孤城の国王が孤城を覆う巨大な蓋を作り、上からこの孤城を塞ぎ閉じてしまったら、そして空も太陽も見えなくなってしまったら、この城の住民たちはいったいどうなってしまうのだろうか。

これは実際に推測しがたいことだ。

私の考えはここで終わらざるをえない。本当のことを言うなら、私は無念でまた恥ずかしくもあった。

孤城は依然として謎であり、私はその謎を解くことが出来なかったからだ。

その地を離れる時、ただ一つ気がりなことがあった。それは万一今後、どれほどかの年月のうちに孤城が突然倒れ、城内の人々が一瞬にして白日のもとに曝されたなら、彼らはやわらかいもやしのように、すっかり干涸びて死んでしまうのではあるまいか。

これはまったくあり得ることだ。なぜなら、私は見つけたのだ。城壁の根もとに、すでに数えきれないほどの穴があいていることを。

涸れた轍

一

黄河はこの地で巨大な怒涛となって逆まき、そして去っていった。

夜はまだ明けず、人々は深い眠りのなかにいた。天地を底から覆すような凄まじいうなり。たちまち、誰もが目を覚ました。男たちはかろうじて落ち着きを保ち、暗闇の中に身を横たえたまま、ただ訳もわからずに目を大きく見開いている。女たちはあわててさっと起きあがり、服を着る事も忘れ、ただ震えていた。「父ちゃん、なんだよ、これは！」子どもたちは泣き叫び、親の股ぐらに飛びこんだ。

鶏は跳ねまわり、犬は吠え、女たちのけたたましい悲鳴は、遥か彼方から聞こえて来る悪夢のようでもあった。

この時、あたりはすでに一面、ゴーゴーという水の押しよせる音につつまれていた。

不気味な風がにわかに吹き起こり、家の中までサーッと吹きこんでくる。男は大声で怒鳴り女子どもを振りきると、寝台から飛び降りて戸口へ走った。一体何が起こったのだ。だが時はすでに遅く、かんぬきに手を掛けたその瞬間、天を突くような大水が襲いかかってきた。恐ろしいほどの轟音。それに続いて弱々しい微かな音が起こり、家は倒れた。地鳴りはひとしきり続いた。そして、すべての家は倒れ、すべての村は跡形もなく姿を消した。しかし男はそれを見届けることは出来なかった。それは一瞬の出来事であり、その男にできたことは、ただ「畜生!」と叫ぶことだけだった。


日暮れ時になり、蟹(シエ)は村はずれの麦わらの山にもぐり込んだ。体を丸め服を着たまま横になったその姿はまるで犬のようだ。一匹の身のほど知らずな若いオス犬。

ああ、暖かい。凍っていた体が、とけていくようだ。足がじいんとする。そして彼はなんだか、ただただ笑いたくなった。草のむろの中は麦わらの発酵した匂いが充ち、かすかに酒のような香りもした。その香りに酔って、蟹はまもなく寝入ってしまった。

黄河の古い河沿いから吹き上げる北風は雪の粉を巻き上げ、その雪の粉は音をたて草の山を打ちつけ、そしてころがり落ちていく。草の山は銀色に縁取られる。穀物干し場の脇の小さな溝はしだいに灰色の雪で満たされていった。大きな道だけが相変わらずつるつる光っている。雪の粒は留まるいとまもない。鞭のように風足の長い風に荒々しく吹き落とされ、またほかの場所へ飛ばされていった。

遠くの村も、近くの村も、いてついている。なんて寒さだ。

しかし蟹は湯気が立つほどぬくぬくと眠っていた。彼は気持ちよさそうに寝返りを打つと、急に目を覚ました。そして汗を一ぬぐいした。畜生、なんていい気持ちなんだ。彼は上機嫌だった。

外で何かの気配がする。

今は昼なのだろうか、それとも夜なのだろうか。麦わらの山には窓がない。外は雪が降っていることも、蟹は知らなかった。ただずいぶん長いこと眠っていたような気がする。蟹は眠るのが好きだった。

外で何かの気配がする。ガタンガタンという車輪の響き。人の叫び声、馬のいななき、乱れた足音。軍隊が通って行くのだろうか?彼は眠そうにあくびをした。そして、また眠ろうとした。天から神の兵隊が下って来ようが、将軍がおいでになろうが、俺様に何の関係があるっていうんだ。蟹はこう思って目を閉じた。が、また好奇心を抑えることも出来なかった。夜の行軍というのはきっと神秘的なものに違いない。大砲が見られるかもしれない。そう考えると、蟹は外へ出てみることにした。はい出ようともがいた。麦わらの山が揺れるほどもがいてみたが、外へはい出ることが出来ない。畜生!日暮れにここへもぐり込んだ時には、こんなに力を使わなかったのに。なぜ外へ出られないんだ。きっと何かが違っているんだ。彼はかがみ込み、額を触りちょっとたたいて思案した。進む向きが違っているんだ。日暮れにこの麦わらの山にもぐり込んだ時には、頭から入り、足は外を向いていた。今はい出たいのなら、体の向きを変えるか、後ずさりしなければならないじゃないか。しかし麦わらの山の中で体の向きを変えるのは、決してたやすいことではない。狭い一筋のすき間だから、首がねじ切れてしまう。そんな事をするくらいなら後ずさりした方がちょっとはましだ。今までずいぶんもがいてきたが、それもつまりは無駄だったわけだ。畜生！だが俺様はこのやり方で前に進んでやる！そうして、このわらの洞窟から外へ出るんだ。このわらの山が地球ほど大きいとも思えない。楊八姐（ヤンパーチエ）は地球は丸いと言ってたなあ。俺は信じないぞ。丸いわけがない。俺は八つの時から乞食をしているんだ。いろんな所に行った。汽車だってもぐり込んで乗ったことがある。しかし、丸い所なんてどこにもありはしなかった。楊八姐は嬉しそうに声をたてて笑って言った。「あんたに何がわかるっていうんだい！地球が丸いのは当たり前さ。」もういい、もういい、丸いってことにしよう。じゃあ、どんなふうに丸いのさ、あんたの乳のように丸いのか。あんたの乳は本当に丸いなあ、マントウを二つ伏せたようだ。すると楊八姐は殴りかかってきた。「そんなことを言うとぶっ殺すよ！」だが、楊八姐がたたいても、ちっとも痛くなんかない。ちょっと触れるようなものだ。楊八姐の手のひらはふかふかして軟らかい。楊八姐は笑って顔を赤らめ、白い歯を見せると、眉をきっとつりあげた。俺はあんたが本気で怒っちゃいないってことを知っているんだ。俺はあんたの顔をなでたい。もう三年もあんたの顔をなでていない。あの時、俺はたったの十四で、あんたに触りたいなんて思ってもみなかったんだ。でも、あんたはいつも触らせようとして、俺の手を取って、そして自分を触らせた。あんたの顔を、そしてあんたの乳を。あの頃の俺は恐がってばかりいて、いつもあんたに触ることが出来なかったんだ。今はもう四六時中、あんたの顔を触りたいんだよ。俺もあんたのように、笑い、そして顔を赤らめ、白い歯を見せてやろう。きっとそうしてやる。しかし、あんたは首をちょっとかしげると、身をかわす。俺はもう十七になったんだ。そして、あんたは俺に体を触らせなくなった。でも、もう逃げられないぞ。今夜こそ、俺はあんたの地球に体当たりしてやる、あんたの丸々とした白い地球に体当たりしてやる。逃げられはしないからな。

蟹は力が湧いてきた。両手でわらをかきわけて前に進んだ。二本の足を後ろに蹴り伸ばし、ぐんぐん進んでいった。麦わらの山は前よりいっそうひどく揺れた。蟹はまるで発情した若いオス犬のように、気でも触れた勢いで麦わらの中をあちこちぶつかりながら前へ進んでいった。彼はもうどっちへ行ったらいいかなど考えてもいなかったし、外の動きのことも頭になかった。ただ自分の感情を抑えられぬまま、心の中の地球に体当たりしていた。麦わらは軟らかく、顔をぶつけると、体中何かをぶちまけたくなるような快感があった。蟹は自分が楊八姐の懐の中にいるような気がした。彼はあの茶館の若い女主人を崇拝していた。楊八姐は始終人を罵り、男と殴り合いの喧嘩だってする。地べたでころげまわるほどの取っくみあいもする。しかし、あの女は心根がいい。いつだって蟹のことを気にかけてくれた。彼はあの日も一日物乞いをし、夜、三つ叉にある茶館のアンペラ小屋の下でうずくまって寝ていた。そして夜中寒さで目が覚めた。寒くて体がガタガタ震え、体を丸めても、やはり震えは止まらない。その時、ふいに扉が開いた。そして扉の中から伸びた一本の手が、蟹の腕をつかみ、家の中に引っぱり込んだのだ。蟹は訳もわからぬまま中に入れられ、そしてまた訳もわからぬまま楊八姐に服を脱がされ、寝床の中に引っぱり込まれた。蟹は楊八姐にぎゅっと抱きしめられ、体をさすってもらううちに、しだいに寝入ってしまった。蟹の二つの目から涙が溢れ、夢の中で泣いていた。それ以来、あの茶館は彼の聖地となり、楊八姐は彼にとって他人ではなくなった。蟹は楊八姐の恩に報いたかった。彼は自分が物乞いでもらった食べ残しを彼女にやることにした。ブタのえさにしてもらうためだ。蟹は楊八姐に、残っていた物の大半はやってしまった。ぼろぼろになった雑穀まんじゅう、干しいも、残飯のかたまり、何でもあった。一頭のブタにとって、それは十分な量だった。こんなものさえ口に入らない百姓だっている。ある日、蟹は担いできた残飯をブタのえさ箱に空けると、さっさと帰ろうとした。家の門を出て、何気なく振り返ってみると、そこに楊八姐がいた。楊八姐は、蟹の持ってきた残飯をがつがつ食べるあのぶちのブタを追い払い、腰を曲げ、マントウを拾い集めていた。そしてそのマントウを手ぬぐいで包むとそそくさと家の中に入っていった。蟹はたまらない気持ちになった。あんないい人がブタと食べ物を取りあっている。俺よりまだひどい。それ以来、彼は残飯を背負ってくると、それをブタのえさ箱には空けなくなった。蟹は、入り口の戸の後ろに掛けてある空の篭をとって、その中に残飯を空けた。彼は楊八姐がそれを取りに来ることを知っていた。彼はちょっと誇らしい気がした。自分が一人前の男だという気がしたのだった。

蟹だって、貯めようと思えば少しは金を貯めることも出来たのだ。物乞いでもらってきた方々の残飯の残りを毎日取っておき、ブタのえさとして人に売れば、三毛にしろ、五毛にしろ、少しは金にすることが出来る。こうすれば、結構な収入になるのだ。百姓たちは皆喜んで乞食から物を買う。安いからだ。ある乞食の老婆は十年ほどこうして蓄財し、息子になんと三間の瓦葺きの家を建ててやった。他人から見れば、この老婆はあくどい大儲けをしたように思えるが、実は違うのだ。乞食の旨みは乞食にしかわからぬものだ。生きることはひとつの学問だ。子ブタは前に向かって鼻を突き上げ、ひよこは後ろに砂をかく。それぞれやり方があるというものだ。

蟹は乞食の同業の中にたくさんの友達がいたが、その中のかなり多くの者が、すでにこの仕事から足を洗い、もう物乞いはやらなくなっていた。彼らは皆自分の家を持ち、長い年月をかけてそこそこの金を貯め、まっとうな暮らしをしていた。蟹には金を貯める気が無かった。ふるさとの魚王庄にも、もう一人の身よりもなく、天涯孤独の身だった。彼は何日かに一度は魚王庄に戻って来て、その時は魚王廟で寝た。その廟は村からずいぶん離れたところにあった。そこは彼の先祖の住んでいた所で、先祖は皆そこの廟守だった。

大きな音がして、麦わらの山が崩れた。

一筋の懐中電灯の光がピカッと光り、ヒキガエルのように腹這いになっている一人の男を捕らえた。その男の頭からは湯気が立ち昇っている。

「麦わらの山がやたらに揺れているのを、俺は見たぞ、貴様、何者だ！」

民兵の大隊長は大声で怒鳴った。

蟹は何がなんだかわからぬうちに、二人の男に手足を取り押さえられていた。北風がピューッと吹き、彼は寒さで震えた。体中の汗が乾き、皮膚がぴんぴんに突っ張る。

「お前ら、なに騒いでいるんだ。」蟹は必死でもがいたが何も見えない。懐中電灯の光は依然彼の頭を照らしている。蟹は目を細め、ぐっと顔を上げた。

「俺は泥棒でもかっぱらいでもねえぞ。俺を捕まえて、何が面白いんだ？」

「ハッハッハッ、これは蟹の小僧じゃないか？」

民兵の大隊長は面白がった。

こいつめ！二人の男は蟹をつかまえ後ろ手に縛ると、大隊長の前に連れ出した。

大隊長は穏やかな表情で笑った。彼は蟹のことを知っていた。この黄河の古い河筋の人間なら、誰だって蟹のことを知っている。蟹は千軒もの家々の飯を喰って大きくなったのだ。

「面白いって？お前のほうこそ、ひどく面白そうじゃないか！真夜中に麦わらの山に体当たりして。おおかた暇を持てあましていたんだろう。それなら、俺と一緒に大きなあの河を掘りに行け。治水の英雄になれるかもしれんぞ！」

蟹はぽかんとした顔をした。軍隊が通って行くところかと思ったら、畜生、黄河を掘るために駆り出された人足たちだったのか。蟹はこの大隊長を知っていた。胸にいつも一つながりの勲章をつけていた。が、それはどれも色褪せていた。その勲章は朝鮮戦争でもらった物だそうだ。大隊長には英雄癖があるのだ。

しかし、俺は決して英雄なんかにはならない。蟹は肩を揺すり、自分を捕まえている男の手を振りほどいた。

「行かねえよ！俺はあんたたちの村の人間じゃない。あんたたちも俺を捕まえて仕事をさせたりは出来ねえぞ！」

「ふん、お前の言うことに道理などあるものか。」大隊長はゆっくりと腰から革のベルトを引き抜いた。

「俺の村の人間でないっていうなら、何で俺の村に物乞いに来たんだ？」

「俺は飯を借りに来たんだ！俺の村の魚王庄の支部書記[1]が、俺に証明書をだしてくれたのさ。

1 共産党（または青共団）支部の責任者。

俺は貧農だ。信じないなら、ほら、見てみろ！」蟹は手を伸ばして懐を探った。

大隊長は蟹の懐には赤い印の押された証明書があることを知っていた。彼らはそれを何度見たかわからない。蟹は人にからかわれるたびに、真顔でその証明書を引っぱり出した。その紙はもうもとの形がわからないほどくしゃくしゃになっていた。

「そんな物、俺は見ないぞ。お前が貧農だということは知っている。お前は喰うものを借りに来たんだな。なら、今度は俺がお前を借り出して仕事をさせる。双方損得なしだ。行くぞ、せがれ！」

蟹はみんなの息子だった。まるで村の掃き溜めのようなものだ。

「俺は行かねえよ。」蟹はそっぽを向いたが、その姿は勇ましかった。

ピシッ！牛革のベルトが懐中電灯の光の中で、まるで蛇が飛ぶように音を立てて舞った。

「行くのか、行かないのか？」

蟹は驚いて首をすくめたが、何も言わなかった。彼はこの大隊長が人を鞭で打つのを見たことがある。革のベルト一本で、一筋の血の痕をつけることが出来た。彼はアメリカ人を打ったこともあれば、村の人間を打ったこともあった。しかし大隊長は蟹を打ちはしなかった。ベルトを手にし、ちょっと打つふりをしただけで、目配せをした。

「お前が損をすると思うか。大河を掘るのはちょっとは疲れるが、ただで飯が喰える。上から小麦粉が支給されるんだ。一日に一度、ふかふかのマントウだって喰えるんだぞ。」蟹に何食か腹一杯喰わせてやりたい、大隊長は真実そう思った。大隊長も、幼い頃物乞いをしたことがあり、その辛さを知っていたのだ。蟹が大隊長の家の前に物乞いに来るたびに、彼は食べ物をくれた。大隊長は心根がよかった。ただ鞭で人を打つのも好きだった。

蟹は果てしなく続く人足の隊列に加わった。

彼は芝草をいっぱいに積んだリヤカーを引いた。それは四百キロもあった。肩に掛けた革のベルトは骨がぎしぎし鳴るほどきつく彼の体を締めつけた。人足たちはみんな蟹をからかい、彼のことを勝手に小僧、小僧と呼んだが、彼はそんな人足たちを相手にせず、ただ面白くなさそうに歩いていた。ついてねえや。蟹は仕事をするのが嫌いだった。正確にいうなら、仕事をするのが煩わしかったのだ。それが、この歳になって初めて捕まってしまった。彼は飼い慣らされていない子牛のようだった。蟹は仕事をさせられるのは、たまらないと思った。そして、折りあらば逃げようとしていた。クソ、一目散に逃げてやる！

蟹の考えでは、世の中で乞食よりいい仕事はなかった。思い悩むこともなければ、仕事をする必要もない。ただちょっと哀れな様子をしさえすれば、食べ物だって着る物だって、欲しいものは何でも手にはいる。今着ているぼろぼろの綿入れの上着も、ズボンも、もらい物だった。ただ服の下の乳あてだけは盗んだ物で、ぶらぶらと蟹の胸で揺れていた。それは楊八姐の物だった。蟹は楊八姐を崇拝していた。そして彼女が身につけている物なら何でも崇拝した。蟹は盗みをしようなどと思っていたわけではない。ただ楊八姐が身につけている物を一つ、記念に持って来たかったのだ。そして彼女が身につけている物の中で、乳あてほど想像力をかきたてる物はなかった。

あの晩から、蟹はよく茶館へ行って泊めてもらった。夏は外のよしずの下の石のテーブルの上で眠り、冬は楊八姐の戸口の前で寝た。ござを敷くと、楊八姐は蟹に掛け布団をくれた。それはおんぼろの布団だったが、きれいに繕ってあり、また清潔だった。時には、楊八姐は蟹を奥に引っぱり込み、自分の寝台に寝かせた。楊八姐に子どもはなく、亭主もいなかった。亭主は何かの罪で牢屋にいるという話だった。昼間、楊八姐の所にはしょっちゅう男たちがやってきた。彼らは茶を飲んだり火を借りたりし、ついでに彼女の胸に触った。そんな時、彼女は手を伸ばし、男にびんたを喰らわす。男が彼女を殴ろうとすると、彼女は男につかみかかり、息を荒げ髪を振り乱し、さんざん男を殴った。男は彼女を屈服させることは出来なかった。夜もよく男がやって来て彼女の家の扉をたたいたが、彼女はそんな連中を相手にもしなかった。ドンドンドン、ひとしきり扉をたたき、立ち去って行った。そして彼女は人知れずため息をついた。

楊八姐と一緒に寝ると、麦わらの山の中で寝るのと同じように暖かかった。二人は頭と足を逆にして寝たが、蟹は足を伸ばして楊八姐に触った。楊八姐の体はどこもかしこも軟らかかった。蟹はいつも楊八姐の体に触っていたかったが、またそうするが怖くもあった。彼はいつも不安だった。夜中寝ている時、楊八姐は彼のほうに近寄って来た。そして彼をぎゅっと抱きしめて泣いた。楊八姐は蟹を抱きしめて笑うこともあった。だが笑うほうが泣かれるよりも怖かった。楊八姐は泣くと、蟹のことを身動きできないほど強く抱きしめた。しかし、笑う時はいつも、彼をおもちゃのように弄んだ。楊八姐はいつも蟹のペニスをいじった。それははじめ軟らかいナツメのようだったが、まもなく小さな棒になった。細い一本の小さな棒。彼女はフフッとからかうように笑い、そして狂ったように彼に口づけをした。蟹は驚いて身じろぎも出来なくなった。ついにある晩、蟹は体の中からわき起こる欲情を感じた。何かが体のどこかで解き放たれた。その瞬間、蟹に猛烈な力が湧いた。そしてくるりと振り返ると、楊八姐の体にのしかかろうとした。楊八姐ははじめは面白がって笑っていたが、急に顔色を変え、彼にぴしゃっとびんたを喰らわすと、蟹をベッドの下へ突き落とした。そしてそれからは蟹を自分の寝台に上げようとしなくなった。昼間会っても楊八姐はどこかぎこちない態度をとるようになり、やたらに顔を赤らめた。前には、そんなことはなかった。楊八姐は蟹のことをずっと子どもだと思っていた。自分でも気づかぬ間に、一匹の小さな子犬を若いオス犬に変えていたことを、彼女は少しも気づいていなかったのだ。

楊八姐は相変わらず蟹を自分の家に入れてやったが、彼はもう従順ではなかった。彼は楊八姐に近づこうとし、いつも彼女のそばをうろついた。そして鼻をそばだて匂いを嗅いでいた。楊八姐の体はとてもいい匂いがする。そして彼はとうとう楊八姐の乳あてを盗んだ。それは女が使う物で男には無用のものだ、それくらい、蟹にもわかっていたが、彼はそれを首に掛けていたかったのだ。そうすると、まるで楊八姐を首に掛けているような気がした。二人の間に起こった初めての悶着は一段落し、蟹はまた物乞いに出かけた。

蟹は快活な若い乞食だった。そして何も悩み煩うことなく暮らしていた。もちろん、人に恵んでもらうには面の皮を厚くしなければならない。しかし面の皮にどれだけの値打ちがあろうか。支部書記の老扁(ラオビエン)の言うとおりだ。人は生きていかなければならないし、思いつめては駄目なんだ！あの会議の時、老扁は扁平な頭を両肩の間に沈め、手を振って、みんなに泣くなと言った。「葬式みたいにめそめそするな。こうなった以上、何の体面があるんだ。衣食足りてこそ名誉も恥もわかるんだ。面の皮は腹の皮ほど大切じゃないぞ。人は誰だってよくない時もあるんだ。韓信[2]だって人の股をくぐるような辱めを受けた。越王の勾践だって十年間、臥薪嘗胆の憂き目にあい、朱元璋にいたっては乞食をしたこともあるんだ。しかしみんな最後には大物になったじゃないか！わしはこの魚王庄の太陽がいつまでも黒いままだとは思っていない。今わしらにくずマントウ一かけらでもくれる者がいたら、その情けを覚えておくんだ。魚王庄で果物の木が育ったら、わしらはその情をかけてくれた者に新鮮なリンゴを一抱えでも返そうじゃないか。この村、あの村、この家、あの家と一村ずつ、一軒ずつ返していくんだ。さあ、みんな、出て行け。歩ける者はみんな出かけるんだ。金を稼げる者は金を稼ぐんだ。そして、稼げない者は物乞いをしろ。大きな法を犯さないなら、何をしたって構わんぞ。もしも、よその土地で面倒なことに巻き込まれるのが心配なら、党支部が証明書を出すから、それを持って行け！」

そして老扁はボロ机を引っぱり出し、大隊の会計係に証明書を書かせた。会計係は印章を取り出し、証明書を書く準備を整えると、こう言った。

「支部書記、この手紙は何と書けばいいんです？」

老扁はちょっと考えると歩きながらこう言った。

「我が村の公社員、誰々は、貧農であり、生活困窮のため、他の土地へ赴き、食べる物を借りることを認める。沿道の村々には、この者に便宜をはかられるよう希望する。中国共産党、魚王庄支部書記」

2　韓信　漢の天下統一に功績があった武将。若いころ、町のごろつきに股の下をくぐらせられる屈辱をうけたという故事がある。

会場を埋め尽くした千人もの人々の泣き声は、老扁のこの言葉で笑い声に変わった。食べ物を恵んでもらうのを「借りる」と言ってらあ。その上、堂々と書かれている。老扁は実にうまく人をたぶらかすもんだ。しかしこれ以外どうしたらいいというんだ。もう、万策尽きたのだ。

会計係はそれを書こうとした時、ふとある疑問が頭に浮かんだ。

「全員、貧農と書くんですかね。」

「ああ、全員、貧農と書くんだ。」

「じゃあ、地主や富農たちは？」

その場に居あわせた何人かの地主や富農の子どもたちは、みな下を向いた。

老扁はひとわたり見渡した。誰もボロをまとい、顔色も悪く痩せている。大地主梅山洞(メイシャントン)の末娘、梅子(メイツ)だけが、身ぎれいななりをしている。青い上下の服を着ているが、それも体にぴったり合っている。首の下には柄物のくるみボタンが掛かっていて、胸の二つの丘ははっきりした曲線を描いている。丸い顔はほっそりとして雪のように白い。そして二つの目は二つの深い池のように冷え冷えしている。その時、蟹は梅子の隣に座っていた。老扁の視線が自分に向けられると、梅子は顔を背けた。ほかの地主や富農の子どもたちのように戸惑ったり怯えたりすることもなく、また人の御機嫌をうかがうような媚びへつらった目を向けることもなかった。

老扁は突如会計係に向かってひどく怒鳴りだした。

「このぐず野郎。言ったろう、みんな貧農と書くんだ。」そう言うと、曲がった片腕を抱えるようにして行ってしまった。

会場中が騒然となった。が、地主や富農の子どもたちはほっとした。そしてその他の者もみなほっと一息ついた。彼らは続々と立ちあがり、尻についた土ぼこりをたたき落とした。そして証明書をもらうために会計係の所に押しよせた。その時、多くの者たちが互いに尋ね合っていた。

「二叔（アールシュー）、あんたいつ出かけるのかね。うちの花花（ホワホワ）もあんたと一緒につれていっておくれよ。」

それは十四、五になる小娘の手を引いた女の声だった。

「土改（トウカイ）よ！俺たち何人かで連れだって、関の向こうまで行かないか？」

十人あまりの元気のいい若者たちが、一人の痩せた若者をわっと取り囲んだ。彼らは嬉しそうに、まるで出征でもするかのように喜びで湧きかえっていた。

「桂栄（クイロン）、私たちは二人で一緒に出掛ければいいよ。そうすればお互いに助けあえるし、いいよね？」二人の十八、九の娘が手を引っ張りながら小声で話している。わくわくしているようでもあったが、同時に不安そうでもあった。桂栄は体も豊満で、顔は丸顔、背も高かった。そしてもう一人は痩せて小柄な娘で、小菊（シャオチュー）といった。

ちょうどこの時、梅子が立ち上がり、どこかへ行こうとした。梅子の目には涙がたまっていた。蟹はそれを見て釈然とせず、急いで梅子に追いつき、梅子の腕をつかんで引っ張った。

「梅子ねえさん、あんたは証明書をもらいに行かないのかい？」

梅子は蟹を相手にせず、ずんずん人混みをかきわけ、その場から去って行った。

その時、蟹は何も知らなかったのだが、党支部では、梅子を村に残らせ、病人を診させることをすでに決めていた。梅山洞は黄河の河岸一帯で有名な医者だった。それは子どものころ、父の梅山洞から習ったものだった。彼女は医術を少し知っていた。惜しいことにあまりに早く死んでしまった。さもなければ、梅子はもっとちゃんとした医術を父から学んでいただろう。いま魚王庄は梅子を手放すわけにはいかなかった。若くて力のある者はみんな出払ってしまい、女子どもと体の弱い者だけが残される。梅子が村にいてくれれば、出掛ける者は安心だった。

梅子が行ってしまうと、蟹は面白くなさそうに戻って来た。

「あんたが証明書をもらわなくても、俺はもらうぞ！」

梅子に向かってこう叫ぶと、蟹は会計係の所へ行くために、人の群の中に入っていった。


今、蟹の腰にあるこの証明書は、他でもないその時にもらった物だった。あれからもうすでに何年もたった。これはお守りだ。これで汽車に乗り、船に乗り、いろいろな所にいった。金を払ったことはなかった。人に捕まっても、この証明書があるし、頭にシラミがついても、凶を吉に変えることができる。せいぜい、人に説教されて、それでおしまいだ。怒鳴られても、罵られても、からかわれても、蟹は平気だった。それがなんだっていうんだ。体に貼り付いてしまうものでもあるまいし。蟹は一人であちこち行くのが好きで、道連れを作ったことがなかった。彼はかつて、あの土改たちと一緒に出掛けたことがあった。彼らは蟹よりも歳も大きく、いつも蟹を殴った。彼らは蟹が怠け者なのを嫌っていた。そして蟹のことを、ちんぴらだと罵った。「お前は何もしないで喰ってばかりいる。、ろくでなしめ。」土改たちは出掛けると、いつも仕事を捜した。しかし、それはどれも糞喰らえの仕事だった。体を使う仕事だった。下賎だ！若旦那様にはそんなことをする暇はないんだ。腹が減ったら人の家の門口を叩き、何かちょっとうまいことを言えば何でも出て来る。人の前では三代下にへりくだったふりをして、後ろを向いたら、俺はお前の爺さんほど偉いのだ、と威張ってやる！そうすれば、差し引きなしだ。

乞食ほどいいものはない。

だが、今日は捕まって仕事をするはめになったじゃないか。畜生！

夜明けの寒さはとりわけ身に沁みる。雪はやんだ。いたる所、青白い光があふれている。一歩歩くと足もとが滑る。こんな大規模な隊列だというのに、人の声はほとんどせず、ただ車輪のガタンガタンという音だけが響いている。単調さ。そしてもの寂しさ。タバコの火が隊列の中で微かにちかちか光っている。もう五、六時間も歩いた。寒い。腹も減り、疲れ切っていて、誰も口をきく気にもならない。

蟹は夜の間ずっと元気もなく、機を見ては逃げだそうとしたが、それはそのつど失敗に終わった。大隊長は常に蟹の尻の後ろについて来る。そして蟹が車を推すのを手伝ってさえくれた。突如、蟹は異常な興奮に襲われた。彼は、この道が河の堤の端に通じていることを、何となく気づいた。河の堤を過ぎれば三つ叉に出る。楊八姐の茶館はその三つ叉のわきにあった。蟹はもう三月余りも楊八姐に会っていなかった。今度はずいぶん遠くまで行った。江蘇の北から安徽の北、それから河南の東へ行き、山東の西南にぬけて、物乞いをしながら戻って来た。そして魚王庄にやっとついたばかりの時に捕まって、こうしてかり出されたのだ。ちょうどこの方角だ。楊八姐、俺は戻って来たぞ。蟹はほとんど叫び出しそうになった。肩をぶるっと震わせた。車輪の回転が速くなった。蟹は大隊長の話を思い出した。河の工事に毎日出掛ければ、一日一回、白いマントウがもらえるんだ。蟹はますます嬉しくなった。なんとしても真っ白なマントウをいくつか手に入れて、楊八姐に持っていってやるんだ、畜生！

二

すべてを滅ぼした大水が過ぎ去ったあと、この一帯は果てしなく続く沼地になった。野生のアシ、ガマ、水草が群生し、広大な湿地は、ある所は水に浸かり、またある所は水から顔を出し濃密な草いきれを発していた。

ここには、かつて人のいた痕跡はなく、ただ生命の狂おしさばかりが充満している。名も知れない様々な鳥が、蒲や葦の上をかすめるように飛びかい、歓びの声をあげている。びっしり茂った草むらには所どころ山のようなものが見える。近寄って手に取ってみると、それは鳥の卵だ。トンボは草の先を自由に飛んでは交尾し、その快感に震えている。女祈祷師のようなガマガエルが水草の中から顔を出し、怪しげな様子でこっそりと外を窺っていたが、突如悪意に満ちた声でグアーと一声鳴いた。それはまるで同族を呼び寄せ、共に騒ぎを起こそうとしているかのようであった。たちまち怪しげな声が起こる。それは疾風のように広がり、沼全体が瞬く間に、カエルの世界になった。水辺にすむ蛇が数匹葦の草むらから泳ぎだし、標的を見定めると、突如矢のように飛び出した。カエルの声は止み、突如また静寂が訪れた。

遠くの枯れて曲がったコノテカシワの老木の上には、カラスがとまっていた。カラスがじれったそうに一声鳴くと、その不吉な声は沼地の空気を凍らせ、周囲を圧倒するような雰囲気を作り出す。ちょうどその時、一羽の凶暴な禿鷹が中空から急降下して攻撃を仕掛けた。大きなわめき声、虚しいもがき、そしてまたすべてが静寂に戻った。

野ギツネ、ジャコウネコ、イタチなどが群をなして行き交い、互いに追いかけあったり、隠れたりしている。そして葦の草むらの中で突如出くわすと、生死をかけた闘いを始める。

太陽は相変わらず気だるそうに沼地を照らしている。湿って薄暗い沼地の上には、決して晴れることのない霧が毒ガスのように充満している。そして霧の中には絶えずその姿を変える虹が懸かっている。この虹は何年も前からずっとそこに懸かっているようだった。ちょっと手を伸ばせばつかめそうなほど近いようでもあり、水蒸気の中に深く隠れてぼやけ、どんなにつかもうとしても、とどかないほど遠くにあるようでもあった。

夕暮れ時、何万何億という蚊や虻が蒲や葦の草むらから飛び出す、そして天と地を覆い尽くし、空間すべてを埋め尽くす。どんな生き物もここへ飛び込んで来るや、たちまち逃げていく。すべての生物が、時間と空間の奪い合いに加わる。沼地は命を賭けた戦場になった。

夜のとばりが降りた。風だ。ついに主役の登場だ。天帝の御意を帯び、それは空のかなたからやって来た。鼻息も荒く、海も山も覆す勢いで、蒲や葦や芹や泥を思う存分踏みつける。鳥たちは草むらで体を縮め、うめき声を上げている。ガマガエルは水底深く身を隠し、動物たちは地に伏せて震えている。禿鷹は木の股をしっかりつかみ、恐ろしげに漆黒の闇を見つめていた。濃い粥のようにどろどろと群がった蚊や虻は、一つまた一つと塊のまま水の中に落とされていった。

風の吹き荒れる音。そして何かがぶつかる。

暗闇、そして恐怖。

一瞬にして沼地は地獄と変わり、命あるもののすべての営みは、いともたやすく姿をかき消されてしまうのである。


一筋、そして一筋と続く砂のうねり。一本そして一本とついた轍の跡。所々に小高くもりあがる砂山。それは果てしなく続く大海原にも似ていた。太陽は頭上から光をふりそそいでいる。そして砂州の上にまるで何億何万もの小さな反射鏡があるかのように、色とりどりのきらびやかな光を反射している。それは明るく、まばゆいほど輝いていた。

砂山の上に、大柄な男がうずくまっている。一頭の熊のようだ。肩には太くて荒い縄を掛けている。その縄はまるで大蛇のようにぐるぐる肩に巻かれていた。男は黙って砂山のてっぺんにしゃがみ込み、そこに打ちつけられでもしたかのように微動だにしない。二つの深く落ち込んだ目は、鷹のようにあたりを狙っていた。砂州に人影はないが、この男は待っていた。いつまでも忍耐強く待っていた。

ついに男は自分の視野の中に、一台の手押し車をとらえた。それは「叫車」だ。男には一目でそれが叫車だとわかった。車を支える人間の肩の張り方、足の開き方から、男にはそれがどんな車なのか判別できた。手押し車には「土車」と「叫車」の二種類がある。土車は幅も狭く車輪も小さい。推す時にガタガタと音がする。もちろんそれは硬い道を行く時のことであって、砂地で推すなら、土車であろうと叫車であろうと、ただザッザッという砂の音がするだけである。しかし叫車のほうが便利だ。叫車は幅が広く、車輪も大きい。そして推すと、キーキー音がする。積んだ物が重ければ重いほどきしむ音も大きい。

叫車を推すその男は、両足を大きく開き、前に進んでいる。体を後ろに反らせながら、砂山をおりてくる。キーキーと、小鳥の群でも追うような音がする。

車は猛烈な勢いで砂山をかけ降りると、砂の窪地にはまり込んでしまった。こうなると、動こうにも動けない。男は梶棒を置き、汗をぬぐった。そしてあたりを見回し、遠くの砂山の上にしゃがんでいるあの熊のような大男を見つけた。そこで両手を口にあて、大声でこの男を呼んだ。

熊のような男はもうとっくにこの男に気づき、自分を呼ぶということもわかっていた。この熊のような男はそれを生業にしていたのだった。この稼業は「縄曳き人足」と呼ばれていたが、河の縄曳きとは違う。河の縄曳きは船を引っぱるが、ここでは車を引っぱる。しかし、そのどちらも「縄曳き人足」と呼ばれていた。

河岸に道はない。ただ砂地があるばかりである。砂地には深さが一メートルにもなる窪地があった。車が通ると、一筋、深い轍の跡が残った。しかし、それはまもなく消え、またもとの平らな砂地になる。轍の跡は残ったとしても、道が出来ることは決してなく、それは百年以上ずっと変わることがなかった。付近の村には縄曳きを生業とする者がいた。来る日も来る日も、縄を持って河岸にうずくまり、車が通るのを待つ。砂にはまり込んだ車を引っ張り上げるのに手を貸すのだが、その手間賃は車の重さで計るのではなく、その距離で決められた。

河岸の砂地には、点在するように、何人かの縄曳き人足がしゃがんでいたが、彼らは皆、砂山の後ろの日陰にいるか、ぽつんと一本生えた木に寄りかかっていた。ただあの熊のような大男だけが、砂山のてっぺんにしゃがみ込んでいた。この男は日にやけることなど、気にもかけなかった。体中黒光りしていた。ここにいると、男の姿は人目を引いた。そして道行く者は容易に彼を見つけ、彼もまた容易に道行く者を見つけた。男は来る日も来る日も、誰とも口をきかなかった。話をする相手もいなかった。時折そこを通る者に答えることがあっても、ただ「よし！」「たいしたことはない。」「慌てるな。」などと短い言葉を発するだけだった。

ここを行く者はいつも怯えていた。なぜなら、河辺には盗賊がいて略奪を働くのだ。一人で襲いかかる者もいれば、数人ほどの群をなしてやって来る者もいる。奴らは河岸の奥の草むらに身を隠し、旅の商人がそこを通るのを待って、突然バラバラとおどり出てくる。一発で人の気を失わせることもあれば、殴り殺すこともある。そして、物を奪って逃げる。こんな時、その熊のような大男は必ず「慌てるな！」と言う。大男はナツメの棍棒を持っている。縄を下に置くと、棍棒を振り上げて盗賊に向かっていく。一振りで一人を倒し、三振りで三人を倒す。男は武術が出来るわけではないが、ただ荒々しく全身の力を込めて向かって行った。男はたいそう力が強く、一本の草でも引っこぬくように人一人を打っちゃり、一瞬で倒した。もしも相手に囲まれたり、ねじ伏せられたりしたとしても慌てなかった。そんな時は、ナツメの棍棒を捨て、二本の大きな手を使った。片手で人一人をつかむ。ウサギをつかむようにつかんでは相手を投げた。そしてまた、ぶつかっていき、また相手を投げた。男は相手を十数歩も離れた所まで投げ飛ばすことが出来た。盗賊は投げ飛ばされて気が遠くなり、目を剥いて地面に伸びた。そして歯ぎしりして悔しがった。「日昇（リーション）、見ていやがれ！」起きあがると、あっちへよろよろ、こっちへよろよろと逃げて行った。日昇はそれを追いかけようとはせず、旅の商人のほうを向き、「もう大丈夫だ、行くぞ。」と言うと、縄をつかみあげ、それを担いだ。四百キロほどもある重い荷物も、旅の商人は棍棒を支えていさえすれば、日昇一人で引っ張ることが出来た。百キロ、二百キロの軽い荷物は、彼の肩にとって草の茎ほどのものでしかなかった。砂の窪地で車を引っ張るとやたらに重く感じられる。硬い道の上では半キロほどの物も、砂地では五キロにもなる。これで喰っていくのは生やさしいことではなかった。

縄曳き人足のなかで、日昇ほど商売が繁盛している者はいない。日昇は荷物を守ってくれ、その上安全まで保障してくれる。ほかの縄曳き人足は、ただ車を引くだけで、安全は保障してくれない。盗賊たちは手荒く、その多くは命知らずの者たちだった。ふつう縄曳き人足たちは彼らに恨まれるのをいやがる。それで、この道を行く商人たちはひたすら日昇を捜し、車を引いてもらおうとした。ふだん日昇はひまだった。一日に何台も車が通るわけではない。商人たちは出来るだけこの道を避けていた。しかしこの道を通るしかない者は、やはり通らざるを得ない。そんな時は忙しくなる。実情を知らない商人は適当に縄曳き人足を呼んで、河岸に入っていった。物を奪われる者もいれば、たまたま無事に通り過ぎていく者もいる。このあたりのことをよく知っている商人はひたすら日昇を捜して車を引いてもらった。運んでいる物が大事な物で、しかもその日、日昇に先客があるとなると、商人は一日二日旅篭に泊まって待っても構わないと思った。

車で黄河の河岸を通るのは、恐ろしい関所を越えていくようなものだ。容易なことではない。

日昇は砂山から立ち上がり、そのついでに尻の下に敷いていたナツメの木の棍棒を取り上げた。縄は肩にぐるぐる巻いて担いだ。彼は砂山を下りてくると、その手招きした客の方に歩いていった。

それはナツメを売る商人だった。商人はナツメをつかんで取り出すと、「喰えよ！」と言った。日昇は気分が晴れないような口調で「いらん。」と言うと、縄を車の前に巻きつけ、身体の向きを変えた。そして「行くぞ！」と客に言った。車は動いた。サーサーという音がする。車輪は砂の窪地に一本の深い溝を作った。二人の足は砂の穴にはまりこみ、まるで水の中を歩いているようだ。そしていつまでも砂の音が聞こえた。

喘ぐような息のほかに、何の話し声もしない。

餓鬼の様に痩せた二人の縄引き人足が、枯れ木にもたれて立っていた。肩には縄を掛けていたが、ナツメの棍棒のようなものは持っていない。四つの目が冷ややかな視線を投げかけ、車が自分たちの目の前をゆっくりと通っていくのを見ていた。砂の音が続く。

そして車はそのまま河岸に入っていった。

頭の上をトンビが一羽飛んでいく。トンビもまた河岸の方へ飛んでいった。

黄昏時、日昇は河岸の遥か向こうからもどって来た。左手には縄を、右手には棍棒を持っている。耳から、そして顔からも血を流していた。彼は手の甲で顔を一ぬぐいした。そして歩き続けた。血がまた流れ出ると、また手の甲でぬぐった。血はそれからもずっと流れていた。男はそれがいささか煩わしく、腰を曲げ、熱くなった細かい砂を一つかみすると、何度か傷口に押しつけた。それから棍棒をひろい上げ、また歩き始めた。彼はゆっくり歩いた。わずかに疲労の色が見える。日昇は悪戦を強いられたようであった。

四、五里向こうにある村はぼんやりして、はっきりは見えない。彼は道を曲がり、その村の方へ歩いていった。そこは魚王庄だった。道を歩いている時、日昇は誰にも会わなかった。ただ何羽かの鳥が巣に帰るのを見た。鳥たちは、人を滅入らせるような慌ただしげな鳴き声で鳴いていた。

村までたどり着いた時、日昇は正面から一台の馬車が疾走してくるのに出くわした。馬車は見る見るうちに自分に向かって突進して来たので、彼は慌てて道の脇に身をかわした。そして一声叫んだ。馬車を走らせていたのは十歳ほどの少年で、慌てて馬の手綱を引き締めた。二匹の馬はてんでにいななき、前足の蹄が空を蹴った。少年は顔を突き出し、にこにこ笑ってこう尋ねた。「おじさん！ぶつかりはしなかったろ?」日昇は顔を曇らせ、何も言わずに村にはいって行った。

馬車はまた飛ぶように暗い夜の中に消えていった。

少年はパシッと馬に一鞭あてた。果てしなく続く河辺で思う存分馬を走らせる。彼はこうして馬を駆るのが好きだった。馬車の幌の中には二人の男が座っていた。一人はぼろを身にまとい、ため息をついている。馬車が飛ぶように走ってもまだ遅く感じられるほど、この男は気が焦っていた。しかし、それを敢えて口にしようとはしなかった。ただ気を使っているような様子で、もう一人の男の御機嫌を伺っていた。「梅先生、まことに、まことに御面倒をおかけしちまって、こんな暗い夜に。」

梅先生はよそ行きの帽子をちょっと取ってその言葉に答えると、懐に抱えた薬箱を急いでしっかりと抱えなおし、軽く微笑んだが、何も言いはしなかった。

馬車は座っていられぬほど激しく揺れた。梅先生は顔を突き出して腕木の上に座っている少年に言った。「老扁、もう少しゆっくりやってくれ。」

「いいですとも！」少年はこう答えたが、相変わらず馬に鞭を当てており、馬車の速度は少しも衰えることはなかった。少年はその貧しい男の心中のあせりを知っていた。男の妻は難産で、お産が始まりもう二日になろうというのに、子どもは出てこず、一面の血の海だという。

少年は孤児で、八つの時から薬箱を持って梅先生のお供をし、十二になると、梅先生の馬車を走らせるようになっていた。人は皆少年のことを老扁と呼んだ。しかし老扁は老人ではない。ただ頭が扁平だったのである。子どものころあまりに長いこと寝ていたからだろう。この子は誰にも構われず、始終寝ていた。いつも同じ姿勢だったから頭の形が扁平になってしまったのだ。梅先生はこの少年を手元に置いた。少年にとって、梅先生は善い人だった。この数百里にわたる河沿いで、梅先生を善人だと言わない人がいるだろうか。先生は、先生の父親とは違う。梅先生は梅山洞といった。魚王庄でも、このあたりでも、最も大きな地主だ。梅先生の家は七千畝の土地のほかに、町には大きな薬材店を持っていた。梅山洞の医術は、黄河沿いで肩を並べる者が無いほど優れていた。彼はパリにもロンドンにも東京にも行ったことがあり、四つの国の言葉を話すことが出来た。帰国すると医者になったが、彼は大きな都市には行かなかった。省長とか司令官といったお偉方が始終彼を迎えようとしたが、彼はそれでも行かなかった。ただ田舎で医者をしたのだった。昼でも夜でも、頼まれれば出掛けた。どんな天気でも出掛けていった。彼の関心は土地にはなかった。土地は梅家を悪名高いものにし、梅家は人にすっかりそっぽを向かれていた。梅山洞の父は悪徳地主で、年貢を取り立てるために十七人の命をあやめていた。父は息絶える前に、この血生臭い数千畝の土地を梅山洞に手渡したが、梅山洞はその土地を汚らわしく思っていた。彼は朝から晩まで、民百姓の病を治すために走り回っていた。人々の感謝の眼差しが彼に満足を与えた。彼は精神的な満足を尊んでいた。彼の父とは違った。

彼が西洋から持って来た、平等、博愛、というものを彼の父は理解出来なかった。父だけではなく、人々さえも、それを理解することができなかった。民百姓の目には梅山洞は怪物であり、愚か者だった。そして慈善家であり、また神のような医者でもあった。ある年、黄河の河沿いに疫病がはやった。移るとたちまち高い熱が出る。炭火のような熱が出て、全身血斑が出た。そして一日二日のたうちまわり死んでしまう。病状は瞬く間に進んだ。こんな病が、十年に一度ほど必ず大流行する。この病は今まで治すことが出来なかったが、この年また流行ったのだ。梅山洞は毎日人に呼ばれて出掛けて行き、日が暮れて真夜中になっても家に戻らなかった。そのうち、もう家を出ることも出来なくなった。病人が家に担ぎ込まれて来て、屋敷の二つの広間は中も外も病人だらけになったのだ。梅山洞は人をやって町の薬材店から薬を持ってこさせて大きな鍋で煮ると、煮えた薬の汁をカメに移し、病人に飲ませた。あの頃、彼は多くの人をやってよそへ薬を買いに行かせたが、いくらそうしてもまだ間に合わなかった。梅山洞に診てもらえた者の多くは治ったが、死んだ者はそれよりさらに多かった。あまりにも多くの村で、あまりにも多くの病人がおり、彼一人では診きれなかったのだ。黄河の河沿いでは一時間ごとに、そして一分ごとに人が死んでいった。死ぬと砂地に埋められた。

あの年、犬たちが最も肥えていた。

夜の十時頃、馬車はある村に着き、背の低い草葺き小屋の前で停まった。梅山洞は馬車から飛び降りると、まっすぐその家に駆け込んで行った。老扁も薬箱を持ち、その後に続いた。医者を呼んだ男は先を争うようにして、すでに家の中に入っていた。

女が死んだように寝台に横たわっている。顔はまるで紙のように白い。梅山洞が手を伸ばし、ぼろぼろの掛け布団をまくると、生臭さが鼻を突いた。老扁ははっきり見た。その女の腹の皮はつやつやするほど張り切っており、足の付け根は血とも肉ともつかないような有り様だった。老扁は、子を産み落とそうとする女というものが、これほど汚く醜いものとは思ってもみなかった。彼は生涯、女に対して興味がなかったが、それはこの時から始まったのかもしれない。女のあの部分はなんて醜悪なんだ！梅山洞はちょっと脈をとると「大したことはない。」と言った。家中の者が一息ついた。彼はきれいな水を持ってこさせると、手を、そして腕を洗った。梅山洞は手で取り出そうというのか。老扁は薬箱を開くと、顔をそむけてその場を離れて行った。ひどすぎる。老扁は直視していられなかった。

家の中から女の悲鳴が聞こえてきた。それは耳を覆うほど悲惨なものだった。

しかし、女は助かった。

帰りの道すがら、老扁はただひたすら、泣きたかった。そして思った。人がこの世に生まれるというのは、何と大変なことなのだろうか、と。

三

どれほどの月日がたったであろうか、沼地の中から、ここに一つ、あそこに一つと砂の地面が現れた。太陽はもうかつてのように湿ってはいず、大きな火の玉のように強烈な熱を放っていた。水面から砂地が現れると、強い熱で蒸された。細かい砂粒が一つ一つ鱗のように光っている。草の芽が砂粒の間からまるで喘ぐように顔を出した。狂おしい風、またしても狂おしい風が吹きすぎると、草の芽はまた砂地に埋まってしまう。砂粒の間から、瓦の残骸が一つ、ひからびた骨が一本、そして一束の柔らかい女の髪が出てきた。

次第に、この地に足を踏み入れる者が現れる。ぽつり、ぽつり、篭を背負い、杖をつき、この土地を見に訪れる。様子を探りに来た者、そしてついでに何かを拾っている者。また、いつまでも立ち尽くしている者もいた。朴訥でどこか寂しげな顔をし、失われてしまった一つの時代を偲んでいるようでもあった。

ここに輝かしい歴史が存在していたことがあっただろうか?

魚王庄の北西のはずれから三里ほどの所に、孤島のような荒れた丘があった。遠くから見ると、それは小さな山のようで、その上にたつと十数里先まで見渡すことが出来た。

この荒れた丘の上に魚王廟があった。

老人たちの話によれば、魚王廟はもともと草葺きの廟で、その中には泥で出来た大きな鯉の像があったという。その頃、その荒れた丘は土地も今ほど高くはなかった。同治帝の時代に、魚王庄の人々は草葺きの廟を取り壊し、土地を高くして、その上にレンガを積み重ねた。新しい廟が出来ると、七日にわたって大がかりな芝居が上演され、河沿いの百三の村の人々がこぞって芝居を見にやってきて、それはにぎやかだったという。

廟のまわりは三千畝もの沼地と葦の湿地に囲まれている。葦の湿地の間に、外からはまったく見えない羊の腸のような小道がたった一本通じていた。道は曲がりくねり、よく知っている者でなければ、中へ入っていくことはほとんど不可能だった。昔、二個中隊の日本兵が抗日ゲリラ一部隊をここに囲い込み、生け捕りにしようとした。まる一日攻めたがどうしても攻め込むことが出来ない。火を放ち、葦の湿地を焼き払ったが、依然として攻め込めない。いたる所深さ三メートルほどの泥で、その中を歩いていくとすぐに首まで浸かってしまうのだった。ゲリラ隊の二十数名は魚王廟の中に立てこもり、ねらいを定めて日本兵を百発百中で撃ちとめた。それはまるでスイカでも撃つようだったという。すさまじい音を立て、一人また一人と打ち倒していった。血まみれになった脳が飛び散る。彼らは思う存分撃った。その中に老扁もいた。彼はゲリラ隊員ではなかった。彼は魚王庄の地下党員で、維持会長[3]も兼ねていた。外は白く中

3　日中戦争中、日本軍の指導のもとで作られた、日本軍への協力、情報収集などを目的とした組織。

は赤いというわけだ。ちょうど廟の中でゲリラ隊と会議をしていた時、いつのまにか包囲されてしまったのだ。彼も手探りで銃をつかむと一気にねらいも定めず撃ちまくった。しかし十発ほど撃っても一人も打ち倒すことが出来ない。ゲリラ隊長も彼に撃たせるのをやめた。弾の無駄だと思ったのだ。彼にはもっぱら見張りをやらせ、標的を見つけると、ほかのゲリラ隊員に撃たせた。「南に一人!」「北だ!」「西の方からやって来たぞ!」老扁はこうして喉も潰れ声が出なくなるまで叫び続けた。

空が暗くなろうとするのを見て、日本人はしかたなく、とうとう迫撃砲で魚王廟を爆撃し、壊滅させた。二十数名のうち、たった三人だけ生き残り、その中に老扁もいた。彼は左腕を折ったが、梅山洞がそれを治してくれた。梅山洞は彼に動かないようにと言いつけた。しかし老扁はじっとしていられず、始終走りまわったり動きまわったりしていたため、骨の位置がずれ、そのままくっ付いてしまった。老扁の左腕は曲がったままになり、ツグミの鳥篭でも抱えているような格好になった。

今の魚王廟は、日本人が投降した後改築されたものだ。魚王庄の人々は格別に魚王廟を大切に思っている。魚王は魚王庄の守り神であり、魚王庄の魂だ。魚王廟が出来上がると、河岸ではまた七日間大芝居が上演された。そしてその後新たに廟守りが派遣された。前の廟守りの老人は、あの時日本人に撃ち殺されてしまったのだ。今度寄こされたのはその老人の息子だった。

斧頭（フートウ）といい、四十余りの大男で、まだ独り者だった。廟に一人暮らしをすることになっても、ほかに気がかりなこともないので、斧頭は喜んで魚王廟にやって来た。魚王廟には、線香の煙が絶えることがなかった。年越し、節句の時ばかりでなく、ふだんの日にも参拝客があった。参拝客は、魚王庄の者もいればよその村の者もいた。魚王様は霊験あらたかで、災難を追い払い平安を保証してくれるというのだ。風を呼び、雨を降らせることが出来るといわれたので、人々は豊年を祈願した。しかし黄河の河沿いでは、かつて豊年になったことはなかった。風砂がとてつもなくひどく、一年にいくらも雨が降ることはなかった。秘かに魚王の力を疑うものもいたが、それを口に出して言おうものなら、たちまち人に口汚く罵られただろう。この愚か者が！魚王様は大したものだ。風も、雨も、お天道様が取りしきっているんだぞ、魚王様とお天道様の力比べさ。魚王様でなくお天道様が風を呼んでいたら、風は今よりもっとひどく吹き、もし魚王様が雨を呼ばなければ、このわずかな雨さえ降っては来ないんだ！魚王の力を疑った奴は屁をひることもできず、ぼうっとなったまま立ち去っていった。そしてこんな事が言い伝えられていた。雨が降る前には、いつも一匹の巨大な鯉が空中をのたうちまわり、頭と尾を振って大変な力を出している。そしてしばらくしてその姿が見えなくなると、雨が降ってくる。こんな時、魚王廟に行ってみるといい。泥で出来た魚王の像は息を荒げ、その体には必ず水滴が付いている。魚王はのたうちまわって疲れたのだ。ただ残念な事に、魚王様はいつでもいい具合に雨を呼ぶとは限らない。春の種蒔きの頃、かき集めても数滴にもならぬほどの雨しか降らず、砂地はまるで鍋で空煎りでもしたように乾く。これではどうやっても種の蒔きようがなかった。秋になると今度は豪雨で水害が起こり、見渡す限り水浸しになり、黄河の岸の上も船でいくほどだった。そこでまた、魚王様は季節のめぐりがわかっていない、と言う者もいた。しかし、魚王様なら何だってわかる、とどうして言えようか。雨を呼ぶだけでも大したものだ。一年中に雨が降らなければ、井戸の中をさらっても水は出ては来ないだろう。そして水の変わりに小便を飲むことになるのだ。

魚王廟に供えられる線香の煙は、とどのつまり、やはり絶えることがなかった。

参拝客が遠くで手を振ると、斧頭は葦の湿地から出て来て、その人間を迎え入れる。彼はいつも廟の台座に当たる所で四方を見おろしている。あの隠れた小道がある。葦はまた大きく育ち、葦むらは以前よりさらに茂って、びっしりとすき間も無い。よその人間は相変わらず入って来ることが出来ない。参拝客が魚王廟に入ると、斧頭は線香に火をつけ、供え物をするのを手伝ってやる。参拝客が去って行くと、供え物は彼の口におさまる。

歯の無い魚王様はものを食べられないのだ。

魚王廟は子宝を授かるという御利益もあった。これがきわめて霊験あらたかだという。参拝客の半分以上は子どもが欲しくて来る者たちだったろう。魚王庄の女もいれば、よその村の女もいた。遠路はるばる町からやって来る奥様もいた。子どもの出来ない者も、魚王廟にお参りすれば、誰でも必ず子どもができる。ただ人によって様々で、一度のお参りで子を授かる者もあれば、二度目で授かる者もあり、また三度お参りした者もあった。辛抱強くなければだめだ。しかし、これには一つのきわめて厳しいきまりがあった。ふつうの参拝客なら何人かで一緒に廟に入り、線香を上げお参りしてもよかったのだが、子どもを授かりたい女の参拝客だけは、女一人だけが中にはいることができ、連れは一緒に入ることは出来なかった。連れの男は葦の湿地の外で待っていなければならない。女は斧頭に連れられて、廟の中に入っていく。お参りは、およそ二時間ほどかかった。しきたりは複雑で、神秘的なのだ。女がお参りを終わって出て来ても、話をすることは許されず、男のほうもとやかく聞いてはならなかった。これを守らないと、霊験が失われるのである。斧頭はこのしきたりをよく知っていた。彼の父親である老斧頭が廟守りをしていた頃から、彼はよく廟に来ては父の手伝いをしていた。およそ十八の頃から始めた。いうまでもなく、老斧頭はその父親の老老斧頭から教わったのであり、老老斧頭はまたその父親の老老老斧頭から教わった。こうして、代々秘かに伝えられたものだった。老斧頭が死ぬ何年か前から、魚王廟の霊験はさほどあらたかではなくなった。人々は様々な憶測をした。なぜならこのころ、老斧頭はもう年老いていたのだ。老いると頭もぼける。それで、儀式をやり損なったのではなかろうか。しかし、まもなく、また霊験あらたかになった。それは十八の斧頭が廟へ手伝いに行き始めてからだ。斧頭は廟での父の手伝いから帰って来ると、いつもひどく疲れた様子をし、家に戻るや横になり、たちまち寝入ってしまった。しかし目を覚ますと、疲れなど吹き飛んだようにまた生き生きしていたということだ。そして次の日もまた手伝いに行き、夕方もどってくる時にはまたたいそう疲れた様子をしていた。その仕事はひどく気骨が折れるようだった。女のほうは廟から出てくると斧頭と違って、ほとんどの者はたいそう嬉しそうで、心底満足した様子だった。そして、葦の草むらの外で待っていた夫に、あと二度ほど来なければ！と言うのだ。夫も嬉しそうにこう言った。子どもさえ出来るのなら、二度というなら二度、いや八度だって構わないさ。しかしなかには廟から出てくると恥ずかしそうに顔を赤らめ、涙さえ流している女もいた。何があったのか男が問いつめても、女は何も話そうとしない。こんな女は、たいていもう再び来ることはなかった。来ないなら来ないでいい、なんの差し障りがあるものでもない。

魚王廟では相変わらず線香の煙が絶えることがなかった。

町から一人の人妻がやって来た。二十そこそこの若さだったが、キツネのようになまめかしく、花にも月にも似た美しい女だった。子どもを授かりたくて魚王廟に参拝に来たのだが、心のうちはひどく焦っていた。彼女は三番目の妻で、上の二人の妻には子どもが出来ず、自分にもまた子どもが出来なかったため、いつも苛められていた。上の二人の妻は彼女を罵り、旦那は彼女を殴った。あせった彼女は女中を一人連れ、篭でここまでやって来たのだ。篭かきと女中は葦の草むらの外で篭をおろして待っていた。そして彼女は斧頭に連れられて廟の中に入っていった。その頃斧頭は廟で手伝いはじめてまだ何日も経っておらず、若く凛々しい少年だった。廟への小道は狭く曲がりくねっており、少しでも注意を怠ると泥沼に入り込んでしまう。この三番目の妻は斧頭が眉も濃く大きな目をし、がっしりと丈夫そうなのを見ると、自分のほうから手を伸ばし彼に手を引かせた。そしてしゃなりしゃなりと、葦の草むらに入っていった。四時間ほどして、この三番目の妻はやっと廟から出て来た。女中と篭かきは長いこと待たされていらいらしていたが、女のほうは桃の花がほころんだような嬉しそうな表情を満面にたたえている。そして供の者たちと喜び勇んで帰っていった。十日するとまた廟を訪れ、また十日するとやって来る。続けて三度参拝し、一年後、果たしてまるまる肥った男の子を授かった。その子は眉が濃く目の大きい、丈夫そうな男の子だった。旦那は喜び、二人の妻も喜び、ともかくみんな大喜びした。この女は子どもを生んだ後も、始終魚王廟にお礼参りにやって来た。一、二ヶ月空くこともあったが、十日に一度、半月に一度ということもあり、その度にたくさんの物を持ってやって来た。そして来る度に、廟の中に半日ほど留まった。葦の草むらの外に篭が止まっていると、魚王庄の人々は、あの女がまた魚王廟に来ているのだと思った。信じる信じないは人の勝手だが、魚王様にはやはり神通力があるのだ。

一九四七年、この一帯は解放され、お参りも流行らなくなった。そして魚王廟から線香の煙が消えた。

斧頭は魚王庄に戻って暮らしたいと思った。彼はこれ以上こんないい加減なことをやり続けたくはなかった。村に戻り嫁をもらって、まともな生活がしたかった。この年、斧頭はすでに四十八になっていた。

しかし老扁はそれを許さなかった。

老扁は村長と支部書記を兼任していた。が、彼は斧頭を魚王廟に留まらせ、木々の管理をさせようとした。魚王廟のある所は土地が高く、河沿いの土地はすべて眼下にあり、木を見張るのにこれ以上いい所はない。

解放後一年目に、魚王庄の数万畝の河岸に苗木が植えられた。その時の老扁はまさに理想に燃え、絶対に風砂に打ち勝つという誓いをたてた。そのためには木を植える、それしかない。魚王庄の千人余りの老若男女は、動ける者はすべて老扁によって河岸に駆り立てられ、雪と氷に覆われた土地で昼夜分かたず働かされた。あの頃の老扁には、今まで見せたことがないような残忍さがあった。三歳の赤ん坊も七十の老人も、皆河岸へ行った。三歳の赤ん坊でも苗木一本持つことが出来、七十の老人でも、はって植えた苗木に土をかけてやることが出来る。多くの者がはく靴もなく、裸足で雪の中、土を掘り木を植えた。皮膚は寒さで紫に腫れ、肉はそげ落ちた。その頃、魚王庄の者は主に物乞いで生きていた。政府は救済手当の穀物を発給したが、そんなわずかな量では、とても足りなかった。大人も子どもも、夜中に大声でたたき起こされ、星と月を戴いて苗木を植えた。空が明るくなるまで苗木を植える。腹が減ると、みんなをまわりの村に物乞いにやらせ、時間になるとまたもどって来させた。そしてまた続けて木を植えた。もどるのが遅れると、女なら口汚くひとしきり罵られるだけですんだが、男ならベルトの鞭が一振りお見舞いされた。老扁はほとんど狂っていた。閻魔大王になってしまったのだ。しかし人々は意外にも、異常なほど老扁に従順だった。それは当時は解放直後であり、人々がまだ権威というものを尊重していたからなのかもしれない。あるいは、先祖代々、風砂の苦しみをなめ尽くしていたからなのかもしれない。どちらにしろ、みんな歯を食いしばり、必死で木を植えた。

よくこんな光景が見られた。老扁がぼろ時計をかかげ、一方の手には革のベルトを持ち、砂山の上に高々と立って周囲を見渡している。飯をもらいに行く時間は終わったのに、まだ戻ってこない者がいる。いくつかの男女の群が周囲の村から湧き出るように姿を現す。そしてドドドドと大きな音を立て、こちらに向かって走って来る。髪は乱れ風になびいている。履物がぬげてしまうと腰を曲げてそれを拾い上げるが、履いてもいられず、それを持ったまま走る。物乞いで食べ物にありついた者もいれば、何ももらえなかった者もいた。しかしもう時間になったと思い、急いでもどって来たのだが、やはり遅かったのだ。走ってもどろうとする彼らは誰も息を切らせ、恐れ慌てた表情をし、まるで何か大きな罪でも犯してしまったようであった。

一人の女が髪を振り乱し、裸足で走って来た。途中何度か転び、もともとボロボロだった着物は破れて、その上、穴もあき、その布の切れ端が風になびいている。老扁の前まで来た時には胸も背中も露になり、白いがうす汚れた乳が、振り鼓のようにゆらゆら揺れていた。老扁は大声で怒鳴った。

「オス犬でも捜しに行ったのか!」女はその言葉に怯えてがくりとつまずく。慌てて胸を隠しながら息も絶え絶えに言い訳を言った。「十軒以上あたったけど…なんにももらえなくて…どこの家…も、もう飯は炊かなくなっているから…」

老扁はその言い訳を聞いていられなくなった。「うせろ!今日の任務が終わらなければ、お前の皮をはいでやる!」女はそれを聞くと、慌てて作業にもどっていった。

骸骨のような男が一人ふらふらと駆けよって来た。顔はロウソクのように黄色く、冷や汗をたらしている。顔を上げ、老扁の凶神悪鬼のような顔を見ると驚き、くるりと向こうを向いて逃げ出した。気がすっかり動転している。老扁はその男に近寄っていくと、ベルトで一回鞭打った。「もどれ!」男は素直にもどって来た。七尺もあるような大男がなんと七つの赤ん坊のようにおとなしく頭を垂れ、口ごもっている。「おれは、草の根を…やたらに喰ったんだ。それから…冷たい水も飲んだから、腹を…腹を下し、遅れちまった。」解放直後で、いたる所、荒れ果てた村と餓死者ばかりだったから、飯を恵んでもらうのもたやすいことではなかった。多くの人間が草の根を食べるしかなかった。黄河の河沿いではそんな話はいくらでもあった。草の根など、たくさん食べれば腹を下す。しかし食べなかったら、どうやって生きていられよう。この男はずっと草の根を喰い、ずっと腹を下していたのだ。今日、この男はもともとほかの村に物乞いに行き、腹の調子を変えてみようと思っていた。しかしもらえたのは糠の饅頭半個ほどで、しかもそれを一気に飲み込んでしまった。そしてまたしかたなく、草の根を抜いて食べたのだ。男はまったく飢えきっていた。老扁はしばらくこの男を見据えていたが、嘘を言っているのでないことはわかる。老扁はふとため息をついた。「作業に行け！」その声に、もう凶暴な響きはなかった。

老扁は家畜を駆り立てるように、村中の人間を駆り立てて、木を植えた。誰が彼にそうしろと命令したのでもなかった。彼自身がそうしようと決めたのだ。そして魚王庄の人々も皆そう考えた。それは完全に、ある種の内なる力の働きだった。彼はまた、それがひどく難しいという事もわかっていた。魚王庄は貧しすぎる。魚王庄の人間はあまりに腹を空かしている。頼りになるものは何もなかった。家畜が飢えて倒れても食べさせてやる物はなく、鞭で打って起きあがらせるしかなかった。そうしなければ、その家畜は二度と起きあがることが出来ないのだ。

魚王庄の人々は必死になるしかなかった。命を削って命を長らえる。命を削って命を保つ。これは終わることの無い繰り返しだった。だが、木が育てば魚王庄は救われる。

これは残酷な事実だ。しかし彼にはほかの選択肢がなかった。残忍な凶暴さは飢えを追い払うことが出来た。そして怠惰を追い払うことも出来、生きるために人々を死に向かって駆り立てることもできた。実際、魚王庄では一冬で七十人余りが河岸で死んだ。飢えて死んだ者、凍え死んだ者、疲れ果てて死んだ者、どのみち死んでしまったのだ。しかし老扁は少しも手をゆるめなかった。そして魚王庄ではどんな騒動も起こらなかった。ただ、木を植える穴を掘る時、ついでにもう一つ余分に穴を掘り、そこへ人を埋める、それだけのことだ。人々は落ち着いており、何も感じなくなっていた。河岸で死ななければ、家の中で死んだ。物乞いに行く道すがら死ぬ者もいれば、よその村の荒れ果てた寺の中で死ぬ者もいた。数十人という餓死者が出ない年が、魚王庄でかつて、あっただろうか。

百年もの間、魚王庄の人々は皿にばらまかれた砂のようなものだった。それぞれが自分のことだけを考え、物乞いをして歩き、風砂の吹き荒れるのに任せていた。今彼らには力があり、風砂に向かって大規模な攻撃を開始することも出来た。この機会を逃すことは出来ない。冬と春の木を植える季節には、一日一日、一秒一秒が貴重で、一日無駄にすることは一年無駄にすることだった。魚王庄はぐずぐずしてはいられなかった。

老人たちは言う。

魚王庄には一番多い時、四千人もの人間がいた。魚王庄は黄河の決壊後、廃虚の上に初めて新たに生まれた村だった。河沿いには百三の村があるが、どれも魚王庄よりずっと遅くできた村だ。しかし、百年以上の月日が経つうちに、魚王庄はわずか千人余りしか残っていない村になった。将来いつの日か、魚王庄はこの地上からまた消えてしまうだろう。魚王庄が直面している一番の問題は「生きる」ということだった。老扁の哲学は、この「生きる」という三文字がすべてだった。

魚王庄には一刻の猶予もなかった。

この日、河岸では、また三十人余りが気を失って倒れた。

河岸には二つの大きな竈が作られ、そのまわりを葦のござが取り囲んだ。一つの大鍋では湯を沸かし、もう一つの大鍋ではおもゆが炊かれ、その中には少しの小麦粉が混ぜてあった。作業をして喉が渇くと湯を飲んだ。老人、子ども、そして倒れた人間だけが、一碗の薄いおもゆを分けてもらうことが出来た。続けざまに倒れた三十数人のうち、大部分はすぐ助かったが、二人が死んだ。そのうちの一人は、あのベルトで一打ちされた、骸骨のような男だった。老扁は自分でこの男を埋葬した。飢えや疲労に耐えるということでは、男は女に遥かに及ばなかった。

その男を埋めたばかりの時、一人のよその村の人間が呼びに来た。その男は、会議を開くので、王県知事が老扁に来ていただきたいと言っている、と気だるそうに言った。老扁はシャベルを打ち捨てそこを離れた。

黄河は何度か流れを変え、そして何度か決壊した。もはや水の無い古い河筋は、のべ数千里にも及んでいたが、それはぶつぶつと途切れ途切れに続いていた。この一帯に百三の村がある。そしてそれらの村はすべてがもとの河沿いにあり、魚王庄はその中ほどにあった。高い空の上から見れば、この百三の村は兵営のようでもあり、一の字の長い蛇の陣形にもみえただろう。そしてどこも風砂に苦しめられ、どの村の貧しさも魚王庄と似たりよったりだった。古い黄河の河筋から比較的離れた所の村々はこの百三の村を馬鹿にしていた。一からげに乞食村と呼んでいた。しかし乞食村にはある種の団結力があった。昔から今にいたるまで、この村々は何度も手を取り合ってきた。一つの乞食村がほかの村との間で、武器まで使った戦いが起こる。乞食村は相手に抵抗できないとなると、ほかの乞食村に助けを求めに行く。一声呼びかけると百の返事がある。これらの村はどこも乞食が多い。喧嘩となっても、後顧の憂いがない。皆捨て身で突っ込んでいくのだ。それに反して、ほかの村はなぜか心がそろわず、乞食村と戦うと必ず負ける。オオカミは飢えれば凶暴になり、人は貧しくなれば捨て身になるものだ。くそ!かまうものか!こんな命なんぞ捨ててやる!

解放を祝う会が終わった後、老扁がまずはじめに考えついたのは、木を植えることだった。ズボンをまくり上げ、河沿いの百三の村に、一斉に木を植えろ、共同で防風林を植えろ、と励ました。この事は大いに政府の注意を引き、高く称賛された。そして、まもなく、防風防砂の指導部が出来上がり、総指揮には王という副県知事がなった。この人は名前だけで、実際にはあまりかかわらず、主には老扁の活躍にかかっていた。老扁は副総指揮に任命された。その得意さは言うまでもなかった。彼は仕事もできたがほらも吹いた。「蘇秦[4]は剣を背負っても、六国宰相の印綬を帯びたにすぎないが、この老扁は百三村の大権を司っているんだ、大したもんだろ！」村々の村長たちはあざ笑い、そして彼を恥知らずと罵った。みな老扁のことをよく知っていた。老扁は八つの時から薬箱を持って梅山洞のお供をし、十二から馬車を操り、黄河の岸を走り回っていた。あの小さな天才御者のことを誰が知らないというのだろうか。

みな老扁を信じ、敬服していた。大軍を率いるのは彼を置いてほかにはいなかった。

老扁は苦労を厭わなかった。自転車もなく、ただ自分の足でかけまわった。ズボンをたくし上げ、この村からあの村、こちらの岸からあちらの岸へ、夜も昼も、そして風の中も雨の中も

4　中国の戦国時代の政治家、縦横家。秦に対して、他の六国が連合して対抗することを主張した。

かけまわった。苦しくてもそれを口にせず、ただ河岸を区切り、人足を組織し、木の苗を調達し、資金を工面した。これは志がなければ出来ることではない。魚王庄のこのやり方が伝えられると、人々は感服もした。大人も子どもも、河岸へ行き木を植え続けた。シャベルを置いて物乞いに行き、物乞いから戻るとまた木を植える。人が死んだらそこに埋め、生きている者はつづけて木を植えた。瞬きする暇すらなかった。これをなんと言えばいいのだろう？これこそ将軍の才覚ではないか！戦いと同じだ。何人か死んだから兵を撤退する、そんなことではこの任務はつとまらないのだ。

とにかく、この糞ったれの老扁に従わなければだめだ！彼にはとてつもない力があった。冬と春、黄河の古い河岸に植えつづけた木の苗は数え切れないほどになった。昔黄砂の舞い上がっていた河岸は、その古い姿を一新した。春の風が吹くと、わずかについた緑の葉は命の息吹をみせた。その苗の間には七十余りの新しい墓があった。活き活きした命には、悲壮なものが含まれているものだ。

魚王庄は酔った。百三の村が酔った。

老扁のことは省の新聞に載った。記者は老扁の写真をうつし、新聞に載せた。扁平な頭が両肩に挟まれているようなその姿は、とてつもなく無様だった。村長たちは老扁をからかって言った。「老扁よ、お前なんで肩の上に豆餅をのっけているんだ？」彼も大笑いしたが、丁寧にその写真を切りとっておいた。しかし数年後に、この写真が自分の命を救うことになろうとは、老扁はこの時想像だにしなかった。

老扁も酔いしれていた。これは彼にとって、魚王庄という舞台の上で最も輝いた時代だった。このころ、斧頭は魚王廟を離れて村に帰りたいと考えていた。しかし、老扁は同意してくれるだろうか？

斧頭はなんとしても、魚王廟を離れたかった。魚王廟は線香の煙も絶え、そのうら寂しさは耐え難いものだった。彼はこんな静寂には耐えられなかった。

老扁は顔色を変えて言った。「斧頭！お前ってろくでなしは、悪さをする女がいなくなったんだろ？」

斧頭は顔をさっと赤くした。「お、お前……！」しかし、急に勢いがなくなった。

魚王廟へ行って子どもを授けてもらう、このからくりを、老扁はとっくの昔からわかっていた。あの当時、彼は十いくつかになったばかりで、まだ梅山洞について馬車を走らせていた。診察の帰りに葦の沢を通った時、一人の男が立っているのが見えた。その男は、明らかに女房が廟から出て来るのを待っているようだった。老扁は尋ねた。「梅先生、魚王廟に行ってお参りすれば、本当に子どもを授かれるんですか？」梅山洞は大声で笑って言った。「子どももだましのペテンさ！お参りすれば子どもを授かるというのは、廟に男を訪ねていって、その種を拝借するだけのことさ。信じないなら、見に行ってみろ。」

ある時、老扁は本当に行ってみた。一人の若い女が斧頭に導かれて葦の草むらに入って行こうとしていた。老扁もこっそりその後について入って行った。まもなく、斧頭と女は廟の中に入った。老扁も体を起こして中に入ろうとしたが、老斧頭が様子を見に外に出て来たため、老扁は地面に伏せてじっとしているしかなかった。それから、何かを引き裂くような音と恥ずかしげな声が一時聞こえ、まもなくしいんとした。老扁は急に飛び起きた。老斧頭が止めるのも間に合わず、老扁は廟の中に飛び込んでいった。果たしてそこで見たものは、下半身を露にしたまま抱き合う二人の姿だった。それは情欲の火で焦げるほど焼かれた二匹の野獣が、狂おしく交わっている姿だった。老扁は、一時、廟の中の空気がねばねばしたものに変わって、それが自分の皮膚を焼いたような気がした。老扁は頭を後ろから強く引っ張られたように後ろに引き下がったが、また奥へとはいって行った。そしてとうとうその男と女を驚かせてしまった。

斧頭親子は肝をつぶした。女は慌ててズボンを引っ張り上げ、懇願するような眼差しでこの十四、五の子どもを見た。老扁はヒッヒッと笑うとこう言った。「あんたたち、安心しなよ。おれは何にも見ちゃいねえからよ！」そして、くるっと後ろを向くと、飛ぶようにそこを立ち去った。

これは老扁が少年時代成功した悪ふざけだった。しかし、老扁は帰ってから、梅山洞以外には、誰にもこの事を話さなかった。老扁は小さい頃から、しゃべったり騒いだりすることが好きだったが、しゃべるべきでないことは絶対にしゃべらなかった。彼は魚王庄、そして黄河の河岸一帯での魚王廟の神聖な地位を知っていた。彼はそれを打ち砕こうとはしなかった。そして、それを打ち砕く力もまだ持っていなかった。

老扁は、成長し、魚王庄のボスのような存在になったあとも、それを打ち壊したいとは思わなかった。彼はあの魚王廟にまつわる古い伝説を知っていた。彼はこの伝説の中で育った。あの代々伝わる話の中には、人を厳粛な気持ちにさせる精神が宿っていること、そして一つの重く、そしてまた強い真理をも含んでいることを、彼はますます強く感じていた。彼はそれを言葉にすることはできなかったが、ただそれを感じることができた。あの古めかしい物語の前では、人間の一時の栄光と屈辱、そして富と気高さ、王朝の盛衰と交代でさえ、皆とるに足らない小さなものであるように思われた。

それは、命という大きな命題だった。

それは祖先たちが伝え残した真実の物語なのかもしれない。あるいは、誇張して述べられた神話なのかもしれない。しかしそんなことは、どうでもいい。重要なのは、それがすでに魚王庄の人々の血の中に滲み込んでいることであり、魚王庄の村の魂を形づくっていることなのである。彼自身も含め、一世代また一世代と人をいつくしみ育てていく。この世という舞台の上にありながら、これほどまで遅れ、野蛮で、これほどまでに愚かしく、貧しく、とるに足らない存在、これほどまでに汚れた、下等な群！

思いつく限りの、世の中で最も汚らしい言葉を浴びせることができたとしても、この事実は否定するわけにはいかず、それは何とも強靭で頑迷な生命の群だったのだ。

魚王廟で子どもを授かるというあの謎を、老扁は永遠に心の奥にしまっておくだろう。それがなんだというのだ。魚王庄は栄えなければならないのだ。

それが誰の種であろうと、誰の末裔であろうと、子どもの父親が誰であり何という姓を名乗るべきであろうと、人間は本来、そんなことをやかましく言わないのだ。生まれてくるのは人間であり、魚王庄の人間である、それでもう十分なのだ。それは魚王庄という一つの群体だった。

斧頭は困り果てていた。老扁は笑って言った。「お前は女が欲しいんじゃないのかい？気持ちを落ちつけて、ここで木の番をしろ。三月のうちに、俺がお前の所に女を寄こしてやる！」一月にもならぬうちに、老扁は一人の女を魚王庄に連れて来た。それはよその土地で乞食をしている女で、子どもを一人連れていた。老扁は野菜の饅頭二つで女をここに留まらせた。彼は斧頭に女を手渡し、また彼に銃一丁を手渡した。「木を盗んだり傷つける奴がいたら、足を狙って銃を撃て。何か起こったら、俺が責任を負う！」

彼は木を守るためのきわめて厳しい規則を定めた。彼はいかなる者にも、一本の苗木でも傷つけることを許さなかった。一本傷つけたら、十本植える。これは魚王庄の唯一の法律だった。この法律はずっと何年も変わることはなかった。

よそ者の女は斧頭と八年暮らした。最後の年に、女は廟の中で一人の男の子を産み落とし、その子を蟹、と名付けた。しかし、それからまもなく、ある日の夕方、女は蟹を捨て、連れ子の男の子を連れて、また逃げて行った。女はこの土地があまりに貧しく苦しいのを嫌ったのだ。

蟹は犬の乳で日に日に大きくなっていった。河岸いっぱいの木々もだんだん大きく育ち若い林になった。斧頭は蟹を連れて毎日林の中を歩き回り、ウサギを捕まえたり鳥を捕まえたりしていたが、孤独は感じなかった。

魚王庄の風砂は昔に比べ、目に見えてずっと少なくなった。

四

一頭の年老いた牛が鋤車を曳いて、ゆらゆらと体を揺すりながら沼地を歩いている。

この木製の鋤車は、雪の降り積る原野を行く東北の雪橇と同じ様な働きをした。地面についた二本の平たい木はつるつるしていて、わずかに反り返り、泥水の中を行く時の抵抗を少なくしていた。鋤車の上には木の鋤が取り付けられてあり、それは曲がっている。ぼろをまとった片腕の男が鞭を振るっていた。ピシッと歯切れのいい音がしたが、それは老いた牛の体を打つわけではなく、ただ歩んで行く時の伴奏に過ぎなかった。

人も牛も悠々と歩いている。

片腕の男はなにもない袖をぶらぶらさせながら、寂しげな歌を歌っていた。それはまるで泣いているように聞こえた。

黄河が来た、黄河が来たぞ
お前はどこから来たんだ
黄河が来た、黄河が来たぞ
お前は何年流れつづけているんだ
黄河は行っちまった、黄河は行っちまった
お前はどこへ流れて行くんだ
黄河は行っちまった、黄河は行っちまったぞ
お前は今どこにいるんだ
ハイヨー、ハイヨー、ハイヨー

それは整った調べもなく、歌といえる様なものではなかった。好き勝手に、ただ心の内に溜

まったどろどろしたものを吐き出しているにすぎなかった。

一本の小さな川の流れがそこで曲がり、水は清く澄みきっていた。

川辺には大きな羊の群がいた。羊たちは頭を垂れて草をはんでいる。山羊、綿羊、黒い羊、白い羊、ぶちの羊、雄羊に雌羊、何百匹もいる。

これは魚王庄でたった一つの羊の群だ。

数頭の雄羊が群れにぶちあたるように駈けまわると、羊の群はしばし大騒ぎになった。一匹の雄山羊がいた。体が黒く長い髭を持ち、虎のように勇ましい。十歩ほど離れた所からでもわかるほど、全身からむっとするような動物臭さを発していた。唇をめくり上げ、天に向かって歯をむき出しウーウーと喉を鳴らしているのが聞こえる。前足の蹄で一匹の雌山羊の尻にしがみき突如とびあがると、雌山羊の腰を押さえつけ、一度、また一度とその体の上にそそり立った。雌山羊は銃で一突きにされたように大きな叫び声を上げた。雄山羊は雌山羊からとびおり、続けざまに数度くしゃみをした。二つの目を青く光らせ、また別の一匹の美しく若い山羊にねらいを定めている。その白い山羊はすでにその雄山羊の今日の八番目の標的になっていた。

泥鰍(ニーチウ)は枯れ草の上に横になり、羊の群が草をはむのを静かに眺めていた。ふと、自分の老いを感じた。俺は六十で、もう老いぼれてしまった。人が老いるのは本当にあっという間だ。人間も年をとると枯れ草のようだ。なにもかもすべておしまいだ。なんの欲望もなくなってしまった。魚王庄一の美人のそばにいても、自分はなんの欲情も感じない。彼はただすべてを悟った訳知り者のような心境で、哀れむように、一日、一日と枯れていくその女を見ていた。この女はもったいない。もう四十を過ぎてしまっただろうか。

彼はそう遠くないところにある傾斜した砂地に目をやった。梅子が頭を垂れてセーターを編んでいる。そして、ときおり羊の群を見る。何匹かの羊が遠くへ行ってしまうと、梅子は追いかけて行き、駆りたてて戻ってくる。「ドー、ドー、ドー…」そしてまた砂の地面に腰を下ろし、セーターを編みつづける。彼女だけがこの魚王庄でセーターを編むことが出来た。魚王庄の多くの子どもたちはみな、梅子の編んだセーターを着ていた。毛糸は荒くて手触りもごわごわしている。毎年冬になると、彼女は羊のために一度きれいに毛を梳いてやる。そうしないと、毛にかたまりが出来てしまう。彼女はこの一群の羊を大切にしていた。魚王庄の何百という体の弱い者たち、年寄り、そして子どもがこの羊たちに頼って暮らしていかなければならなかったからだ。しかし、それだけではない。羊たちが生き生きした生き物だったからでもある。この生き生きした命によって、心にも潤いが生まれ、自分の命も長らえることが出来るのだ。羊の群は梅子の命のより所になっていた。毎年冬、彼女はすいた羊の毛をあく汁できれいに洗い、糸繰り車でよって毛糸玉にし、それからセーターを編んだ。いろいろなセーターを編み、どれもみな村の子どもたちにやった。それは彼女の暮らしの中のたった一つの楽しみだった。

泥鰌が言った。「梅子、休んじゃいけないとでもいうのかよ、そんなに忙しそうに仕事をしなくったっていいじゃないか?」彼は梅子と一緒にこの羊の群を管理していた。

梅子は頭を垂れ、ただ一心に編み物に没頭している。二本のか弱く柔らかな手が飛ぶような速さで動いている。毛糸玉はかたわらの袋の中にあり、一本の荒い糸が、そこから絶えず外へ引っぱり出されている。それはまるで痙攣しているようにみえた。泥鰌はそれ見ているうちに辛くなった。耐え難いものを感じた。

「梅子、あんた、こんな事をやって何になるんだ。朝から晩まで手を休めようともしない。子どもといったって、自分の子でもあるまい。」

梅子は相変わらず口を開かなかった。ただ一心に下を向いて編んでいる。両手が飛ぶような速さで動いている。また一枚小さなセーターが出来上がろうとしていた。彼女は編んでいたものを持ち上げ、それを振り、膝の上に置いて引っ張り広げた。そしてしげしげながめると、下を向いてまた編み出した。

「梅子、あんたもいっそのこと嫁に行ってしまえばいいじゃないか。」

梅子は泥鰌がぶつぶつぶやくのにうんざりしていた。手を止め、顔を上げると、うっとうしそうに彼を一目見、長いため息をついた。それはひどく憂鬱そうなため息だった。長いまつげの目を一度つむってまた開くと、頭を垂れてまた編み物を始めた。

泥鰌は梅子が心の中で何を考えているのかわからなかった。彼は永遠にこの女を理解することが出来なかった。二十年以上、朝も夕も二人は一緒に放牧をしていた。梅子は恐らく彼に一度たりとも笑顔を見せたことがない。

梅子は美しい。彼女のほかの三人の姉の誰よりも美しかった。こわいほど美しかったが、それは刀のような美しさだった。彼女の三人の姉には、決してこんな美しさはなかった。

泥鰌は自分ほど女をわかっている者はない、と思っていた。彼はかつて、魚王庄で最も浮き名を流した男だった。なぜ、今、こんなにも鈍くなってしまったのだろうか。

すべて老いのせいだろうか?

彼はもう梅子を見ようとはしなかった。

梅子は神秘的で、人に無力感を感じさせるような女だった。おそらく永遠に、彼女の歓心を買うことはないのかもしれない。

彼にはもう、彼女の歓心を買いたいという気持ちがなかった。彼女に別れを告げるべきだった。女に別れを告げる、そしてきのうの自分に、そしてすべての世界に別れを告げるべきだった。彼は老扁のように、面白おかしく生きてはいなかった。彼は世の中に対して、何の責任も負いたくはなかった。彼はただ彼自身であるのだった。若い時、楽しめることはすべて楽しんだ。年をとり、楽しんで生きることがもう出来ないなら、もう死ぬしかないのかもしれない。死だってたいした意味はあるまい。

泥鰌は、もう十分楽しんだ。

彼は顔を小さな川のほうに向けた。二つの深く落ちくぼんだ目はどんより黄色く濁り、彼はぼんやりと川を見ていた。彼はそこに何を見ていたのだろうか…

川は幅は狭いが、どこまでも続いている。誰もその流れ着く所まで行ったことがない。川に沿っていけば、町まで行くことが出来る。老扁は毎年一度町へ会議に出かける。しかし、ほかの魚王庄の男たちは、四、五年に一度さえも町へは行かない。町へ行ったことのある女となると、さらに少ない。みんな物乞いに行くにしても、町には行かない。町ではなかなか食べ物をもらえないという。町の人間はとてもけちで、ほんの少しくれるにしても、ひとしきり人を責めとがめるようなことを言った。悪くすると、捕まえられかねない。泥鰌は物乞いをしたことがなかった。そんな事は飢え死にしたってやりたくなかった。あの頃、彼は本気で死のうとしていた。寝台の上の横たわり、死ぬのを待った。五日間ものを喰わず、ほとんど死にかけていた。そこへ老扁が来たのだ。老扁は彼に薄い粥を一杯食わせ、彼を放牧に行かせた。泥鰌はちょっと考えて、そして放牧に行った。何かはっきりした考えがあったわけではない。ただ、死ぬにはまだ少し早いと思っただけなのかもしれない。それ以来、彼は放牧をするようになった。

そして、もう羊の群から離れることはなかった。

解放から今まで、二十年あまりたったが、泥鰌はまだ一度も町へ行ったことがなかった。町は遠すぎる。それに用がない。漠然と、それは遥か遠くの場所に思えた。耐え難いほど混み合った家々は薄汚れている。瓦のすき間にぼうぼうと生えた雑草、いくすじかの石を敷きつめた古い町並み、えらく狭い。一台のおんぼろ車がガタガタと走っていき、あとに臭い匂いを残していく。突然街角から一群の怪物が現れた。体は大きく首は長いが、頭はたいそう小さい。全身、赤茶色の毛で覆われ、背中には二つの山がある。「ラクダだ！」誰かが叫んだ。大勢の人間がそれを見に行った。何匹かの犬がとんで行き、またすぐさまもどって来ると、遠まきに吠えている。そして、もう近づこうとはしない。砂漠ではよく見かける、労働用の家畜も、ここでは珍しい動物だった。そのあたりにいた人々は皆沸きかえった。長城のむこうからやって来た二人の男は、それぞれのラクダに乗っていたが、彼らの顔は土埃にまみれ、疲れたように、この蘇北の小さな町を眺めていた。突然彼らは動物の皮で出来た帽子を取り、人々の群に向かってそれを振った。口いっぱいの黄色い歯。何年もたったが、目を閉じると、泥鰌には、いまだにあの黄色い歯が目に浮かぶ。

小さな川には名前がなく、人はそれを名無し川と呼んでいる。名無し川は何度も曲がりくねって町に通じていた。町に出ると、名無し川はまた一つ曲がり、そして、また先へ流れて行った。慌てることもなく悠然と、流れて行った。しかし、その川が一体どこへ向かって流れて行くのかはわからず、どこから来たのかもわからない。そしていつの時から流れ始めたのかもわからなかった。名無し川は大昔からあった、と人は言う。黄河がまだここへやって来る前から、この川はすでにあった。はるか昔のある晩、黄河は突然天から降りて来た。昼も夜も猛々しく吠え、休まず沸きかえった。ああ、あれはなんと大きな河だったことか。天下一の河といわれ、その名は広く世に聞こえている。この時から、名無し川はそこにあることも忘れられた。それはあまりに小さく、あまりに目立たない川だった。八百年の時がたち、またある夜、黄河は大きく吠え、そして去って行った。そして名無し川はその時、再び人に思い出されることになった。その川は、流れを止めることなく、黙々と流れつづけている。何世紀流れていたのだろうか。この川はまだこれからも、流れつづけていくだろう。休むことなく、流れつづけていくのだろう。今に至るまで未知の歳月を流れて来たのと同じように、暗い未知の歳月に向かって流れて行くのだ。

名無し川は涸れたことがない。今まで涸れたことがなかった。どの世代の人々も、皆こう言う。冬の川の水は哀れなほど少ない。川底は老人の深くえぐれた胸、そして浮き出たあばら骨のように痩せている。一鞭あてると、川底にあたって響くようだ。川のまん中を流れる、一筋の褐色の水は凍ったことがない。遠くから見れば淀んだ汚らしい水に見えたが、近寄ってみると、それはじつにゆっくり、緩やかに流れているのだ。水の色が褐色なのは、川床に現れた土本来の色なのだ。褐色、それこそこの土地の原始の地層だった。厚さ三尺の黄色い砂の下に、本来の土があったのだが、残念ながら、それは埋もれていた。

名無し川の水は甘い。泥鰌はいつもその水を飲んでいた。彼はその水を飲んで大きくなったのだ。彼はこの川の水が永遠に腐ることがないことを知っている。なぜなら、それは淀んでいない、流れる水なのだ。流れる生きた水。しかし決して騒ぎたてることがない。苦痛に耐えながら流れ、川の命を長らえている。流れながら身をよじらせ、瀕死の老人の足の筋のように激しく痙攣し震えている。一生の苦難と楽しみを背負い、ひどく傷ついている。しかしここで終わろうとはしていない。ここで終わるわけにはいかないのだ。力を振り絞り、持ちこたえた。そして、ついに、硬くこわばった皮膚は甦り、流れの止まっていた心臓は新たに動き出したのだ。

そして、ついに春が来る。

何度か春の雨が降ると、川床は潤い始める。そしてその一筋の水は曲がって、小さな渓流となる。流れる水音は、歌っているようでもあり、また泣いているようでもあり、命が甦る歓びと悲しみを表していた。川はまた若返る。だが、人は、一度老いて、また若返ることが出来ようか？泥鰌にはかつて、もう一度若返りたいという渇望があった。あの年に結局死ななかったのは、実はこの渇望があったからなのだ。しかし、彼は結局、歳月を引き止めることは出来なかった。

彼は一段と老いた。食べることも厭う犬のように年老いた。人が老いるのは実に早い。名無し川と比べれば、人の一生など一粒の水滴にも匹敵しないだろう。彼は悲しげに溜息をついた。そしてまたちらっと梅子のほうを見た。梅子は相変わらずセーターを編んでいる。下を向いたまま、二つの手は飛ぶように速く動いている。彼女はどんな夢を編んでいるのだろうか、それは彼女自身の夢なのだろうか。

夏、大雨が降ると、名無し川は突如狂喜して膨れ上がる。田畑の水はすべて川にむかって勢いよく注ぎ込み、にぎやかな音を響かせる。川岸には無数の裂け目が出来、幾筋もの水が扇のような形を作って勢いよく流れ落ちる。それは何人もの女たちが川べりに並んで小便をしているようでもあった。少しも恥じらうことなく、この小さな川を満たしていく。そして川の水は溢れ出、やがて大きなうねりとなって滔々と流れた。波の背は一うねり、また一うねりし、まるで若者の肩の肉塊のように見えた。彼は思いきり腕を伸ばし心ゆくまで泳いだ。笑い声を響かせ泳いだ。それは彼に取ってはいともたやすいことだった。しかし、彼は水に飲み込まれた。川の水はたいそう放埒で、それを御するのは実に難しい。彼は恐れおののき、また怒った。腕を振り回し、もがき、怒鳴り、そして岸の上にいる大勢の野放図な女たちを粗暴な言葉で罵った。小さな川は野生の馬のように跳ね返り、騒いだ。そうして、一夏が過ぎていく。

しかし、今は変わってしまった。ああ、すべてが変わってしまった。彼はすっかり感傷的になっていた。いい時は、夏と同じように過ぎ去ってしまったのだ…

梅子は疲れた。立ち上がって、だるくなった腰を伸ばした。女は気怠そうにしている時が一番美しい。梅子の気怠そうな様子はいっそう美しかった。腰は綿のように柔らかい。豊かで美しい太股、尻、そして豊満な胸がはりだしている。だが、惜しいことに、彼女は気怠そうにしている時があまりに少ない。梅子の三人の姉たちは違っていた。あの女たちはいつもだるそうにあくびをし、だるそうに彼の所へやって来た。そして彼の肩につかまり、そのまま寝床に行っても、やはり気怠そうにしていた。彼が荒々しく彼女たちの上にのしかかり、すり込むようにその命の泉をそそぎこむ時になって、彼女たちははじめて気怠そうな表情を捨て、ふだん見たこともないような狂おしい姿を見せるのだった。あの頃、彼も若かった。胸の皮膚は鉄のように丈夫で、多くの若い女たちがそれに血迷った。人はみな彼のことを、名無し川の魔物、女たちの帝王、と言ったものだ。

泥鰌と老扁はともに梅山洞の家で働いていた。老扁はしじゅう梅山洞のお供をして出かけていた。梅山洞はふだん町の薬材屋に住み、家にいないことが多かった。彼はこの自分の家を嫌悪していた。梅山洞が洋行する前、彼の父は彼に嫁をとらせた。彼は気に入らず、結婚して一月で家を出てしまった。彼はその女に指一本触れなかった。だが八年の洋行から戻ってみると、その女はすでに三人の娘を生んでいた。梅山洞はただ驚き、呆然とするばかりだった。彼が家にもどったその夜、女は首を吊った。

父親は梅山洞に、その娘たちを認知しろと迫ったが、彼はうんと言わなかった。しかし彼は女の葬儀には出た。その女がひどく哀れに思われたのだ。女を埋葬すると、彼は町へ帰って行った。

三人の娘たちは魚王庄で大きくなった。娘たちは梅山洞の父をおじいさんと呼んだ。梅山洞の父親は、自分が彼女たちの祖父ではなく父親であることを知っていた。数年後、梅山洞の父親は、重い罪悪感を持ったままこの世を去った。その孫娘と称した実の娘たちはみな次第に大きくなっていった。娘たちは頼るものを失ったが、同時に束縛もなくなった。彼女たちは自由になった。あのおじいさんと呼んでいた父親が死に、そして、あの自分が父親であることを認めない男が、彼女たちの面倒を見ることになった。そして、彼女たちと莫大な財産は梅家の大番頭に任されることになった。大番頭は梅家に忠実な昔からの雇い人だった。彼は腰に一キロもの重さになる鍵をぶら下げていた。彼はいつも秘かに蔵を見つめ、また秘かにこの三人の父のいない娘たちを見つめていた。蔵を管理するのと同じように娘たちを管理していた。

娘たちはそんなことはお構いなしだった。しょせん、娘たちは主人で、彼は雇い人だった。

娘たちは大きくなり、すでにこの家の乱れた血縁関係を知っていた。彼女たちはその乱れた血縁関係の産物に他ならなかった。はじめ、娘たちはそのことを恥じ、それを恨んだ。しかし、次第にそんな気持ちも消え、また気にもかけなくなっていた。あの本当は父であるべき祖父がすでにこの世にないのであれば、一体誰を恨めばいいというのだ。そして自分が父であることを認めないあの男も、またいつも家にいるわけではない。が、それとて、こんな都合のいいことがあろうか。彼は時折やって来ても、娘たちと話をすることもなく、また娘たちを叱ることもなかった。彼は出来るだけ娘たちと顔を合わせないようにした。こうすることで双方とも多くの厄介なことを避けることが出来たのだ。

恥の感覚はしだいに娘たちから消え、娘たちは変わっていった。そして快活になった。娘たちはしょせん若く、自分の楽しみを捜した。なんで楽しくないことがあろうか。なんの気がかりもなく、生活の心配もない。ただ、家の奥にいるのは寂しすぎる。あまりに単調な暮らしである。それゆえ、彼女たちは気怠く、心が晴れなかった。木の葉の落ちるのを見ては感傷にふけり、秋の雨に涙を流し、飛ぶ鳥があれば、それをうっとりと見とれていた。

泥鰌はそんな娘たちをずっと見ていた。娘たちも泥鰌のことをずっと見ていた。泥鰌はこの奥深い大きな屋敷で忙しく立ち働いていた。

梅山洞は七千畝の土地をすべて泥鰌に預け管理させた。泥鰌は賢く、そして遣り手でもあった。七千畝の土地は彼によって完璧に管理されていた。一人の常雇いの作男として、彼はまれにみるほど幸運だったと言えよう。この特殊な家族の中で、彼は小さな皇帝となった。彼は何人かの者を引き連れ、内に外にと忙しく働きまわっていた。大きくよく通る声、健康で力強い姿、娘たちは彼を見るたびに心を躍らせた。

ついに一番上の娘が真っ先に泥鰌を自分のものにした。あるいは、泥鰌のほうからこの娘を虜にしたのかもしれない。それはほとんどなんの手間もかからなかった。彼らはすでに長いこと、互いの気持ちを目で通じさせていた。ある冬の晩、一番上の娘は彼を自分の部屋に来させた。火鉢の火を起こすのを手伝ってくれと言ったのだ。彼は行った。彼はずっと前から、その部屋に行きたいと思っていた。彼は娘が自分を呼ぶのをずっと待っていた。はじめて女の部屋に足を踏み入れた時、彼はほとんど酔ったような気持ちになった。素晴らしい調度品、精巧で美しい蚊帳、想像するだに夢心地になるような寝台、微かな香り、人をよからぬことに誘う閉ざされた部屋、熱い情をたたえた娘の眼差し。これらすべてのものが、はっきりと、彼に一つの行動を促させた。火鉢には火がつき、その火は真っ赤に熱く燃えている。娘は上着を脱ぎ、寝台に上がった。顔をそむけ、壁のほうを向いているが、初めての恥じらいと心の動揺が伝わってくる。まだ何を躊躇しているというのだ?彼は扉を閉め、自分も服を脱ぎ、寝台に上がった。たちまち、二人は絡み合い、一つになった。ついに一言の言葉を口にすることもなく交わり、空が明るくなった頃やっと言葉を交わした。「明日の晩も、また来てくれる？」泥鰌はただ一言「ああ！」と答えた。

こうしているうちに、二人のことは二番目の娘に気づかれた。二番目の娘も、泥鰌に火鉢の火を起こすことを頼んだ。そして彼は来た。毎晩のように行ったり来たりした。

まもなく、末の娘も二人の姉の秘密に気づいた。そしてその娘も、泥鰌に火鉢の火を起こすよう頼み、彼もまたその娘の部屋へ行った。そして、それが毎晩続いた。

一晩に三つの部屋へ行かなければならない。泥鰌はついにそんなことが煩わしくなり、とうとう三人の娘を一緒に寝かせるようにした。彼は娘たちに強い力を持つようになっていた。彼は娘たちがもう自分から離れられなくなっていることを知っていた。

一人の強くたくましい若者、三人の火のような娘たちが一つの部屋の一つの寝台の上で愛し合う。その情景は熱く煮えたぎったものだった。

しかしこの大きな屋敷は、外から見れば、かつてないほど静かで、穏やかに落ち着いていた。ここにかつて存在していた苛立ちや焦り、姉妹どうしのわけもわからぬ言い争いも、すべて姿を消した。真冬の夜、外は北風が猛々しく吹きすさんでいた。しかし泥鰌は女の部屋で三人の娘たちと一緒に炉を囲み、じっくりと朝鮮人参のスープを味わっていた。彼の体には滋養が要った。こういう事には、女たちは何にもまして金を使った。

泥鰌はいっそう忙しくなった。

七千畝の土地だけでも彼は十分忙しかった。さいわい、百人あまりの手伝いを雇い、一年中梅家の仕事をやらせていた。忙しい時は、さらに多くの作男を臨時に雇った。どのみち梅家には金があり、泥鰌はそれを自由に出来た。

泥鰌は、大番頭だったあの古い雇い人のように梅家に忠実ではなかった。ただ自分に忠実だった。春の種蒔きや秋の取り入れの時期、彼は忙しく立ち働いた。それは、梅家の飯を喰っている以上、当然梅家のために働かなければならない、と彼が考えたからだった。いわんや、梅山洞はたいそう自分を信用しているのだ。さらに言えば、これほど多くの土地を荒れるに任せておくのは、実にもったいないことだ。土地があったら、その土地に穀物を生やさせてやらなければならぬ。穀物が育ったら誰がそれを食べるのか、そんなことは彼にはどうでもよかった。喰いたい者が喰えばいい。飢えている者が喰えばいい。

梅家には四千畝の河岸の土地のほかに、そこから離れた所にまだ三千畝のよい土地があった。それは魚王庄から五十里余りの所にあり、ひどく遠い。その土地は梅山洞の父がまだ生きていた時、あらゆる手段を用い、ほかの金持ちの地主を騙して無理やり手に入れたものだった。管理が大変なので、ここには年一回、麦だけを植え、一季節休ませ土地を肥らせていた。河岸の土地には麦を植えることは出来ず、ただ一回コウリャンを植えた。これも、梅山洞の父親が生きていたころから続けているやり方だった。彼はこのやり方を変えなかった。梅山洞は口出しをしなかった。多くとれるかとれないか、ということは彼の頭にはなかった。しかし、あの昔からいる大番頭はひどく細かかった。彼は泥鰌を罵っただけでなく、梅山洞のことも罵った。梅山洞は穀潰しだ、と罵った。しかし梅山洞は大番頭とは言い争いをしなかった。彼はこの老いた大番頭がこの家業の創始者だということを知っていた、それゆえ、心が痛んだ。しかし大番頭は彼のことを理解することが出来なかった。それは彼の父が彼を理解できなかったのと同じだった。

泥鰌はしじゅうこの大番頭とぶつかった。そして彼のことを、おいぼれの番犬、と罵った。大番頭は年がら年中、髭をふるわすほど腹を立てていた。梅家が零落していくのを目のあたりにして、彼は確かに心を痛めていた。梅山洞の父親の存命中、この大番頭は人を痛めつけるようなことはしなかったものの、一貫して梅家に対して誠心誠意、忠実に職務を果たし、きちんときちんと細かい気配りをし、金庫と倉庫の管理をしてきた。どのくらいの金が出て、どのくらいの金が入ってくるのか、はっきりわかっていた。彼はこれまで、一分の利さえ自分の手に納めようとしたことはなかった。彼は独り者で、親戚縁者は誰もいなかった。彼はただ梅山洞一人に対して忠実であった。じつは、正確に言うなら、彼は自分の職分に忠実だったのである。

泥鰌は違った。彼は梅家の物をよく人に融通してやった。毎年秋の取り入れの時になると、彼と彼の下で働く者たちは、わざと多くの穀物を落としたままにしておき、貧しい人々にそれを拾わせた。泥鰌が夜の見張りになると、みんな互いに誘いあって出かけた。「行こうぜ、今夜は泥鰌の見張りだ。」闇に紛れて、一群の貧しい人々がこっそりと梅家の畑にやって来て、思う存分とっていった。泥鰌は気づかぬ振りをして、大いびきで眠っている。それに、雇い人が仕事をしても、泥鰌のくれる手間賃は、梅山洞の父親が生きていた時分よりずっと多かった。このため、始終あの大番頭と意見がぶつかるのだった。しかし結局は帳簿を見せなければならない。大番頭は孤立していた。泥鰌の手下の者は、皆、泥鰌の言うことを聞くのだ。

こうしているうちに、梅家の毎年の収入は大幅に減っていき、ほとんど一挙に下降線を辿っていった。あの当時、人は、泥鰌のことを梅家が飼って丸々と肥らせたうじ虫だ、と言った。彼は梅家の物を喰い、梅家の物を飲み、そして梅家の三人の花も恥じらう乙女をものにした。梅家の物はすべて、泥鰌に喰い尽くされてしまった。貧しい人々はその間に結構得をしたが、それでも多くの者たちが陰で泥鰌を罵った。あいつは人間が卑しい。放蕩者、恩知らず、噴飯者、道徳心のかけらもない奴だ、あんな奴と付きあってはだめだ。それに反して、あの相も変わらず、古めかしく梅家に忠誠を尽くしている大番頭には、多くの者が感服していた。あの大番頭は人間がまっとうだ、人はああでなければならない、と言った。つまり、食べる物がなければ人は泥鰌の所へ行くが、誰が善人かということになると、間違いなく大番頭を推す。

これは理解し難い人間の心理である。
人格的に劣っていると思われることは、泥鰌の旺盛な生命力にとってなんの妨げにもならなかった。彼はもともと誰かに自分のことを感謝してもらおうなどとは思ってもみなかった。彼はただ自分の天性のままに生きていた。なんの屈託もなく生きていたのだった。彼はのびのびと、そして自由に生きていた。

夏の暑い盛りには、コウリャンの畑へ行って葉を打ち落とす。それは彼が一番たのしい時だった。名無し川の両岸には、コウリャン畑が一面ずっと広がっていた。どこまでも続き、びっしり茂った畑の中には、風も通ってこない。彼は田畑に金をつぎ込むことを惜しまなかった。たとえ戻ってくる物が半分であっても、彼は敢えてやった。彼は作物を植えることを遊びのように考えていた。よその人間は皆、梅家のコウリャンはよく育っている、と言った。大番頭だけが内情を知っており、歯ぎしりした。

コウリャンは取り入れまでに三度、葉打ちをしなければならない。一度目は根元の葉を、二度目は中ほどの葉を、そして三度目に一番上の葉を落とす。コウリャンの穂を守るために、一番上の二、三枚だけを残して、風通しをよくし、光がよくはいるようにするのだ。コウリャン畑の面積がひどく大きいので、泥鰌とその手下の者だけではやりきれない。この季節になると、梅家のコウリャン畑では葉を落とした。「葉を落とす」というのは、つまり、その葉は打ち落とした者の物になる、ということだった。この村の者でも、よその村の者でも、貧乏人なら誰でもかまわない。打ち落とした葉は家に持ち帰り、家畜に食べさせたり、焚き物にしたり、ござを編んだりした。まったく使い道がなければ、打ち落とした葉はまた梅家に売ってもよかった。梅家のコウリャンの葉を打ち落として、また梅家に売る。こうしてただで金が手にはいる。これをやらない者がいるだろうか。この村からも、よその村からも、どれだけの者がコウリャン畑にはいって来たか知れない。男は服をすっかり脱いだ。女たちは服を着たまま畑にはいるが、中にはいると、下着だけになる。葉がびっしりと茂っているので、中はひどく蒸し暑い。中に入ってしまうと、まるで蒸篭の中にいるようで、ちょっと動くと体中汗だくになる。コウリャンの葉の上は白い粉をふき、赤いクモもいる。そして、そんな物が体中に付いてしまう。すっかり裸になって作業をすれば、体を動かしやすい。それに、服を汚さずにすみ、そしてまた爽快でもあった。女たちはいっそう気持ちがいい。ふだん家では、ボタン一つあけても老人たちが叱るだろう。しかしコウリャン畑に入ってしまえば自由だ。老人たちはびっしり茂ったコウリャン畑の中で何が起こるか、すっかりわかっていた。しかし、それを問いただすわけにもいかない。彼らにも、若いころがあったからだ。

そんな時は、泥鰌も働いた。彼は決して怠け者ではなかった。彼は働くのが好きだった。もろ肌をあらわにし体いっぱい大汗をかくと、体中汗で光った。痛快だ。女と遊ぶのも、働くのも、どちらも生命力の発散だった。彼には精力が有り余っていた。

しかしコウリャン畑の中で、仕事は主に使用人たちにやらせ、彼は葉の買い上げを取りしきっていた。すると、一日の大半、大してすることもない。そこで、泥鰌はあたりを歩き回り、女たちの体を思う存分ながめた。突如踏み込んでいって、女の体に触る。すると女は罵る。「泥鰌の恥知らず！」しかし彼は顔色一つ変えない。女が本気で怒っているのではないと見て取ると、そこでしばし悪さをする。サッサッサッサッ……一気にコウリャンの葉を打ち落とし、その女に渡し一からかいすると、また別の場所へ行く。彼は水をえた魚のように、数千畝のコウリャン畑で好き放題に女と遊び戯れた。敷きつめたコウリャンの葉の上で、彼はたくさんの女たちと寝た。当然の事ながら、ほかの男女がコウリャンの葉の上で、くんずほぐれつ絡み合っているのに出くわすこともある。しかしそれは誰もお互い様で、顔を合わせると、相手を避けるように遠ざかって行く。ある時、泥鰌はびっしり茂ったコウリャン越しに、どこかでやはり人の気配がするのを聞き取った。彼は笑いながら一緒にいた女に言った。「あっちのほうだ、聞いてみな。」女は怒ってぴしゃっと泥鰌をたたくと、両方の人差し指で泥鰌の耳をふさいだ。

夕暮れ時、作業は終わる。男も女も皆コウリャン畑をくぐるようにして出て来る。体中汗臭く、草の屑が付いている。皆どんどん名無し川に飛び込む。名無し川はにわかに賑やかになる。ここでは、男と女に別れて水浴びをする。男は川下で、女は川上で水浴びをする。これは昔からの習わしだった。女は男より神聖だ。そして、女は男より大声を出して騒ぐ。一群の白いガチョウのように、水の中で足をばたつかせ、どこもかしこも水の掛け合いになる。大げさに甲高い叫び声をあげながら、川下のほうをちらっと見る。川下の男たちはさらに心穏やかではいられない。薄暮れ時、川上一面の輝くような白い体、それは男たちの魂を飛び上がらせるほど挑発した。水の中で立ち上がりながら、首を伸ばし川上のほうを見る。魅入られたように川上を見ていると、いつの間にか、そっちのほうに体が動いてしまう。しかし、これが面倒なことになる。名無し川両岸の女たちは皆泳ぎがうまく、波に乗る白魚のようだ。男が紛れ込んでくると、女たちは叫び声をあげ、水を切って向かって行く。何人かの嫁たちが先頭を切って男の髪を、そして腕や足首をつかみ、力一杯水の中に沈める。そして、あたり一面に叫び声があがる。「溺れさせてやろう！」遠くにいた男たちは女たちの声を聞くと、自分たちも調子に乗り、大声で叫ぶ。「そいつを溺れさせろ！」女たちはいっそう興奮し、必死でその男を上から押しつけ、水の中に引っ張り込む。まもなく、その男はたらふく水を飲み込む。そして何度も何度も女たちに許しを乞う。しかし女たちはそんなことはお構いなしで、同情もしない。許しを乞えば乞うほど同情などしなくなる。女たちは、いい思いをしたがるくせに度胸の無い男を軽蔑した。とるに足らない度胸なし！そういう奴はいっそのことのたうちまわらせてやろう。群をなした女たちはよってたかってまわりを取り囲み、数え切れないほどの手が一斉にこの男の手のひら、足の裏を、男が気が狂いそうになるほどくすぐる。男がやっと一息つくと、女たちは大笑いし、また思いきり男につかみかかる。女たちはこうして男を残酷に弄ぶことで、胸のなかに潜む妖しい興奮を発散させた。そして男が悲鳴を上げるまで放してやらなかった。男は大きな手負いの鳥のように、野生の羽根もしばし羽ばたくことが出来ず、自分の女房のもとへ戻ることも出来なかった。

男たちは、軽率にはこの聖域に入っていけなかった。

ただ泥鰌だけは違っていた。彼は泳ぎがうまく、音も立てずに水にはいることが出来た。水の中に潜っても、息をしたり目を開けたりすることが出来た。首を縮めて水に潜ると、すぐに女たちの所に紛れ込む。女たちの太股、乳房、尻、どこもはっきりと見える。が、しかし、女たちは依然まったく気づかない。そこで泥鰌は女の体をこっちでちょっと、あっちでちょっととつかむ。女たちははじめはそれを魚だと思い、びくっとする。しかし突然ザバッという音がして水底から人の頭が出てくると、肝をつぶす。たちまち大声を上げ、群になって飛びかかっていく。すると泥鰌はまた、さっと姿を消す。そして水の下で心ゆくまで女たちと戯れるのだ。泥鰌が手を出すと女たちはくすぐったがり、力が抜けたようにしびれ、そして気が触れたようになってしまう。そして叫び声も調子が外れてしまう。水の中で泥鰌を捕まえた者は、みな彼を独り占めしたがる。

名無し川はまた静かになる。女たちはついには岸に上がる。そしてこそこそと話しをしながら帰って行く。ひどい目にあった女はうまいことをされたと言い、うまいことをされた女はひどい目にあったと言う。話はいつまでも尽きないが、その声も姿もしだいに皆消えていく。

この時、男たちも皆帰って行った。ただ泥鰌だけが裸のまま川岸で仰向けになり、空いっぱいの星を見ていた。ちょっと息が切れたが、体中気持ちのいい疲労感が充ちていた。

半世紀余り、泥鰌は、彼の楽しみ、欲望、そして旺盛な生命力を、みなこの名無し川に流してしまった。そして残ったのは、ただ淡い悲しみだけだった。

人の一生は短か過ぎる。

梅子は相変わらず砂山の上に座っていた。梅子はまた一枚小さなセーターを編み終え、滅多にないことだが、手持ちぶさたにしていた。彼女の膝元には真っ白な子山羊が横たわっていた。子山羊は毛の生えた湿った唇を、そっと梅子の足にこすりつけた。梅子は頭を垂れ、彼女のか弱く柔らかい指で一度、そしてまた一度と子山羊の毛を梳いてやった。

五

真っ先に沼地から頭をもたげた砂地に、片腕の男はバッタ岸という名前を付けた。バッタ岸には一軒の草葺き小屋があった。その小屋は狂ったような風に何度も根こそぎ抜き取られ、空中に飛ばされていった。そしてまた何度も襲いかかる暴風雨や雹に打ち砕かれ、地上に散乱した。しかしどんな力も、この片腕の男をここから追い立てることは出来なかった。過酷な天気や蚊や虫が思う存分、日夜男を苛み、彼は体中腫れ上がり血膿の斑点だらけだった。しかし男はそこを立ち去ろうとしなかった。

片腕の男はそこにいつづけた。

男は荒れ狂う雨と風に向かって、オオカミのように何度も怒りの雄叫びをあげた。

「俺は━行かねえ━ぞ━━！」

「俺は━行かねえ━ぞ━━!!」

「俺は━行かねえ━ぞ━━!!!」

男はこの地を去ろうとはしなかった。そして、この、本来人間のものであったこの土地を奪い返そうとした。

彼は独りぼっちだった。たった一人でここに住んでいた。このどこまでも続く沼地の中に住んでいた。男の髪は草のように伸び、顔は髭で覆われていた。着ている物はすでにぼろ布の切れ端のようになり、風に飛ばされていく。男は思いきりよく全裸になった。そして醜く汚らしい性器が太股の間でゆらゆら揺れていた。太陽や月が明るく輝き、空高く晴れ上がっても、彼は少しも恥ずかしさを感じることがなかった。ここではすべての物がもう原始の時代に戻っていた。彼はすでに、文明社会から持ってきたあの体を隠す布を失っていた。しかし、風雨や雷、そして苛酷な暑さや厳しい冬は、この男に鱗か甲羅のような皮膚を作り上げていた。何の道徳もこの男を拘束することはなく、彼を責める者は誰もいない。彼自身が道徳であり法であり、彼自身がこの茫々とした沼地の王だった。

腹が空いたらバッタを飲み込み、喉が渇けば生水をがぶがぶ飲んだ。眠くなれば地面に横になった。そして目が覚めると、また働きにいった。毎日夜が明けると、男は早々と草葺きの小屋を出て、老いた牛を駆った。老いた牛は車を曳き、そこには曲がった木の鋤がつけてあった。そしてゆっくりと、泥の上を行ったり来たりしている。日暮れになると、彼はまた老いた牛を駆った。老いた牛は車を曳き、車には曲がった木の鋤がついている。そして、またゆっくりと、その泥の道をもどって来る。

男は話をすることがなかった。

一年、また一年と、人と口を利くこともなく年月は過ぎていった。

何年もさすらった後、一番早くここへ戻って来たこの土地の人間だった。落ちくぼんだ眼の奥には、捉えどころのない恨みと、捉えどころのない愛情が隠されていた。彼を痛めつけるものは、荒れ狂う風雨でもなければ、蚊や泥でもない。それは実際とるに足らないものだった。

いかなる劣悪な環境も、この破壊的な災難とは比べものにならなかったのだが。彼を本当に苦しめたものは、ただ、尽きることのない思い出だった。あの時、天までとどくほどの大波が逆巻き、猛り狂った大河。その大河で船を操り魚を捕っていたあの冒険に満ちた暮らし、母、妻、そして故郷の人々、それらすべてが、夜になく昼になく、彼の脳裏に現れた。しかしこれらすべては、また夢のように消えていった。黄河がこの地を去った時、すべてのものを連れ去っていったのだ。彼の左腕とともに。

しかし、彼は待った。自分のよく見知った顔がまた現れるのを待った。それはいつとも知れぬ。しかし、それを、男は執拗に待ち望んだ。彼はまだ自分と同じように、この災いの中で偶然にも生き延びている者がいることを信じていた。たとえそれがどれほど少なくとも。生きていれば戻ってくるはずだ。死ななかったのなら、彼らとて生き続けていかねばならないのだ。

老日昇の雑貨屋、それは魚王庄唯一の店であったが、決して繁盛してはいなかった。泥塀のボロ屋、奥の部屋には寝台があり、その上に布団がのっている。そして、入り口の、明るい所が雑貨屋になっていた。入り口に向かって高さ二尺ほどの勘定台が設けられ、その上には竿の部分が折れた秤が置いてある。勘定台の内側のレンガの上には一瓶の酢と瓶に半分ほどのまっ黒い塩、そして入り口近くの壁際のレンガの棚の上にはマッチ、タバコ、針など、細々としたあらゆる物があり、どれも砂ぼこりをかぶっている。魚王庄の元気のよい若者たちは、皆よその土地へ物乞いに行ってしまい、ふだんは人の気配さえなく、死んだ村のようだ。物を買う者も、そういない。日昇はひなが、家の入り口近くで薪を割っている。カーン！カーン！カーン！

その音は村中に聞こえる。

その音はもう何十年も鳴り響いていた。

日昇というのは、この男の子どもの頃の呼び名だったが、彼は一生変わらず人に日昇と呼ばれた。日昇が老いると、人々は彼を老日昇と呼んだ。若い者は、尊敬を込めて、日昇爺さんと呼んだ。彼は、日が昇る時に生まれた、ということだった。が、彼のこれまでの人生には、日が昇るような華々しいことは何一つなかった。それは辛い一生だった。そして嫁をもらうことさえなかった。日昇は十八の時から六十になるまで河岸で縄曳き人足をしてきた。四十二年、この縄曳きをやっていたのだ。一九四七年、この地が解放されると、河岸には一本の砂利道が作られ、ここを行く商人や旅人たちにとっては前よりずっと便利になったが、その時から、日昇の生計の道は閉ざされてしまった。彼はしかたなく魚王庄に戻り、雑貨屋を開いた。商売はうまく行かなかったが、彼も大して金を使うわけではなかった。店を始めてからも、主には薪割りで金を稼いでいた。

彼は薪割りがとてもうまかった。まず木を空き地に運ぶ。後ろ手を組んで、そのまわりを一回りし、木をひっくりかえして見る。そしてどこがきれいな年輪になっているか見極めると、包丁を操って牛をばらすように、余分な木の皮を剥ぎ落としていった。まわりを人が取り囲み、その様子を見ていた。しゃがんでいる者もあれば、立って見ている者もいる。タバコを吸いながら見ている者もいる。みんな彼の薪割りを楽しんだ。魚王庄には楽しみがない。それで日昇の薪割りを見るのだ。

老日昇は七十になっても、まだ威風堂々としていた。よく切れる斧を振り上げることが出来た。斧を高々と振り上げ、おーっという一声とともに振り下ろす。ここという所をこの一振りで割ることが出来た。割りにくい木の瘤も、日昇は割ってばらすことが出来た。日昇は「割る」とは言わず「ばらす」と言う。「割る」のと「ばらす」のでは違う。「ばらす」にはこつがいるが、「割る」だけなら馬鹿力さえあればいい。

しかし今、日昇は今まで使っていた斧を振り上げることが出来なくなり、それを使わず、柄の短い斧と二本のたがねを使うようになっていた。四角い小さな腰掛けに座り、ゆっくり薪を割る。年輪の所が一番硬い。八回、九回、十回と短い斧を振るい、やっと一筋のすき間が出来る。カーン、カーーン！、カーーン！その一筋のすき間へたがねを差し込む。そしてまた斧を取り上げる。カン！一斧入れると、そのすき間はさらに下まで伸び広がる。二本目のたがねをそこへ差し込み、また一斧入れると、一本目のたがねはぽろりと落ちる。それを拾い上げ、また差し込む。こうして順々に割っていく。節のある木だと、割るのに二日かかる。昔なら、彼は一日に五本ばらすことが出来たのだ。彼はぜいぜいと息を荒げる。家の後ろの空き地には、薪にする木が小さな山のように積み上げられてあったが、それはいつまでたっても割り終わることがないように見えた。積み上げられた木にはもうキクラゲが生えている。キクラゲは渇くと黒い菌がつく。これを見ると、みな悲しくなった。しかし老日昇は我慢強かった。今はもう彼の薪割りを見に来る者はそういない。そのかわり、何羽かのスズメがいつもまわりにいて、割った木片の中から虫を捜し出して食べている。が、スズメたちは老日昇を恐がらない。老日昇もスズメを追い払おうとせず、虫を見つけるとわざわざそれを捕まえて、スズメたちに投げてやる。スズメたちは先を争ってやって来る。虫を食べ終わると、ぴょんぴょん飛び跳ねながら、首をかしげ老日昇を見ていた。

老日昇は朝から晩までこの木のそばに座り、薪割りをやめようとはしない。外で何が起こっても、人に尋ねるわけでもなく、人と話もしない。疲れれば腰を下ろし、一息入れる。注ぎ口の欠けた急須を取り上げ、お茶を一口すると、また薪を割った。

「日昇じいさん、塩をちょうだい。」一人の娘が軽やかな足どりでやって来る。

「老日昇、酢をくれ。」一人の男がふらふらとやって来る。

「老日昇、マッチを一箱くれ。」自分の耳が聞こえないからといって、他人もみな耳が聞こえないと思い、背中を曲げたままそこで大声で叫んでいる老人がいる。

しかし、老日昇はこの老人よりもっと聞こえないのだ。耳も目もそう役にたってはいない。その老人をかまいもせず、ただ一心に薪を割っている。

カーン！

カーン！

カーン！…

こうして、もうだれも彼を呼ばなくなった。彼の雑貨屋はいつも扉が開け放たれたままになり、何か買う者は自分で物を取って自分で金を置いていった。老日昇は振り向くことさえせず、自分自身の悟りの境地に入ってしまったかのようだった。

斧を振り上げ、そしてまた斧を振り下ろす。そのよく響く、力強い音は、和尚の叩く木魚の音のように聞こえた。

魚王庄の東のはずれに、縦と横に伸びた二棟の草葺き小屋があった。横に伸びている所は広間で二間あり、縦に伸びている所は母屋でやはり二間あった。広間にはこの家の女主人が住み、母屋にはこの家の主人が住んでいた。夫婦は別れて住み、一緒に寝ていないのは、なおさらのことだった。

女は狂っていた。そして男というのは老耄だった。

女は寝床から起きたが、髪を振り乱している。髪をとかそうとすると、急に小便をしたくなる。そこで顔を出し、母屋の方をちらりと見るが、こちらを見ている者はいない。手を伸ばし、扉のかたわらから泥焼きの小便壷を取ると、さっさと家の中に入り、また引きかして扉にしっかりとかんぬきをかけた。そしてやっとズボンを下ろす。真っ白な尻を泥焼きの小便壷の上に置くや否や、大きな音をたてて放尿したが、そうしながらも扉のすき間から外をうかがっている。突如庭の方で何か物音がすると、女は放尿をやめ、猛烈な勢いでズボンを引っ張りあげ立ち上がった。そして外の物音をうかがうが、もう何の物音もしない。すると女はまたズボンを下ろし、大きな音をたてて放尿をする。女はひどく警戒している。小便をしてはやめ、やめてはまたする。こうして三、四度して、やっと放尿を終えた。女はほっと息をつき、ズボンを上げたが、何度かズボンの中に手を差し入れてはその手を取り出し、鼻先に持っていき匂いを嗅いだ。部屋いっぱいの小便臭さが鼻を突く。女はズボンの紐をひどくきつく結んだ。長い布紐を何度も何度も巻いて、固結びをした。それから扉を開き、泥焼きの小便壷を外へ出した。なみなみと小便の入った壷を家の入り口に置いたが、それを空けようとはしない。それから部屋に戻ると髪をとかした。鏡に向かい髪をとかしながら歌を歌った。とりとめもなく歌っていたが、ひどく楽しそうだ。女は決して醜くはなかった。瓜実顔、大きな目、腰回りもほっそりしている。体中から優雅さがにじみ出ている。ただ、視線が定まらず、時折、誰かが飛びかかってくるのを防ぐかのように、きょろきょろと左右を見ている。

母屋には煙がもうもうと立ちこめ、燻されて目が開けられないほどだ。老扁は竈の火を消した。飯はもう出来た。彼はまず一杯よそい、上にはしをのせ腰を曲げ外へ出た。そして広間の入り口に行くと、一声声を掛けた。「柳(リウ)!飯だぞ。」女は柳といった。しかし老扁は中へは入らず、ただ、入り口に立っていた。しばらくすると、女が答えた。「髪をとかしているんだよ。」老扁は飯碗を持ったまま入り口に立っている。女はゆっくり髪をとかすと、それからまた顔も洗い、やっと立ち上がって入り口まで出て来た。そして荒々しい口調で老扁に向かって叫んだ。「後ろに三歩下がれ!」老扁が飯碗を持ったまま三歩さがると、扉が開いた。柳は部屋からさっと滑るように出てくると、老扁から離れた所に立ち、命令した。「中に置け!」老扁はおとなしく中に入ると、四角いテーブルの上に飯碗を置いた。そして家の外に出た。女は老扁が外へ出たのを見ると、やっと軽い足どりで家の中に戻って行った。座るや否や飯を喰おうとしたが、急にまた老扁が戻って来たのを見て、さっと立ち上がり、慌てた様子で言った。「何だよ!お前とは寝ないからな!」そして胸元を覆うような素振りをした。「私はお前とは寝ない!」

老扁は近寄りながら言った。「お前と寝るなんて言ってないだろ。お前の小便を空けて来てやろうと思って来たんだ。」

「インチキばかり言いやがって！私はお前とは寝ない！」

「お前と寝るなんて言っていないだろ。小便を空けに来たんだ。」

老扁はあの泥焼きの小便壷を持ち、去って行った。女は座ってまた飯を食べだした。

老扁は女の小便を捨ててやると、またその小便壷をもとの場所に置いた。そして母屋に戻り、手を洗うと飯を食べた。そして飯が終わると、鍋や碗をきれいに洗った。体を軽くたたくと竈の前に座って一服した。深く、そしてゆっくりタバコを吸い、またゆっくりとたくさんの煙を吐き出した。

老扁はその鶴のような長い足で歩き出すと、ゆっくり家を離れ、老日昇の所へ行った。老扁は老日昇のお得意だった。

老扁は老日昇が薪を割るのを黙って見ているのが好きだった。かたわらにしゃがみ込み、タバコを一本吸う。老扁はキセルタバコは吸わない。二十の時から、巻きタバコを吸っていた。やはり維持会長をしていた時覚えたのだ。それ以来、吸うのをやめることはなかった。巻きタバコが買えないと、古くなったタバコの葉を揉み砕いて紙で巻いた。売っている巻きタバコと同じように巻いた。突然薪が飛んで来た。老扁はそれを拾い、もとの薪の山に戻した。そしてまたいつものようにしゃがんで目を細め、老日昇を見ていた。

こんな時、老扁は冗談を言うことも、闊達になることもまったくなかった。老日昇の斧の一振り一振りが老扁の心をたたき割るような気がした。しかし老扁はそれでも見るのをやめようとはしなかった。ずっと見ていると、老扁は大汗をびっしょりとかき、顔は青ざめ、心臓が縮みあがるように思えた。

老日昇も老扁のことなどかまわず、ただひたすら薪を割っている。

カーーン！カーーン！カーーン！慌てることもなければ、遅くなることもなく、同じ調子で薪を割っていた。

薪を割る音は村中に聞こえた。

その音はもう何十年も鳴り響いていた。

老扁は老日昇から離れ、別の所へ行った。胸にぽっかり穴があいているような気がした。魚王庄には少しの活気もない。

彼は数えてみた。立冬はもう過ぎた。物乞いをするため村を出た者たちはもう戻って来るだろう。これはきまりだ。魚王庄の者はどこへ物乞いに行こうが、毎年冬から春にかけて必ず戻って来て木を植える。西北の辺境へ行く者もあれば、長城の向こうまで行く者もある。あるいは、この土地で臨時雇いの仕事をする者もいる。しかし立冬を過ぎればみんな必ず戻って来る。

嫁に行った娘も、呼ばなくても自分から戻って来る。そして一心不乱に木を植え、そして、また行くべき所へ行くのだ。

木を植える！木植える！木を植える！木を植えるのだ！

木を植えることはすでに習慣であり、機械的な行為になっていた。木を植える、それがすべてだった。

魚王庄の者は木を植えるということに、異常なほど心を一つにしていた。木を植える、この言葉はすでに彼らの血の流れの中に入り込み、すべての細胞が「木を植える」というこの言葉から成っているようにさえ思えた。かなりの者たちが、木を植えることに対して、すでに確信を失っていたにも拘わらず、木を植える季節になると、彼らはやはり渡り鳥のように戻って来た。

ある冬のことだ。食べるために遠く黒竜江に嫁いだ娘が、立冬を過ぎたばかりの頃、夫から金をもらって家に帰って来た。三千里の汽車の旅をし、さらに車に二百里乗り、車が町に着いた時はすでに昼過ぎになっていた。娘は慌てて家へ向かった。この時大雪にあい、どこに道があるのかも定かではなくなった。途中何度も何度も転びながら百里にもなる道を魚王庄へ急ぐと、空はいつの間にかもう明けていた。彼女は雪と氷の野を一晩歩き続け、最後にはまったく歩くことも出来なくなり、はって村にたどり着いたのだった。娘の後ろには長い長い雪の道が続いた。一人の早起きの老人が突然雪のくぼみの中に娘を見つけた。彼女はすでに凍りつき、半ば動けなくなっていた。老人は腰を曲げ、この子を抱き起こすと慌てて尋ねた。
「お前、こんな長い道のりを、どうして戻って来たんだ。亭主がお前を捨てたのかい？」
娘は首を振った。「私は…木を…植えに…　戻って…来たんだよ。」老人は泣いた。この話は広まり、魚王庄の誰もが泣いた。

木を植える、これは魚王庄に何代も伝わる伝統であり、何代にもわたる事業だったのだ。魚王庄のすべての者が待ち望んでいた。木が育ち林になること、そして風砂がなくなること。それは長い道のりだった。どの世代もどの世代もこの同じ一つの夢をはぐくみ、一世紀余りにわたって、魚王庄の人々はずっとその夢の中で暮らし、その夢の中で生きながらえてきたのだった。木を植えると根こそぎやられ、根こそぎやられるとまた植えた。何度それが繰り返されてきたことだろうか。時はこの過程の中で悄然と流れゆき、何代もの人々がこの過程の中で声もなく倒れていった。奇跡は起こらなかった。風砂は、醒めることのない悪夢のように、彼らの暮らしから離れることがなかった。

老扁は三人でやっと抱えられるほどのセンダンの木のかたわらに立っていた。彼は微かに首を振った。あっという間に、何年もの歳月が過ぎ去って行った。彼はまだ子どもの頃の歌を覚えていた。

風砂は人の情けを留めおかず、
麦の穂を打ち、粟を打つ
兄さんも、姉さんも、
飢饉を逃れて、鄆城(ユンチョン)へ行った
爺さん、婆さんは梁で首を吊った

三歳の時、老扁の爺さんと婆さんも、このセンダンの木で首を吊った。彼は今でも、四本のむき出しの痩せてひからびた足が空中で揺れていたのを、ぼんやりと覚えている。兄夫婦は鄆城へ行って戻っては来なかった。

あの当時、魚王庄の多くの者たちは、飢饉を逃れて鄆城へ行こうとした。どういう訳でそうなったのかはわからない。鄆城は穀物が豊かにとれる所なのか、それとも「恵みの雨」と言われた水滸伝の宋江が出た所だからなのだろうか。鄆城の人々も宋江同様、そのころから、善行をし施しをするのを好んだのだろうか?老扁にはよくわからなかった。

彼は物乞いに行ったことがない。日本人がいた頃、みんなが彼を維持会の会長に推した。国民党の時代には、村長になった。そして解放後は村の支部書記になった。彼は外へ出る機会がなかった。しかし、彼は本当はよその土地へ出かけて行きたかった。よその土地でも一人なら

何とか喰っていける。どんなに苦しくても、何とかやっていける。家にいたら、寺の住職のように、どんな事も取りしきらなければならない。若く力のある者は行ってしまった。残っているのは女子どもと体の悪い者ばかりだ。彼はこの人々を養わなければならない。彼は、心を鬼にして彼らを捨てて出て行くようなことは出来なかった。

魚王庄の土地は少なくない。一人当たりが所有する土地を考えれば、県で一番だった。しかし河岸には茅しか生えず、作物は生えない。茅の根が三尺下まで伸びている。これで農作物が生えることが出来ようか。毎年、コウリャンを植えることしか出来なかった。村は貧しく、元手もない。畑もまばらにしかない。秋に一度、また一度と雨が降ると、コウリャンはみな水に浸かってしまう。スズメが群をなして飛んで来れば、いたる所でスズメと穀物の奪い合いになる。老扁や何人かの老人たちは一人一丁の鉄砲を持ち、水の中を歩き回り、ここで一発、あっちで一発と銃を撃ち、スズメを追い散らす。そして最後にわずかな収穫を得る。彼らはこのわずかなコウリャンをそれぞれの家の年寄りと子どもに分け与え、そのあとは、面の皮を厚くして救済穀物を請求する。こうした暮らしが続いた。

どこかの年寄りが病気になると、老扁は出かけて行って下の世話もし、薬を煎じてやった。幸い、梅子が彼の手伝いをしてくれた。さもなければ老扁は息つくことも出来なかっただろう。彼は梅子に有り難いと思っていた。彼女に対して、ずっと心の底から申し訳なく思っていた。

梅子はもう何年も老扁を待っていた。

梅山洞は洋行から帰って来ると町で嫁をもらった。しかしその女は梅子を生んで数年後、病でこの世を去った。父と娘は離れず、二人寄り添って暮らしていた。梅山洞は再び嫁をもらうことはなかった。子どもの頃、梅子はいつも父と一緒に出かけた。老扁が馬車を走らせ、まわりの村々に往診した。何も仕事がないと、老扁は梅子を連れて町のいろいろな所へ遊びに行った。老扁は梅子より十幾つも年上だった。梅山洞は梅子に、老扁を兄さんと呼ばせた。老扁はこの小さな家族の一員になった。しかし梅山洞は老扁がすでに秘かに別の道を歩みつつあることを知らなかった。

十九の年に、老扁は町で共産党の地下党員になっていた。翌年、上からの指令で魚王庄に戻り、秘密の連絡組織を作ることになった。梅山洞と梅子は相変わらず町に住んでいた。二人は老扁がなぜ突如自分たちの所から去って行こうとするのか、わからなかった。その後、老扁が維持会の会長になったことを聞いた。梅山洞は確かにしばらくの間、心が晴れなかった。何年も自分に付き従ってきた老扁が、こんな意気地なしであろうとは、思ってもみなかったのだ。

解放後まもなく、梅山洞は町から出され、魚王庄に連れ戻された。彼は身分を地主と規定された。これは県政府が直接決定したものだった。彼が地主に入れられたのは当然のことだった。家には七千畝の土地があり、全県でも指折りの地主だったのだ。老扁はいつも梅山洞を気の毒だと思っていたが、その決定に反対する理由もなかった。はたして、まもなく、県政府も人民大衆の意見に基づき、梅山洞を開明紳士と規定した。そして彼に、町へ戻り政協委員となり、県の人民病院の院長となるよう要請した。

しかし梅山洞はもう町へ帰ることは望まなかった。

この時、梅山洞は老扁があの頃自分の元を去って行った理由を知った。そしてまた、自分は先祖に対して申し訳ないことは何もしていないと思った。梅山洞にとって、魚王庄に住むことは心安らぐ事でもあったのだ。梅家の七千畝の土地は土地改革の時、農民に分け与えられ、彼には五十畝残されたが、梅山洞はそれも要らないと言った。彼はその土地は自分とは関係ない物だと思っていた。自分はとうの昔から、それを自分の物だとは思っていない、自分は耕作することは出来ないから、やはり医者として暮らしていきたい、と言った。魚王庄の人々は梅山洞を尊敬していた。老扁も梅山洞にとりわけ心を配った。

それから何年か、梅山洞の心は今までになく楽しく穏やかだった。

彼の父が彼に残した血腥い土地はすべて農民に分けられ、彼に残された、彼を耐え難い気持ちにさせていたあの三人の娘たちも次々嫁に行った。彼が過去のおいてこうむったすべての恥辱はすべてきれいにすすぎ清められた。彼は彼が一身に背負っていた負担から解放されたのだった。

この時梅子はすでに十六、七となり、なよやかで、露を湛えた花のように美しい娘に育っていた。彼女は一日中父を手伝い、針を打ち、薬を換え、往診のともをした。そして一人で病気を診ることも出来るようになった。しかしこの娘は内気で、人と話をすることがあまり好きではなかった。

梅山洞は梅子を掌中の玉だと思っていた。往診に行く時にはいつも梅子を連れて行った。町へ行くこともあり、省府へ行くこともあった。ある時は北京へも行った。一人の将軍の病気を治すためだった。梅山洞のパリ留学時代のクラスメートが推薦したのだ。梅山洞はもう昔のように一人高見にいるようではなかった。

しかし梅山洞の体は日に日に痩せていった。五十七年の春、肝臓癌が見つかり、その年の秋に、彼はこの世を去った。生前、梅山洞は梅子と老扁の手を取り、二つの遺言を老扁に残した。

「梅子のことはお前に頼んだぞ。それから、私が死んだら魚王庄に埋めてくれ。誰の手も煩わせずに、河岸に埋めてくれ。私はお前が木を…植えるのを…見ているぞ、わかったな。」

梅山洞の死後、梅子は悲しみで生きていく気もしなかった。父と娘はいつも寄り添い、深い感情でつながっていた。周囲の村の人々も梅山洞の死を心から悼み、惜しんだ。彼はなんと多くの貧しい者の命を救ってくれたことだろうか。梅山洞が死んで何年も経った後も、昔病人を出した家では、節句になると彼の墓に墓参りをし、紙銭を燃やす者さえいるということだ。彼の墓は河岸の砂山の上にある。

梅子はすでに適齢期になっていた。老扁は何度も町で彼女の嫁ぎ先を捜した。彼はこんな娘が魚王庄にいるのはもったいないと思った。しかし梅子は縁談をすべて断った。父が死んで二年ほどの間は、彼女は悲しみに暮れ、父の墓守りをしたいから嫁ぎたくない、と言った。その後、魚王庄にとてつもない大きな災難が降り注ぎ、梅子の心は老扁に向けられることになった。彼女にはあることがはっきりわかった。


老扁には、過去の年月を思い返す勇気がなかった。思い出せば、心の傷に触れることになるからだ。しかし、彼はまた思い出さずにはいられなかった。それは魚王庄の永遠に忘れることの出来ない歴史だった。

老扁は少年の頃、風砂に打ち勝つという誓いを立てたが、それは一度また一度と失敗に終わった。彼は自分の力の無さを恨んだ。いつも人々を動員して物乞いに行かせる時、どんなに何気ない風を装っていても、心中はまるで瓶一杯の酢でも注いだようなたまらない辛さを感じていた。物乞いに行く人々に証明書を書いてやるのが、彼に出来る唯一の事だった。みんなを出発させるたびに、彼はひどい病気にかかった。しかし老扁は、人前ではいつも無頓着で何も気にかけていないように見えた。

一九四十年、一人の日本人の小隊長が、人を引き連れてやって来た。材木を徴発し、見張り塔を作りに来たのだ。彼はお愛想も言い、酒宴を設けた。こうして、この事を阻止しようと考えたのだった。日本人の小隊長はひとしきり老扁にびんたを喰らわし、老扁は口や鼻から血を流した。しかし老扁はまだあきらめなかった。一瞬考え、歯をくいしばり、新婚の十日もたっていない妻を部屋に押し込め、日本人の相手をさせたのだった。小隊長は獣の本性をむき出しにし、醜い叫び声を上げて、部屋の中で思う存分老扁の新妻を凌辱した。老扁は口を血だらけにし、笑いながら、家の外で日本兵のタバコに火を着けてやった。小隊長は十分満足し、とうとう老扁にいい加減に言いくるめられ、追い払われてしまった。この事で、魚王庄の人々は老扁のとった行動に感動し、彼は度量があり屈辱に耐えられる奴だと讃えた。が、一方、彼は冷血動物で、男ではないと罵った者もいた。老扁の妻はそれから気が触れた。この事があって、彼は、党籍は残されたが観察処分となった。本来なら党籍も剥奪されるところだったのだが、なぜかそうはならなかった。おそらく、彼が当時魚王庄で唯一の地下党員だったためかも知れない。

妻は気が触れてから、もう治ることはなかった。妻の受けた驚愕と刺激、そして恥辱は余りにも大きかったのだ。妻はそれ以来、老扁も含めてあらゆる男を自分に近づかせなくなった。一人で草葺きの家に住んだ。老扁はそれからずっと辛抱強く彼女の身の回りの世話をした。彼はこの女に対して重く苦しい罪の意識を感じていた。老扁には、この女に申し訳ないことをしてしまったという事はわかっていた。どんなに心を込めて世話をし、面倒を見ても、この妻に対する罪の意識は軽くなることはなかった。老扁は一生涯、この女の面倒を見ていきたいと考えていた。老扁はこの女を重荷だと思ったことはなかった。彼女が一日生きることは、彼に一日贖罪の機会を与えたのである。

しかし老扁は後悔してはいなかった。彼はこの自分の身に起こった事を、魚王庄の受けた無数の屈辱の中ではほんの一つの小さな屈辱、数限りない犠牲の中のただ一つの小さな犠牲に過ぎない、と考えていた。事実、その後味わうことになった屈辱と犠牲はこの事に比べてはるかに大きかったのである。

魚王庄の木々は結局命をつなぎ止めることは出来なかった。一九四六年、国民党の保安団が魚王庄に駐屯し、木はすべて切り倒され、砲楼を作るのに使われてしまった。その時、木を守るために、魚王庄では二十七人の人間が撃ち殺された。

一九五六年、共産制を実行しようとしたころ、魚王庄の木はようやく林らしくなっていた。解放後の一年目に植えた百万本もの木はみな成長していた。しかし何日もしない内に、当時の防風防砂の総指揮官だった王副県知事が、多量の人馬を引き連れてやって来た。そして大規模に河岸を開拓し、木を切って鉄を作るのだ、と言った。数千人が何縦隊にもなって陣形を作った。そして太い鋸と大斧の音が一斉に鳴り響いた。

「ザッ、ザッ、ザッ…」

「ドン！ドン！ドン！ドン！ドン！…」

ここかしこで木々が、うめき声を上げながら倒れていった。車何台分もの木が悲鳴を上げながら引っ張られていった。

魚王庄の人々は目を見開き、村はずれにかたまって泣いた…

男たちは必死にたち向かい、一人、そして一人とねじ伏せられ、縛り上げられた。林の番をしていた斧頭は、猛り狂った獅子のように猟銃を取り上げ、木を切る人間の背中にねらいを定めた。

ドーーン！ドーーン！ドーーン！斧頭はたて続けに三人撃った。四発目を撃つ準備が出来る前に、斧頭は取り押さえられ、その場で一本の木につるされたが、罵り続け、一時間もしないうちに、怒りで血を吐き息絶えてしまった。

老扁は王副知事を見つけて、様々に申し立てをしたが、それも無駄に終わった。王副知事も上からの命令をうけて来ているので、それを変えることは出来ないのだ。老扁はまた数百人の女子どもや老人を引き連れて、河岸に一斉にひざまずいた。一時泣き声が野を振るわせ、目を覆うほどの悲惨な光景が広がった。

王副知事は驚愕し、涙をボロボロと流した。彼は魚王庄の女子ども、老人に向かってばっと
ひざまずき、無念そうに言った。「私には止める力はないんだ。魚王庄だけではなく、河沿い
の百三の村でも…みな木を切り倒しているんだ。」
老扁は、一声、大声で叫ぶと、河岸で気を失った。

七日七晩騒ぎが続いたあと、とうとう静けさが戻った。

河岸はいたるところ切り株だらけになった。

魚王庄は死んだように静かだった。

老扁は三日寝込み、それから突然気がぬけたように、片づけものをするために起きあがった。

次の日、朝になると、老扁はボロボロの銅鑼を手に、真っ昼間から黒い紗をかけた提灯をつ
け、北京に訴えに行こうとした。

彼は道中ずっと提灯をつけ、オンボロの銅鑼を鳴らしながら叫んだ。

「お天道様がなくなったぞ！お天道様がなくなったぞ――！」

彼が歩いていくと、沿道の村々のたくさんの百姓がそれを見ていた。このぼろをまとった男
がどんな無実の罪を晴らそうとしているのかはわからなかった。

これが、あの当時四省の省境に衝撃を与えた「黒提灯反革命事件」といわれるものだ。

老扁は北京までたどり着くことは出来ず、わずか八十里行った所で手錠をかけられてしまった。そして連れ戻され、監獄に放り込まれた。まもなく特級反革命分子として死刑の判決が出た。

老扁はこの判決を不服として上告しようとした。公安局の局長は、昔魚王庄一帯で日本軍を倒したあのゲリラ隊の隊長だった。魚王廟が包囲された時、三人助かったが、老扁とこの隊長はそのうちの二人だった。ただ片方の目を失ったため、人は彼のことを独眼局長と呼んだ。彼は熱心に、老扁に上告することを勧めた。老扁は訴状を書き上げると、肌身離さず持っていた、省の新聞に載った写真の切り抜きをふと思い出し、急いで取り出し、訴状と一緒に独眼局長に手渡した。

独眼局長は一刻の猶予もなく、老扁の訴状と写真を持ってジープに乗り、その日の夜八百里離れた省都まで行った。独眼局長は策をめぐらした。県の裁判所はなんとかすり抜ける事が出来たが、まだ直接省の高等裁判所には行っていなかった。彼はずるずると先延ばしになることを恐れた。そこで、直接省の政治法律担当である副県知事を訪ねた。その前にやはりまず省の新聞社に行った。副知事は彼の昔の上司で、よく知っている人物だった。副県知事は独眼局長の慌てた様子を見ると笑って尋ねた。「独眼の豹よ、また誰かと裁判でもしたのか？」独眼局長は真剣な顔つきで、老扁の訴状とあの写真を取りだし、怒ったように言った。「私はあんたと裁判するんだ！」副県知事は一瞬呆然とした。訴状を見るとこの事件は自分も知ってはいたが、しかしその写真がなんの写真なのかわからなかった。独眼局長はふり返り、外に出ると省の新聞社のベテラン記者を連れて入って来た。その記者はカバンの中から一枚の新聞紙を取りだし、副県知事の前に置くと、一面のトップ記事を指さした。それはそのベテラン記者があの時取材したものだった。副知事はそれを見ると、「ああー」と一声発しただけで、何も言葉が出てこなかった。新聞と写真を下に置くと、副知事は独眼局長に訴状をすぐに省の高等裁判所まで持っていくように言った。そして、自分もすぐ行くと言った。

こうして結局老扁は助かった。しかしすぐ牢から出されることはなく、一九六二年、中央で行われた七千人大会の時、やっと名誉回復となり、釈放された。

老扁は魚王庄に戻って来た。しかし魚王庄はすでに無人の村になっていた。

草葺きの家は傾き、すき間からは空が見えた。すでに長いこと崩れたままになっていた。明らかに、もう長いこと誰も住んでいないようだ。村の大小の道の道端には、どれも腰ほどまで伸びた雑草が生い茂っていた。卵をはらんだ一匹のまだら蛇が雑草の中からはい出て、ゆっくり道を横切り、また廃虚の中にもぐり込んで行った。村はまるで太古の人類の遺跡のようであった。

老扁は呆然とあたりを見渡した。それからまた半日もかけて村を回ってみたが、一人の人間にも出会うこともなかった。

突然どこからか、リズムのある音が聞こえてきた。その音はぼんやりしているようでもあったが、よく耳を澄まして聞くと、とてもはっきりした音のようでもあった。そしてその音には、魂を抜き取ってしまうような不思議な力があり、陰気で恐ろしい気迫もあった。真夜中の時刻を告げる拍子木のようでもあり、古寺に虚しく響く木魚のようでもあった。思えば、この村に足を踏み入れたあの時から、この音はずっと幽霊のように彼について回っていたのだった。そして彼にまとわりついていつまでも聞こえる、ぞっとするような音。

突如彼は何かを思い出し、大股でその音のする方へ歩いて行った。

崩れた草葺き小屋の前で、老日昇が上半身をあらわにし、流れるような汗をかいて薪を割っていた。


カーーン！

カーーン！

カーーン！…

日昇は一心に、そして精魂込めて薪を割っている。手斧を振り上げるたびに、やせこけた肋骨が浮き出る。まるでこれ以上力を入れたら、あばら骨が皮膚を破り、胸を突き破って外へ飛び出るようだ。

老扁は日昇の後ろで、黙って長いこと立ちすくんだ。冷たい空気を深く吸うと、全身に鳥肌が立った。老扁は日昇に何も話しかけはしなかった。そしてまた、老扁は黙ってそこを立ち去った。

しかし老日昇の薪を割る音は、鼓膜の中に入り込み、自分から一生離れることはないだろう。この先どこへ行こうとも、俺はいつまでもこの音を忘れることなく、いつでも耳にするだろう、と老扁は思った。


カーーン！

カーーーン！

カーーーーン！

この音はすでに何十年も鳴り響いていた。

この音は村中どこにいても聞くことが出来た。

この音は魚王庄の人々が物乞いに行く足音とともに、他の村へ、そしてもっと遠くの地まで伝わって行くだろう。

老扁が家に戻ってみると、思いもかけぬことに、あの気の触れた妻はまだ生きていた。そしてさらに彼を驚かせたことに、妻の神経はまともになっていた。

老扁が家に戻って来た時、妻はちょうど家の前の雑草の中から何か食べられる草を捜していた。老扁を見ると急に立ち尽くし、涙がとめどなく流れた。しかしそれは一瞬のことで、彼女は草を入れた篭を投げ捨てると、狂ったように老扁の元へとんで来て、彼を思い切り強く抱きしめた。そしてまた自分を押さえきれず泣きじゃくった。

老扁はこの思いもかけぬ喜びに気も失わんばかりになり、自分も妻を抱いて泣きだした。

その後何日も何晩も夫婦二人はほとんど眠りもせず、並んで横になり、また顔を合わせて座り、抱き合いながらひたすら話し続けた。際限無く話し続けた。こうして二十年余りの気持ちと言葉の断絶を一気に埋めることが出来たのだった。老扁は妻に向かって自分の罪を詫び、許しを乞うた。妻は、自分が老扁に厄介をかけ苦しませてしまった、二十年余り自分に触れる事も許さず、子どもさえ生んでやれなかった、と言った。

「俺はもう慣れてしまったさ。女のことなど考えなくなった。」と老扁は言った。

「でも、あんたが女のことなど考えなくなっても、私はあんたのことを想っているんだよ。二十年余り私に触らせもしなかったけれど、これからは毎日一緒にいたいよ。私は本当に子どもが欲しい。」

「俺はこんなに痩せてしまったが大丈夫だろうか?」

「私があんたに旨くて体にいいものを作ってあげるから。」

「そんな事を言ったって、もう穀物だって薪だって無くなってしまったろう。」

「麻袋一杯ぶん野菜を干してある。それに実家から豆餅を二つもらって来たんだ。私はずっと取って置いて、もったいなくて少しも食べていないんだよ。あした小魚を採って来てスープを作って、あんたに食べさせてやるからね。」

老扁は妻に、みんな物乞いに行ったのに、なぜお前は行かなかったのだ、と尋ねた。

「ばか、まだそんなことを言って。それはあんたが牢から出て来るのを待っていたからじゃないか。あんたが出て来て、魚王庄に戻って来ても、誰にも会えないのが心配だったんだよ。」

老扁はさらに妻を強く抱きしめた。そして急に尋ねた。

「お前はあんなに長いこと気が触れていたのに、なんで急に治ったんだ？」

「そのことなら、梅子に感謝しなくてはならないよ。」

「梅子がお前を治してくれたのか。梅子にそんな力があるのか？梅山洞でさえ、お前の病気を治すことは出来なかったのに！」

老扁は驚いて起きあがり、あれこれ考えた。妻は梅子は治療して治してくれたのではなく、殴って治してくれたのだ、と言った。そしてことの顛末を一気に老扁に語ったのだった。

私は梅子に本当にひどく殴られたんだ。それはひどく殴られたのさ。あんたが捕まった後、ある時、梅子は町で私にあったんだよ。そうすると梅子は私の髪をぐっと掴んで殴った。たて続けに百回ぐらいびんたをしたのさ。殴られて、私は口じゅう血だらけになり、目も腫れてしまった。梅子は急にとんでもなく乱暴になったんだ。昔の上品さなんか一瞬で消えてしまった。殴りながら私を罵った。「こんなことになっても、まだあんただけ歌って、踊って、狂っているんだね。」って言ってね。「老扁は銃殺刑になり、魚王庄は村も人も消えてしまう。魚王庄でひどい目に遭わない者がどこにいると思うの？不当な扱いに遭わなかった者がどこにいるというの？あんたは一度ひどい目に遭ったくらいで狂ってしまった。それから二十年も狂ったままじゃないの。老扁はあんたの食事の世話もし、下の世話もし、二十年もあんたに仕えてきたのよ。それでも足りないって言うの？魚王庄では木を植え、木を守るために、この何十年という間に、何人死んだと思っているの、それを何だと思っているの？それが犠牲でしょ！それが献身というものでしょ！あの時、あんたを日本人と寝させたのも、犠牲だし、献身だったのよ。どうしようもない時には、そういう時のやり方があるのよ！あんたは老扁がそれを喜んでやったとでも思っているの？彼にはどうしようもなかった。こんな長い間、老扁がどのくらい隠れて泣いていたか、あんたは知っているの？知らないはずよ！あんたには、どういう事が犠牲でどういう事が献身なのかわかっているの？老扁は父にあんたの病気を診せた、そしてあんたを連れてよその医者にも診せに行ったのよ。それがどのくらい大変だったかわかっていやしないでしょ。あんたにはっきりわからせてやることなんか、しょせん無理なんだ。あんたは何もわかっていない。わかっていることは貞節を守る女になることぐらいなのよ！ただ、狂って、歌って、飛び跳ねることしか出来ないじゃないの。あんたは自分を何様だと思っているの？こんな女は死んでしまえばいい。あんたが死ななければ、老扁は牢の中にいたってまだあんたのことを考えるに違いない。撃ち殺されたって、目を閉じる事が出来ないのよ。死んでしまえばいい。あんたが死んだら、私が老扁に嫁ぐ。あんたが今死んでくれれば、私があんたを埋めてやる。明日になったら私は牢屋に行って、そこで老扁と夫婦になる。私は早く老扁に嫁げばよかったんだ。私は彼に大きくしてもらったのよ。あんたより老扁のことをずっとよくわかっている。あんたより彼のことをよく知っている。あんたなんかはどこかのオスと一緒になればいい。老扁にはふさわしくない、私こそ彼にふさわしいのよ。死んでおしまい！私があんたを殴り殺してやる。狂えばいいわ、歌でも歌っていればいい。」

ああ、神様！梅子はその時本当にすさまじかった。私より狂っていた。殴り、罵り、私が倒れると、また引ったてて、引ったてるとまた殴り倒し、私がはって動けなくなるまで手を止めようとはしなかった。まわりにはたくさんの人が取り囲んで見ていたけれど、みな呆気に取られてしまった。どちらに味方しているのかわからず、ただやいやい言っているだけだった。私は気絶し、意識も朦朧としていたが、やはり梅子が私を背負って家に連れ帰ったようだった。

そして私の顔を洗い、髪をとかしてくれた。水も飲ませてくれたが、自分もどくどくと飲んだ。梅子は罵り続け、のどが渇いていたのだ。私は梅子にのどが渇くほど罵られ、そして眠ってしまった。どのくらい眠ったかわからないが、目を開けると、梅子はまだ私の枕元に座って私を見ながら涙を流していた。なぜか、私の頭の中で、一時ざわざわという音がして、そしてたくさんの毛虫が飛び出てくるような感じがした。どんどん飛び出て、大きな音がして、私は頭の中ががらんどうになったような気がしたんだ。意識がはっきりしてくると涙がどっと流れ出た。私は梅子を妹と呼び、梅子は私を姉さんと呼んだ。こうして私たち二人は一つに抱き合って泣いたんだよ。まったくなんていうことだろうか。まるで長い夢でも見ていたような気がするよ。

老扁は頬杖をついて、妻の話を聞いていた。呆然とした。そして、清らかな二粒の涙が老扁の目からあふれた。

六

老いた牛は昔と変わることなく悠々と歩んでいる。
曲がった鋤は、一日も休むことなく、土地を耕している。

掘り返されるのは砂ばかり、厚く、細かい砂だった。砂の下から、時折、ひからびた骨、魚を捕る網、壊れた船、そして、男がかつてよく知っていたあらゆるものが現れる。これらの物すべてがその男の神経を強烈に刺激し、いつまでも彼の心を揺り動かす。男は熱い涙があふれそうになった。そして彼は気が触れたように、壊れた物を拾い上げ、いつまでも狂おしく頬ずりした。

そしてそれらの物を打ち捨てると、また土地を耕し始めた。

彼は、沼地すべてを掘り返し、この失われた世界を取り戻そうとしていた！

蟹は三日作業をしたが、ついに耐えられなくなった。

畜生！河の工事現場の仕事はなんて疲れるんだ。車を河底に置き、平らに固定する。その中へ、四本のシャベルで四方から土を盛る。シャベルで一掘りし、豆腐を切るようにま四角な土の塊を掘り出すと三十五キロほどになる。シャベルがきらきらと光る。腕を伸ばし、手首を返し、土を投げ入れる。土を入れた箱を河底に平らに置き、そしてまた重ねていく。一かたまり、一かたまりと土を積み重ねると小さな土の山になる。この車一台分の土は一トンにもなる。一人が前から引っ張り、一人が取っ手を支え、四人が後ろから押す。五丈ほどの傾斜地だ。頭を上げ轍を見据え、手のひらに唾を吐き「行くぞ！」とかけ声をかける。ほかの人々も「おう！」

と答え力を入れると、車は上に向かって動き出す。六人が一歩一歩踏みしめながら進む。一歩進むと、地面に窪みが出来る。えい、えい！と力を入れる。しかし、ブッッ！という音がした。綱が切れたのだ。泥鰌はつまずいてばったり倒れ、口の中に泥が入った。すると車が一揺れし下に落ち始めた。「しっかり支えろ、ふんばるんだ！」と誰かが狂ったように怒鳴っている。泥鰌はちぎれた綱を投げ捨てると、急いではいあがり、車の後ろに回り、二本の手で押した。みんなが力を入れて推すと、車はまたガタガタと上に向かって動き出した。

こんな時、誰かが手をゆるめてはだめだ。少しでも手をゆるめ力を抜くと、車はころがり落ち大変なことになってしまう。この数日ですでに何人もが車につぶされて怪我をしていた。

河の工事の光景は実に壮観だった。一本の河筋はすべて人で埋まり、上流から下流まで十数里、その端を見ることは出来ない。人間が虫けらのように寄り集まりうごめいている。あちこちで掛け声が響く。一匹の黒い馬が土の小山を引っ張り、頭をもたげて上へはい上がって行こうとしている。ちょっと歩くと先がつまって立ち止まってしまう。馬を駆る者は棍棒で馬の体を激しくたたいては大声で怒鳴る。「行け！行け！行け！」黒い馬の体には熱い汗が吹き出ている。蟹はそれを見て一瞬ぼおっとしたが、肝をつぶした。彼はこんなに多量の人間が働くところを見たことがなかった。この光景が、彼の仕事をしようという欲望を触発した。彼は立て続けに三日、生き生きと子馬のように駆け上がっては駆け下り、動き回ったが、まもなく疲れて動けなくなった。両足は鉛を注いだように重くなった。しかし、人足たちを見ると、彼らは相変わらず元気はつらつとしている。はじめのうち、蟹は彼らが羨ましく思われたが、しだいに、彼らがただ虚勢を張って大声を響かせているだけで、決して力を入れてはいないことがわかった。仕事をする時、ある時は気を入れ、ある時は気をゆるめる。機を見て怠けるのがうまいのだ。河岸の斜面に向かって土を運ぶのに、彼のように綱を切ってしまう者はほとんどなかった。こっちに水を飲みたい者もいれば、あっちに小便をしたい者もいる。河岸の周囲には多くの臨時に作られた便所があり、葦のむしろで囲われている。そこは男と女に分かれていた。河岸の工事現場には女も多く、皆若い嫁や娘たちだった。女たちは連れだって便所に行きたがった。行く時は嬉しそうに笑い声を上げながら行くのだが、出て来ると、下を向き顔を赤らめている。河の土手にはたくさんの男の人足が立っていて一人一人飢えたオオカミのように女たちを見ていた。

夜になると、作業は終わり掘建て小屋の中は賑やかになった。トランプをする者、将棋をさす者、喧嘩にほら話、女の話、てんでに話した。こっそり抜け出し、暗闇の中で女の人足の小屋を見ている者もいた。何も見えないと、また体を少し前の方にずらす。一人の女が出て来て小便をする。便所へ行くのは怖いので、小屋の入り口に出て来るとしゃがむ。男が急に叫び声を上げると、女は甲高い声を上げ、ズボンを引っ張り上げて小屋の中へ駆け込む。続いて女たちが群をなして出て来て、暗闇に向かって罵りまくるが、その時には男はもうとっくにその場から逃げてしまっている。

ある晩、堤防の上から小さな子どもの泣き声がした。大勢の人間が駆け寄って行った。蟹もその人の中に入って行った。すると、十三、四の女の子がズボンを半分ほど脱がされていた。そして両手に一つずつマントウを抱え持ち、大声で泣いている。それを見て、蟹はわかった。昼間この子を見た。この子は乞食で知恵が遅れていた。きっと人足の誰かがこんな目に遭わせたのだ。マントウ二つで、この子にひどいことをしたのだ。

小屋に戻ると、蟹はただただ泣きたかった。あんな事をするろくでなしは、乞食を人間と思っていないのだ。俺はまだここでそんな奴らのために必死で働いている。畜生！俺様はもう働かないぞ！蟹は逃げることに決めた。

今逃げようと思えば簡単だ。闇夜は人の姿も見えない。しかしこうして何も持たないままで逃げるのは大損だ。蟹は何かを盗んで行くことにした。さんざん考えて、やはりマントウを盗むことにした。小麦粉で作ったマントウを二、三個盗んで行こう。楊八姐の所へ行くんじゃないか、楊八姐に食べてもらうんだよ。

彼はまず炊事場を偵察に行った。中には人がいて笑ったりしゃべったりしている。また酒も飲んでいる。その中には大隊長もいた。時間が少し早すぎる。彼はまず一眠りすることにした。

が、また寝過ごしてしまうのも心配で、大茶碗一杯の水を飲んだ。すると腹が張った。人足たちはまだしゃべっている。蟹が眠ろうとしているのを見て誰かが言った。「おい、お前、何でこんな早く寝るんだ？」「疲れたんだよ！」と蟹は言った。

夜中、蟹は小便に行きたくなって目を覚ました。人足たちはもうみな寝入っていた。彼はそっとはい起きて、小屋を出た。何度も角を曲がって炊事場の所まで来た。中はまだ明かりがついていたが、いびきが聞こえる。まったくの静けさだ。彼はそおっと帆布張りの小屋の一角をまくり上げ中へもぐり込んだ。

数人の炊事係は酔って寝ていた。酒臭さが漂っている。蟹は安心した。すぐに体を起こし左右を見回した。すると草で編んだ大きな穀物囲いの中に白いマントウがたくさんあるのが見えた。彼はそおっとそこへ近づいた。そのそばにちょうど粉を入れる袋があったので、蟹はその袋を取り上げ、その中にマントウを入れた。一気に袋一杯詰め込んだ。心の底から嬉しさがこみ上げてきた。振り返ってみると、数人の炊事係は相変わらず死んだブタのように眠っている。みな酒に酔ってしまったのだ。急に悪戯をしたくなり、蟹は自前の鉄砲を取り出すと、一人の太った炊事係の布団の上に長々と小便をした。それから袋を背負って天幕をくぐり出た。

ここはあの三つ叉からおよそ五里の所だ。蟹はひどく歩きにくい道を、その方角に向かって探るように進んで行った。肩に背負った袋は十五キロほどにもならなかったが、それがどんどいていた。

ん重くなるように感じられる。そして楊八姐の茶屋まで来た時には、暑さで顔いっぱい汗をか
　彼は内心、得意でならなかった。数カ月、楊八姐に会っていなかったが、その間だって、心の中では苦しくなるほど楊八姐のことを思っていた。この何カ月かの間に、ほとんど倍増するような速度で、蟹の中の「男」が大きく育っていった。自分は楊八姐を守る男になれる。またどこかのろくでなしが楊八姐の乳に触ろうとでもしたら、それを黙って見ているなんてことはもう決してしないぞ。この袋一杯のマントウがあれば、彼は楊八姐を養うことが出来るような気さえした。彼は楊八姐をまるまると太らせたかった。楊八姐は自分の与えるすべての物をきっと受け取ってくれるに違いない、と信じていた。もちろん、彼は時々、あの神秘的な出来事を思い出した。十四、五の時、楊八姐に抱かれて眠ったあの光景。あんな目にもう一度遭いたい。今なら、自分から楊八姐に向かって攻めていける。もう楊八姐に一発びんたを喰って寝台から落とされるようなことはないぞ。俺はもう背丈も伸び、力だって強いんだ。

　彼は扉を叩いた。「トントントントン……」気持ちが激しく動揺し、胸がむやみに高鳴った。

　しかし、何の物音もしない。

　蟹はなおも扉をたたいた。「楊八姐!開けておくれよ、俺だ、蟹だよ!」

　家の中で人の気配がした。明かりがぱっとつくと、まもなく、誰かが扉を開けに来る足音が

した。かんぬきがカタンと音をたてる。蟹が袋を背負い、喜び勇んで飛び込んで行こうとすると、扉が開いた。そして、暗闇の中に一人の大柄な男が立ってた。

「お前、何をしているんだ！」男は入り口に立ちはだかると、威厳に満ちた口調で蟹を問いつめた。

蟹は一瞬ぼおっとした。「俺は…お前こそ何をしているんだ！」

「ここは俺の家だ！」

「でたらめを言うな。ここは楊八姐の家だぞ。楊八姐には亭主なんかいないはずだ。お前、俺のことを脅かそうと思っているんだな！お前はきっと転がり込んで来たろくでなしだな！」蟹はすぐさま、こいつも、いつも夜中、楊八姐の家の扉をたたいていたあの男たちの一人だろう、と考えた。その上、こいつはなんて態度がでかいんだ！蟹は激怒した。「うせろ！俺は楊八姐に会いたいんだ！」

「何の用で尋ねて来たんだ？」

「何の用であろうと、お前には関係ねえだろ！」蟹は男らしく強そうに体をぴんと伸ばしたが、それでもこの男と比べると一段と背が低いことに気づいた。背負った袋は絶えず下にずり落ちてくる。彼は肩をそびやかし、しゃんと立った。彼は出来るだけ立派に見えるように立っていようとした。

相手は彼を一押しして扉を閉めようとした。「お前こそ、この真夜中に何を騒いでいるんだ、うせろ！」

蟹は焦って一歩退いたが、腰を曲げ頭を低くして、男に向かっていった。男はとっさのことで、それを防ぐことも出来ず、よけようとしてよろけた。蟹は袋を背負い、意気揚々と中に入って行った。「楊八姐…」蟹は突如、肩をペンチか何かでねじられたような気がした。そのまま軽々と引っ張り上げられると、投げ倒されたのだ。肩に担いでいた袋が下に落ち、マントウが庭にぶちまけられた。

蟹は頭にきた。それは転んでしまったためではない。その手の力から、自分がおよそその男の相手ではないと感じたからだった。彼はたいそう恥ずかしく、また悔しかった。さっきまではどんな男とだって争うことが出来ると思っていたのだ！こんな奴、恐くもなんともない！俺様は誰を恐れたことがあろうか？蟹がころがり倒れた場所に、ちょうど一本の棒があった。蟹は黙ってそれを手元に手繰り寄せ、男に向って飛びかかっていった。大声で叫び、その棒で相手を追い払おうとしたが、その時、女のかん高い叫び声がした。慌てて見ると、楊八姐がその棒をつかんでいる。

「八姐！邪魔しないでくれ。俺があの男をぶっ殺してやる！」楊八姐が現れたことで蟹は勇気が何倍にもなり、口調も急に強気になった。さっき倒れたのは相手の方で、自分は簡単に相手を打ち負かせられるような気がしてきた。

しかし彼はこの時、すでに楊八姐に抱きとめられ、動くこともできなかった。楊八姐が綿入れを引っかけて駆け出てきたのだ。蟹は楊八姐の胸の温かさと二つの盛り上がった肉の弾力を感じた。彼は感動した。楊八姐は紛れもなく、自分を守るために駆け出して来てくれたのだ。八姐は自分が相手にひどい目に遭うことを心配してくれたのだ。そしてさっき、彼女はきっと、この男によって辱めを受けていたのだ。つまり、楊八姐は自分が辱めを受けるのはかまわないが、俺をひどい目に遭わせたくはないんだ。だが、どうして俺がひどい目に遭うことがあろうか？この棒で、あいつをたれ流しになるまで殴ってやる。蟹は手を伸ばし、楊八姐の滑り落ちそうな綿入れを引っ張ってやりながら、実に男らしい口調で楊八姐を気遣って言った。

「八姐、冷えるから、あんたは家の中に入っていな。俺が奴を片づけてやる。これは男のやる事だ！」

しかしその男は暗闇の中に立って、微動だにしない。それは蔑みだった。

蟹は力を込めて棒を振り上げようとしたが、そうすることが出来なかった。楊八姐が寒さに震えながら、しっかりと蟹を捕まえていたのだ。

「ねえ、私の言うことを聞いて！」

「何も言うな。俺は知ってるんだ。俺があの男を片づけてやる。ろくでなし野郎め！」

「ちがう！あんたは知らないのよ。あの人は本当に私の亭主なんだよ。何日か前、よそからもどって来たばかりなんだよ。」そしてまた暗闇の中に立っている男に向かって言った。「この子は…この子はね、蟹っていって、乞食なんだけれど、とっても…可哀想な子なんだよ…」

蟹は自分の頭が一瞬にして十倍にも腫れあがったような気がした。そして意識もはっきりしないまま、棒を握りしめていた手の力が抜けていった。あいつは本当に楊八姐の亭主なのか。あの牢屋に入っていたという男なのか？蟹がぼおっと見ていると、その男は相変わらず微動だにしない。口をゆがめて自分をあざ笑っているようにもみえる。そのゆがめた口の端は一本の鞭のように、激しく蟹の心を打った。蟹は一瞬全身がひきつるのを感じた。

蟹は猛烈な勢いで、楊八姐の氷のように冷たい手を振りほどき、背を向けると、家を飛び出し、暗闇の中へまっしぐらに走って行った。

真っ暗な畑には溝もあれば、穴もある。蟹はつまずいたり転んだりしながら走った。頭はぼおっとしたまま、恥ずかしさでどうしていいかわからず、どこへ行ったらいいのかもわからなかった。今日、自分はなんて哀れな、なんて滑稽な役まわりを演じてしまったのだろうか。今、この時、あの男はきっと家の中で腹をかかえて大笑いしているに違いない。

「見ろよ！こんなにたくさんのマントウを持って来てよ、ハッハッハッ…」

八つの時から物乞いをしてきた蟹は、人に罵られたり説教されたりしたことはあった。群をなした子どもたちに殴られて、頭から血を流したこともある。大人たちに何度となくなぶりものにされたり、悪ふざけをされたりしたこともある。人に取り入ろうとして、女のために子ども守をしてやったり、おしめを洗ってやったこともある。男のためにキセルに火をつけてやったこともあれば、年寄りのために痒いところを掻いてやったこともある。

しかしこんな事すべても、今夜受けた傷とは比べものにならなかった。

あの頃、彼は小さな動物だった。動物的な飢えのために人にすがっていたのだ。しかし、今夜は一人の人間として、一人の、人間の感情と欲望、そして人間の自尊心を持った一人前の男として、嘲りと傷を受けたのだった。そうだ、自分はしょせん物乞いなのだ。

蟹は自分が永久に楊八姐を失ったことに気づいた。自分はまた昔のような独りぼっちの人間になるのだろう。

蟹は地面にしゃがみこみ、むせび泣いた。


この数日、老扁は気分が落ち着かなかった。

立冬が過ぎ、よその土地へ物乞いに行っている連中はもう帰って来てもいい頃だ。なぜ、まだ戻って来ないのだろうか?

毎日、飯を喰うと、老扁は村はずれや河岸まで行き、周囲を見渡した。彼は遠出をした子どもの帰りを待ちわびる父親のように、魚王庄の人々が帰って来るのを待った。老扁は一年で一番この時期が嬉しかった。そして魚王庄のどの家でも、一家団欒を迎える時でもあった。

しかし立冬から何日過ぎても、一人も戻って来ない。彼はいささか焦っていた。

河岸をどこまでも何のあてもなく歩き回りながら、老扁はここかしこに広がる幼い林を見ていた。老扁はその幼い林が、たまらなくいとおしかった。これらの木は一九六四年以来植え続けてきたものだ。一九六二年、監獄を出てきてから、老扁はしばらく失意の中にいた。しばらく夫婦仲むつまじく暮らし、一年後には男の子が産まれた。彼の気持ちはまた前向きになった。大変な骨を折って、もう一度、魚王庄からよその土地へ行っている人々を捜して連れ戻し、解放後二度目の大規模な植林を始めたのだった。

その幼い林もついにまた大きくなった。このことは彼を慰めてくれた。この数年、魚王庄では毎年やはり木を植えている。しかし空き地はすでに多くはなく、木を植えると言っても、それは足りないところを補うほどの意味しかなかった。みんなが焦って戻って来ようとしないのも、あるいは、そのためかも知れない。

しかし彼の気持ちはそんなのんびりしたものではなかった。歴史の中で一度また一度とあった過去の伐採は、彼にいつもある幻覚を生み出させていた。目の前のこの木々はまぼろしで、本物ではないんだ。彼はいつもそんな気がした。しかし触ってみれば、木々は明らかに存在している。ただ心が落ち着かないのだ。ある日、また何かのために、一面に広がるこの幼い林が切り倒されるのではなかろうか。こう考えると不安でならなかった。この心配はただ思い込みだけではなかった。

この数年、人民公社は毎年魚王庄に人を派遣し、定住させ、仕事や調査を行わせようとしていた。彼らは老扁に、木を伐採して穀物を植えるよう説得した。穀物を中心にするんだ。魚王庄でこんなに多くの人間がよその土地に出かけていくのは、喰う物が無いからだ。喰う物が無いのは穀物を植えないからだ。穀物を植えないでいいと思うか?しかし老扁は、言った。植えても無駄なんだ。砂の窪地に植えても実りはしない。取れたとしたっていくらにもならない。人民公社から派遣された幹部は、それでも植えないよりはましだ、いくらかでも収穫は出来る、と言った。それを聞いた老扁は「手広く植えて僅かな収穫を得るくらいなら、植えない方がましだ。」と言った。

「それなら何を喰う?」

「みんなを物乞いに行かせる。よそへ行って日雇いで働いてもいい!」

「そんなのは、絶対に長く続けるやり方じゃない!」

「もちろんいつまでも長く続けるつもりはない。しかし林が育てば、魚王庄は金持ちになる。ここは穀物を植えるのに適していないんだ。林が一番大事なんだ。」

「いい加減なことを言うな。林を主眼にするなんて聞いたことが無い。穀物を主眼に置く、これは、毛主席がおっしゃっていることなんだ。」

老扁は相手が真面目になったのを見ると、笑ってタバコを一本やった。

「お前、俺の頭に大きな罪名の帽子をかぶせるなよ。俺の頭はもう十分つぶれているんだ。これ以上押しつぶしたら気が抜けちまう。こうしよう。何が欲しいか言ってみろ。家具を作るのでも家を建てるのでもいい。お前に木材をやろう。十本でも二十本でもかまわん。」

「何でたらめを言っているんだ。俺はいらない。家を建てるのに材木がいるというなら自分の金で買うさ。」

「金を払って買うならそれでいい。それなら俺があんたに売ってやる。金がないなら、付けにしておこう。紙に書かなくても、俺の心の中に書き付けておけばいい。俺とあんただけが知っている。天と地だけが知っている。この事がちょっとでもばれたら、この老扁の頭を割ってうちわにしろ！」

その公社の幹部は笑って言った。「あんたって奴は喰えないなあ。」老扁も笑って「あんたほどでもないさ。」と言い、この幹部の住所を書き留めた。

「あんたから言ってこなくてもいい。俺が人を集めて木を切り、誰かに、あんたの家まで届けさせよう。」

「俺は三十本欲しい…いや、買いたい」

「ようし、合点だ。」何日か後、とびきり上等のエンジュの木を三十本、夜、河岸から運び出した。

その幹部は、もう木を切って穀物を植えろとは言わなくなった。

一年すると、人民公社はまた別の定住幹部を派遣してきた。この幹部は人民公社の副社長だったがよそ者で、単身で魚王庄にやって来た。かつて女の問題で間違いを犯したことのある人物だった。老扁はこの人物について調べをつけておいた。この幹部は魚王庄に来るや、やはり、くだんの態度で腹を突き出し老扁に説教し、早く木を伐採して穀物を植えるように、と言った。老扁は辛そうな顔をし、お世辞笑いを浮かべながら言った。「まあ、怒らないで下さいよ。それに、そんな急がないで下さい。まず村の中を見回っていただきたい。村には成年男子は一っ子一人見あたらないでしょうよ。老人や女子どもしか残っていないんだ。あの女たちだって男のことを考えれば気も狂いそうだろうが、待っても戻って来るわけじゃない。木を切る労働力がないのに、どうやって木を切るんです?」幹部は、「まず見て回ろう。」と言った。二人は村の中を歩いて見て回ったが、思った通り女子どもの姿しか見えない。村に男がいないために、女たちも身なりなどに気も配らなくなり、胸ははだけ、乳房をひょうたんのようにぶら下げている。一人の三十余りの女がちょうど井戸端で腰を曲げ、井戸の中の水桶を揺らしながら彼らを観察していた。一対の乳房がそこで揺れていた。幹部は目を見据え、生唾を飲んで言った。「あの女は何をしているんだ?」老扁は、何をしているのでもない、見たとおり水を汲んでいるのだ、と言った。

「何でずっと俺たちのことを見ているんだ?」

「あの女はどうしようもない女なんですよ。亭主に死なれて半月になるが、男を見ると欲しくなるらしい。夜寝る時だって、かんぬきを掛けないそうですよ。男なら誰でも歓迎ということなんでしょうよ。」女は水を汲み上げると、幹部に向かって笑いかけながら、老扁に尋ねた。「この人は誰だい?」老扁は目を大きく見開いて言った。「知らないのかい、我々の人民公社の社長さんだ。お前は人を見る目がないなあ。いつか暇が出来たら、お前の家にお茶でもご馳走になりに行くかもしれんぞ!」女は声をたてて笑い「もちろん大歓迎だよ。お茶ならいつだってあるからね。」と言い、天秤棒をかつぎ上げて腰を振り振り去って行った。幹部はまた生唾を飲んだ。あの女はなんて男が好きそうなんだ!「家はどこだ?」老扁は遠くに見える草葺きの一軒家を指して、あれだ、と言った。

「お茶でも飲みに行きますか?」

社長はひどくのどが渇いてはいたが、「いやいや寄り道はよそう。」と言った。夕飯が終わると、老扁はまたこの幹部のお供をして村を見て回ろうとしたが、この公社の社長は「お前は家に帰れ。私は自分一人で散歩に行く。」と言った。老扁は、一人で散歩するのも静かでいいだろうから自分は帰る、と社長に言い、家に戻った。社長は村を回って散歩した。魚王庄の黄昏時はとても美しく静かで、また神秘的だ。物音一つしない。社長は散歩で疲れ、のども渇いた。そこで、あのぽつんと立っている草葺き小屋へ行った。たちまち、賑やかな笑い声が響いたが、まもなくしいんとなった。

それから、社長は毎晩散歩に行った。彼は散歩に行くのが習慣で、しかも一人で行きたがった。ここは散歩に格好の場所だ。魚王庄の黄昏時はたいそう美しく、静かで、神秘的だ。ある晩、社長があの草葺き小屋から出て来ると、そう遠くない所に老扁が立っているのが見えた。社長はどこか不自然な口調で言った。「えらくのどが渇いたので、茶を飲みに来たんだ。」老扁は「のどが渇いたら茶を求める、それはまったく構わないことでしょう。魚王庄は貧しいとはいえ、どの家もみんなお客好きだ。」と言った。

「長いこと歩くと、やたらのどが渇くし疲れる。」

「まったく、長く歩けばやたらのどは渇くし疲れるでしょうよ。」

「ここはやはり天気がひどく乾燥している。」

「そうなんですよ。ひどい乾燥だ。一眠りして起きると、のどに一筋血が出ていることがある。しかし、木が大きくなればいいんですがね。木は気候を調節できる。」

社長はもう何にも言わなかった。しばらくすると「俺はもう寝なくては。」と言った。老扁は「帰ってお休みになって下さい。」と言った。これ以後、社長は木を伐採することを忘れてくれた。半年ほど魚王庄に留まったが、もう伐採のことを口にすることはなかった。ただ晩になると、散歩に行った。長く歩けばのどが渇き、のどが渇けば茶を飲ませてもらいに行った。あの一軒家の草葺き小屋のほかにも、何軒かの家に行った。何人かの女が泣きながら老扁のもとを訪れ、あの社長はとんでもない奴だと言った。老扁はタバコを吸いながら、何も言わなかった。そしてしばらく話を聞くと、こらえてくれ、と言った。すると女も、もう何も言えなくなり、涙をぬぐうと去っていった。

老扁はやり手だった。定住幹部たちは一人一人みな老扁に首根っこを押さえられた。そして魚王庄の木には何事も起こらなかった。しかしこんな騒ぎは絶えず起こり、老扁は心の中でそれをひどく煩わしく思っていた。そして、きっといつか、何かが起こるに違いない、といつも感じていた。老扁はとても気怠く、とても疲れていた。これ以上何かが起こっても、もうどうする力もない。老扁は疲れはてていた。そして魚王庄の人々も疲れはてていた。来る年も来る年も四方八方へ慌ただしく出かけて行き、そして来る年も来る年も、戻って来ては木を植える。穏やかに落ちついた暮らしはなかった。体は疲れ、そして心も疲れきっていた。負担は実に大きかったのだ。

しかし、心配すればするほど様々な事が起こった。ある日老扁が人民公社へ会議に行くと、県から直接工作隊を派遣すると言われた。今度は大がかりで、千人余りの工作隊がまさに町に集まり訓練しているという。訓練が終わると全県に分かれて派遣され、直接それぞれの村へ行くというのだ。選ばれて任に当たる者の多くは、知識青年、復員軍人で、役所の幹部もいくらかいるという。見た所、大した勢いだ。その任務は、大寨に学んで資本主義を批判し、穀物を主眼にして生産する、とかいうものだった。大変なことになった。今回はひどいことになりそうだ。以前人民公社が派遣して来たのはいつも一人か二人で、顔見知りでもあったから扱いやすかった。前に二度ほど小競り合いもあったが、今回は以前のようにいくとは思えない。

しかし奇妙なことに、老扁は気持ちは沈んだが、少しも緊張したり興奮したり、逆上したりすることはなかった。老扁はもうとっくにこの事を予感していたようだった。この数年の間、もうその予感があったような気がした。だから、予感が実際に実現しても驚きはしなかったのだ。老扁は老日昇の所へ行って、彼が薪を割るのを見たいと思った。あの何年も休むことのない薪割りの音、それはずっと昔から、過去、現在、未来のすべてを彼に暗示していたのだ。老扁はとっくに、そのカンカンという薪割りの音が不吉なものであるという事を知っていた。魚王庄の人々もその音に不吉なものを感じていた。しかし誰もみな、老日昇が薪を割るのを止めはしなかった。彼は怪物だった。一生人と言葉を交わすこともなく、九十になろうとしている。

そして相変わらず、黙々と自分のやるべき事をやっている。世間のことなど、彼は誰にも聞こうとせず、何も知らない、が、また何でも知っているようでもあった。

老扁は河岸から村に戻り、気づくとまた老日昇の所へやって来ていた。老扁が来たのを見ても、老日昇は取り立てて注意を払うわけでもなく、ただひたすら薪を割っている。老扁はそのそばにしゃがみ、タバコを吸いながら老日昇の顔の表情の中から何かを見てとりたい、何かを探り出したいと思った。しかし結局のところ何の答えも得ることは出来なかった。その顔はニガウリのようにしぼみ、亀の甲羅のようでもあり、また一枚の古代の予言書のようでもあった。その上には、不揃いの長さで、様々に曲がり、縦横に交差する記号が掘られている。老日昇の顔は、なんと奥深く神秘的なのだろう、と老扁はつくづく思った。陰と陽、過去と現在、また生と死がそこには共存していた。しかし老扁にはそれを読み解くことが出来ず、そこから何も発見することは出来なかった。ただ不意に、老日昇には髭がないことに気づいた。老日昇の顔には一本の髭もない。九十にもなって髭がないのだ。それとも抜けてしまったのだろうか。思い出そうとしてみたが、確かに老日昇に髭が生えていた記憶はない。髭がないということは何

5　大寨…山西省昔陽県にある村。1964年「農業は大寨に学べ」のスローガンにより農業の自力更正のモデルケースとされた。

を意味しているのであろうか？

カーーン！

カーーン！

カーーン！

中国の大西北と呼ばれる土地、魚王庄から七千里以上離れた小さな村。道行く人も少なく、内陸の小さな村の賑わいにもはるかに及ばない。その町を、二十すぎの若者たちが嬉しそうに歩いている。一人一人みな丸めた荷物を背負い、汚くボロボロな姿だった。肩にはキャンパス地のカバンをかけ、一財産作ったような出で立ちだった。一人の痩せた若者が先頭を行き、その後ろから二十人余りが、群がるようについて行く。明らかにこの痩せた若者が群のリーダーだった。

彼らは小さな汽車の駅に向かって歩いていた。駅には人が増え始めている。駅はきわめて簡単な作りで、待合室もない。ただ切符を売る窓口が一つあるきりだった。切符を買ったら直接プラットホームで汽車を待つ。こっそり汽車に乗るのは簡単だったし、もしも無理矢理乗ろうとしても、誰もこの若者たちを止められはしなかった。彼らは窓口の前に立ち止まり、かたまってぺちゃくちゃと喋っている。切符を買うかどうかを相談しているようだった。ふるさとから出てきた時は、彼らは切符を買わなかった。途中何度も捕まり、汽車から降ろされた。そしてまた乗る。そしてまた降ろされる。しかしそうやって、とうとうたどり着いたのだ。ただちょっとばかり時間がかかっただけだ。しかし時間が何なのだ。彼らはもともとジプシーのように流れ流れて暮らしているのだ。

今、彼らは迷っていた。ここで半年以上働いて、懐には金がある。しかしもしここで汽車の切符を買ったら、一人百元以上かかり、それは稼いだ金の三分の一ほどにもなってしまう。辛い思いをして貯めた金を、こんなたくさん使うと思うと、心が痛まずにはいられない。彼らは切符を買おうか買うまいか相談していたのだ。あの痩せた若者はみんなの中に立って、眉をしかめてタバコを吸っていた。彼はみんなの話し合いには加わらなかったが、彼の意見は明らかに重んじられており、絶対的な権威を持っているようにさえ見えた。いくら言い争っても結論は出ない。そしてみんな、ずっと彼の表情に注目していた。

この若者は容姿も実に優れ、はつらつとしている。痩せているがひからびてはいず、決断力があり、自信に満ちているように見えた。目は大きくはないが輝いている。しかもいつも伏し目がちで、何かを考えているように見えた。

彼のその表情がとうとう変わった。彼は吸いがらを地面に捨てると、足でそれをもみ消した。

そして顔を上げて言った。「何を言い争っているんだ？買えよ！」

みんな静まり返り、彼をじっと見つめていたが、彼の言葉に驚いた風ではなかった。しかしまた、その言葉をそのまま受け入れることも出来ないと思い、彼が何らかの理由を言ってくれるのを待っていた。彼の答えはひどく簡単だった。

彼はみんなの眼差しを見て取ると、心が激しく揺すぶられた。そして手を振って言った。「買えよ！何で買わないんだ？人様が買えるなら、俺たちだって買えるさ！人様に金があるなら、俺たちにだって金はある！」

みんなしばらくはぼんやりし、彼の言わんとしている事がわからないようだったが、まもなくわかった者も出てきた。「その通りだ。人様が買えるなら、俺たちだって買えるはずだ！俺たちだって金は持っているんだ。」するとみんな彼の話を理解したように言った。「その通りだ。人様が買えるなら、俺たちにだって買えるさ！なぜ買わないんだ？」

何か新しいことを言っている者は一人もない。ただ、みな、同じ様なことを繰り返している。しかし彼らはこの言葉の持つ心意気のようなものを感じ取っていたのだ。汽車の切符は、まるですぐ売り切れる品物のようだった。切符を買えることは、たいそう晴れがましいことのように思われた。彼らは以前よその土地へ流れて行った時、汽車の切符を買ったことがなく、そのため人に説教され、調べられ、耳をつねられ、人前で汽車から引きずり降ろされることもあった。今自分たちは切符を買おうとしている。わかるか？つまり、意気揚々と列車に乗り、堂々と自分の座席に座り、少しも決まり悪い思いをせず、茶を飲み大声で好きなだけ話をする。昔みたいにびくびくしたり、こそこそ隠れたりすることはないのだ！

彼らはわっと窓口の前に押し寄せ、一人一人自分の切符を買った。そしてそこから出て来ると、切符を裏表ひっくり返して見ていた。それが可愛くて手放せないようだった。畜生、汽車の切符というのは、こういう物だったんだ！

このぼろをまとった一群の若者たちはそろってプラットホームに立ち、汽車が来るのを待っていた。

突然、人の群が乱れた。彼らが振り返って見ると、十七、八の痩せてひ弱そうな娘が泣きながら、小さな村の方からかけて来る。長いお下げは走って乱れ、馬のしっぽのように右へ左へと鞭打つように跳ねている。娘の後ろから、三人のちんぴらが大声で怒鳴りながら追いかけて来た。「捕まえろ、捕まえろ！ハッハッハッ…」

娘はもうプラットホームまで来ており、おびえたように周りを見回すが、どこに隠れたらいいのかわからない。あの痩せた若者は眉をつり上げ、足早に一歩進み出ると、娘を彼らの群の中に引っぱり込んだ。この時三人のちんぴらはもう娘の近くまで追いつき、あちこち見まわしていた。そして突如娘を見つけると、大声で叫んだ。「ここにいるぞ！」三人は彼らの中に突っ込もうとした。娘は一人の若者の後ろに隠れ、彼の着ている物を引っ張り哀願した。「兄さんたち、助けて下さい。あたしはずっと遠くから来たんだけれど、あいつらはいつもあたしをひどい目に遭わせるんだ。あたしは家に帰りたいけど、あいつらが帰してくれない…」

三人のちんぴらのうち二人はもう行く手を遮られている。あの痩せた若者が、冷ややかに彼らを見据えて言った。「お前ら、何するんだ?」一人の、頭にてかてかと油を塗った奴が言った。

「てめえが俺の相手になると思うか。」

「やってやろうじゃないか。」

「なんだ?お前のような奴は、あの娘には釣り合わねえんだ!貧乏人の乞食め。早くその女をこっちによこせ!」

痩せた若者の仲間たちはもう腹を立て、殴りかかろうと詰め寄った。

「お前ら、何様のつもりだ、ちんぴらめ!」

「なんで、娘一人をいじめるんだ!」

「…」

三人のちんぴらはこのあたりを仕切っている、とうそぶき、こうなった以上やめることは出来ない、と鼻息も荒く、群の中に突っ込んでいこうとした。

痩せた若者の怒りは頂点に達し、大声で怒鳴った。「奴らにぐずぐず言わせるな、やっちまえ！」

たちまち、若者たちは拳を振り上げ、なぐる者もいれば蹴る者もいて、プラットホームの上はたちまち大乱闘になった。三人のちんぴらは、はじめのうちは反撃しようとしたが、まもなく太刀打ち出来ないとわかると、てんでにナイフを取り出した。そしてまさに凶行に及ぼうとした時、たて続けに蹴り飛ばされ、地面に押さえつけられると、猛烈な勢いでぶちのめされた。どいつも顔を殴られ血を出し、起きあがろうとするとまた蹴りが飛んで来る。そしてまたしても、這いつくばうことになる。逃げようとすると足をすくわれ、また地面に倒される。ちんぴらたちはまったくやり返すことができなくなった。若者たちは長年たまっていた鬱憤をこの時とばかり、吐き出しているようでもあった。殴れば殴るほど、もっと殴りたくなり、殴れば殴るほど力がこもり、蹴れば蹴るほど凶暴になった。まもなく三人のちんぴらは地面に倒れ、うめき声を上げ、もう動くことも出来なくなってしまった。

この時、汽車が着いた。痩せた若者は「行くぞ！」と叫んだ。そしてあの娘を引っ張り、先を争うように汽車に乗った。その他の若者たちも次々と汽車に飛び乗った。一人の若者は汽車に乗る前にたて続けに三人のちんぴらを蹴り「一休みしてな。また来年あおうぜ！」と捨てぜりふを吐くと、汽車に飛び乗った。その時汽車はポッポッと汽笛を鳴らし走り始めていた。そして駅を出るとまもなく、大きな音を立てて、疾走していた。

七

一日また一日、一年また一年と時は過ぎていったが、片腕の男は、同じ道を歩いている。この道は昔と変わらずぬかるんだ、長い道だった。しかし男は歩き慣れており、歩きにくいとも感じていなかった。あの最も鬱蒼と茂った葦の沼地を通る時、小道は静まり返る。この場所は特別な場所だ。その道を踏むと、足もとは柔らかく震えた。それは子どもの頃、はだしで踏んだ母の下腹の感触に似ていたし、十八の時会った、自分に初めて抱かれたあの娘の腰の感触にも似ていた。その娘はその後、彼の妻になった。あの腰もまたこんなふうに柔らかく、震えていた。この曲がりくねった、そして静まりかえった小道を通るたびに、彼はいつも異常なほどの快感を感じ、いつもわざと足どりをゆるめ、ゆっくりとそして十分、足の裏から伝わる気持ちのいい感触を味わっていた。彼の潤いのない暮らしは、この一時によって彩りが加えられ、虹のような幻想を生み出していた。

彼はこの道が好きだった。この道を愛していた。この道は彼の母であり、妻だった。

この道は彼の命のもう一つの本能を呼び覚ました。彼は突然、自分の体の中にある男としての力を感じた。そしてそれが、長年たまっていたマグマのように再燃し、この一瞬の裂け目を突き破り、広がり、勢いよく沸き上がるのを感じた。彼の体は、まさに命の殺しあいと噴出を待っていた。

彼はもう孤独に、そして沈黙に甘んじることが出来なくなった。

彼はいつも沼地の中の砂地に上に立ち、はるか地平線の彼方を眺めていた。いつまでも、いつまでも眺め、そして涙を流した。

突如男は両腕を伸ばし、春の野生の馬のように、狂ったように走り出した。はるか彼方の地平線に向かって走り、その決して存在しない人影に向かって、喉が枯れるほど呼び叫んだ。

「ここだぞー！」「ここだぞー！」


ある日の夕暮れ、三里離れた魚王廟から一筋の竈の煙がたち昇った。その煙は微かに、しなやかに、そしてまつわりつくように空へ上っていった。空高くまでまっすぐ上ると、ゆっくり広がり消えて、大気と一体になった。

この煙はたいそう人目に付いた。何里か離れたところでも見えた。これは魚王廟で久しぶりに立ち昇った煙だった。

蟹が戻って来た。半年以上よそをほっつきまわった後に、彼はまた魚王廟に戻って来たのだった。塵やほこりだらけの壁の角に枯れた葦を敷き、その上にむしろを敷いた。そしてその上には、黒ずんだ汚い掛け布団があった。そしてもう一方に壁の端にはボロボロの鉄鍋があった。

鉄鍋は三個半のレンガの上に置かれていた。そして、半分ほど水の入った鍋の下では火が燃えていた。これは彼の父、斧頭が彼に残した遺産のすべてだった。

蟹はどこからか安タバコを一箱取り出し、一本抜き出すと火をつけた。猛烈な勢いで一口吸うと、むせてひとしきり咳が止まらなくなった。ござの所まで来て座ると、また後ろにひっくり返り、掛け布団を枕にして、悠々とタバコの煙を吹いた。彼はタバコを吸うようになっていた。彼は自由気ままに生き、くよくよ考えないようになっていた。俺は若い乞食だ。一人の女を愛する権利などないのだ。乞食がいつまでも人にまとわりついているのは滑稽だ。楊八姐は自分をからかっただけだったのだ。いや、運命が自分をからかったのだ。楊八姐の同情心は嘘ではない。しかし、同時に、恨む道理がないにもかかわらず、楊八姐に対する恨みを消し去ることは出来なかった。亭主が牢に入っている間、蟹は楊八姐の虚しい生活の穴埋めをさせられたのだ。蟹は彼女のために、ある時は子どもになり、ある時は若い情夫にもなったのだ。亭主が戻って来た。すると、蟹は余計者になった。つまり、こういう事だ。

蟹は自分の初恋を終わらせた。そしてまた多くの美しいものを失った。彼は運命に弄ばれたと感じた。彼は新しい人生経験をし、この世界を新たに認識した。すべてウソだ。そんなに真面目になることはないのだ。物乞いするのだって、そんなに真面目にすることはないのだ。彼は今まで、まっとうな乞食だった。物乞い以外には、特に曲がったことはしたことがなかった。

今、その生き方を変えるのだ。

それに、十七の若者が一軒一軒尋ねて行って物乞いするのは、もう子どもの頃やったように容易なことではなくなっていた。女たちのためにおしめを洗い、子どもを抱き、人の家の子の馬になって乗せてやったりする。男たちのためにタバコに火をつけ、老人の痒い所を掻いてやる。彼にはもうそんな事は出来なくなっていた。彼は、そんな屈辱を受けたり弄ばれたりすることには耐えられなくなった。彼には自尊心が芽生えた。それに、そんなことをするのは疲れる。蟹は気楽な生き方を見つけようとした。

蟹は盗みを働くようになった。

彼はタバコを吸いながら目を細め、廟の入り口にしゃがみ込んでいる二羽のニワトリを見ていた。それはよく太ったメンドリだった。二羽とも黄色で羽根にはつやがあった。飼い主の飼い方がうまいことがわかる。二羽のメンドリは地面にしゃがみ、不思議そうにこのクモの巣だらけの古い家を観察していた。自分がなぜここへ来たのか訳がわからない、というような表情をした。

「ちょっと考えればわかることさ。」と蟹はニワトリに言った。「お前たちは巣の中で眠っていたんだよ。お前らの主人も眠っていた。その時、俺がそおっと塀を乗り越え、巣に手を伸ばしてお前らの首をつかんで取り出したのさ。その時は俺もちょっとは慌てていたが、それはお前らとおんなじさ。俺たちは慌てて、お前らの主人と巣を後にした。お前らは俺のぼろ袋に入れられたんだ。昔、このぼろ袋は、物乞いでもらった残飯でいっぱいだった。食べきれない分はみんな楊八姐にやったのさ。今じゃ、俺はそんなものは喰えない。それに、なんと言っても、ブタのえさにと言って楊八姐にやる必要ももうなくなったんだ。楊八姐は亭主に向かって、俺が乞食で可哀想な子だ、と言った。楊八姐はもう貧しくもなさそうだ。楊八姐は自分が昔、ブタのえさ桶からどんなに慌てて喰い物を拾って喰ったか、忘れてしまったんだ。楊八姐よ、あんたはこの蟹を見くびったな。見てろよ。俺は可哀想でもなんでもないんだ。俺は口が肥えてるんだ。俺は喰い物の好みを変え、ニワトリを喰ってやるぞ。ニワトリはひどくうまいって言うじゃないか。俺はニワトリを喰った覚えはない、だが、ニワトリの匂いは嗅いだことがある。人を引きつけるあの素晴らしい匂いだけでも、その肉がどんなにうまいかわかるというものだ。

ニワトリたちよ、目を見張って俺を見るなよ。お前らは結局、人に喰われちまうんだ。人間は欲深で口が卑しい。いつかある日、この世界は喰い尽くされ、草の根も木の皮も喰い尽くされてしまうに違いない。そして自分も死ぬだろう。人間なんてきっとこんなものだ。だが、俺は、今は死にたくない。俺は死とはまだ縁遠いのさ。俺は鶏肉だのなんだのを味わってみたいんだ。そうなると、お前らには辛い目にあってもらうぞ。ニワトリよ、恨まないでおくれ。お前らはしょせん人様に食べられる定めだ。どこかの女がニワトリを殺す前に、こんな事を言ってニワトリをなだめていたなあ。でも、俺はそんなことは言わないぞ。俺は口べただ。どうやったってそんなことは言えない。それにうまく言葉にならないだろう。そんな話はどっかが嘘なんだ。俺は嘘はつきたくない。俺は本当のことをお前らに言うぞ。俺はお前らが食べたいんだ。だが慌てるな。俺はしばらくはまだお前らを殺したくない。殺してしまったら、俺は寂しすぎるじゃないか。この廟の中には俺一人きりだ。俺が来なければ、この廟も空き家だ。今まで、人が来たためしがない。ここは俺の領地だ。この世の中で、俺にはこの住みかしかない。ニワトリよ、メンドリたちよ、まず何日か、俺の道づれになってくれ。」

鍋の中では湯が沸いている。ぐらぐら煮立っている。蟹はのどの乾きを感じた。茶碗で湯をすくって飲もうとすると、鍋の水には汚れた鉄さびの泡が浮かびぐるぐる渦巻いていた。蟹は眉をひそめて、飲むのを我慢した。蟹は自分の高級な口を養う努力をしなければならない、と思った。それで、二本の柴で煮立った鉄鍋を挟み持ち上げ外へ持って行き、鍋を空けた。

彼はまた始めからやり直した。歩いて廟を下り、葦の沢から鍋半分ほどの水を汲んだ。戻ると、思いがけずレンガのかけらの間で、二匹のマダラヘビが交尾している。肥えて太い。彼は声をたてて笑うと、鍋を置き手を伸ばしてその二匹の蛇をつかんだ。片手に一本ずつつかみ、しばらく振っていた。すると二匹の蛇は動かなくなった。

彼は、今夜は鍋一杯のうまい蛇汁が出来る、と思った。

梅子は泥鰌が羊の群を柵の中に追い込むのを手伝っていた。空は半ば暗くなっている。羊の柵は魚王庄の北、約一里のところにある。それは古代の兵営の様な柵だったが、木で出来たものではなく、葦を編んで作ったものだった。そして大きな飼育場を囲んでいた。柵には茅で作った屋根があり、雨や日差しをしのぐことが出来、何百匹という羊はこの茅の屋根の下に横たわっていた。

羊の柵の横には茅葺きの小屋があった。泥鰌はここに住み、夜の間、羊の群の番をした。便所の前には一匹の毛の長い大きな犬がつながれていた。夜ちょっと物音がすると、この犬は鳴いた。もしも泥棒がいたら、泥鰌はこの犬を放してやればよかった。犬は全身を金の絹糸のような毛で覆われ、体も大きく、後ろ足で立つと、人の肩につかまれるほどだった。泥鰌はこの犬がいるおかげで、安心していられたし、夜起きることもなかった。泥鰌はいつもはこの犬をつないでおいた。つないである犬は、放し飼いにしてある犬より十倍も凶暴だったのだ。

梅子は注意深く羊の柵に錠をかけると、そこを立ち去ろうとした。泥鰌が梅子の後ろから言った。「梅子、ここで夕飯を食べてから帰ったらどうだ。」それは哀願するような言い方だった。「いいえ、家に帰ります。」梅子は毎晩やはり魚王庄に帰った。毎日夕方には、いつも病気を診てもらいたい者が梅子を訪ねて来た。

「きのうの晩、押しつぶされて死んだ子羊を、まだ食べていないんだ。煮て一緒に喰わないか！」泥鰌は絶えず肉を食べていた。羊の群がこんなに大きければ、しょっちゅう押しつぶされたり、喧嘩や病気で死ぬ羊がいる。こういう羊はすべて泥鰌の口に入る。梅子は今までそういう羊を食べてみたことがなかった。泥鰌も今まで何の不安を感じたこともなかった。しかし、なぜか今夜は、梅子にここにいて自分と話をしてもらいたかった。彼は気が滅入って鬱々としていた。泥鰌には何のやましい考えもなかった。そんな考えは、もうとっくに無くなっていた。ただ、話がしたいだけだった。

しかし、梅子は帰って行った。

泥鰌はながいこと、そこに立ち尽くした。

何年も何年も、泥鰌は俗世間から離れていた。魚王庄のすべての人間の中で、自分が一番屈託なく、快活に生きている、と認じていた。魚王庄の苦難は自分とは関係のないことだと思っていたし、一本の木も植えたことがなかった。魚王庄の木が伐採されても、彼はなんら心揺さぶられることはなかった。彼はかつて心の中で老扁を冷たくあざ笑っていた。しかし、今振り返ってみると、自分が急に哀れに感じられてきた。自分は一本の、ひとりでに生えひとりでに滅びてゆく、河岸にぽつんと生えた葦に過ぎない。自分の命が尽きて倒れる、それは実にもの悲しいことではあるまいか。

彼は誰かと話をしたかったのだ。話をするくらい、何でもないじゃないか。

しかし、梅子はもう行ってしまった。

老扁は心に暗い影がさしはいたが、この数日は、やはり嬉しそうだった。彼は始終、村はずれや河岸へ人を迎えに行った。魚王庄には、よその土地へ行っていた人々が続々と帰って来た。四、五人でまとまって帰って来る者もいれば、一人二人で帰って来る者もいる。老扁が彼らを見つけると、みんな必ず挨拶を交わした。

戻ってきた者たちは半年以上の苦労や旅の疲れを背負い、また歓びと故郷を思う気持ちを連れて帰って来たのだった。それと同時に、体と心の傷も引きずってきた。異郷で出会ったことは皆同じではなかった。男たちはまだましだった。臨時雇いで働ける者は力仕事をし、いくぶん疲れているだけだ。女たちは事情が違う。四、五十の女なら、妙な目に遭うこともないだろう。外で物乞いをし、ゴミを拾ったりするのは、怒りを押さえじっと我慢すればそれですむ。思わぬ面倒を起こすこともない。しかし年若い嫁や娘たちとなると、時折、また別の危険に曝される。

きのうの昼過ぎ、老扁は河岸の高い斜面の上で、遠くからやって来る二人の娘を見つけた。荷物を背負って魚王庄に向かって歩いて来る。足どりは遅く、長い道のりを歩き通したようで、すでに精も根もつき果てているように見えた。

老扁は近づいて行き、娘たちを出迎えようとした。近づいて行くと、それは桂栄と小菊であることがわかった。二人はこの数年来いつも連れだって出かけ、いつも無事に帰って来た。二人がまたそろって戻って来たのを見て、老扁は嬉しかった。よそへ出かけた者が一人戻って来ると、老扁の気がかりが一つ取り除かれた。とりわけ娘たちは皆嫁に行く年頃でもあり、よそでどんな思わぬ事が起こるとも限らない。親たちは気をもみ、老扁も親と同じように気が気ではなかった。

老扁は手を振って娘たちに呼びかけた。「桂栄！小菊！戻って来たな！おじさんは迎えに来たんだぞ！」

百メートルほど近くまで来た時、二人はその声を聞き、聞いたとたん立ち止まった。そして互いに目を見合わせると、突如顔を覆ってしゃがみ込み、泣き出した。

老扁は心の中で、何かが壊れたような気がした。しまった！何かがあったんだ！急いで駆け寄ってみると、娘たちは嗚咽し体を震わせている。老扁は片手で一人、もう一方の手で一人を引っ張り起こした。「何があったんだ？」娘たちが立ち上がると、老扁は二人のただならぬ様子に気づいた。桂栄と小菊の腹が膨らんでいるのだ。二人の娘は同時に老扁に抱きつくと、その両肩にすがりつき、思いきり声を上げて泣きだした。

老扁は二人の髪をなでてやり、自分もぼろぼろと涙を流した。彼は娘たちに何も聞くべきではなかった、と後悔した。聞いて何になるんだ。聞き出してどうするというんだ。こういう事は魚王庄では何度も何度も見てきたことで珍しくも何でもなかった。毎年よその土地に行き、帰って来ると、必ず十人ほどの娘や嫁には子どもが出来ていた。ひどい目に遭わされても幸い子どもは出来なかった者となると、数え切れないほどだった。彼女たちの遭ったことは一様ではなかった。暴行された者もいるにはいたが、それほど多くはなく、多くは迫られてしかたなくそうなってしまったのだった。女たちは生きていかなければならなかった。時には十元、一度の飯、あるいは半月の臨時雇いの仕事、こんな事が、女たちを体を売る誘惑に駆り立てた。これは魚王庄の人々の避けることの出来ない恥辱だった。実は、百年近くの間、魚王庄の子どもたちの多くが、彼らの母親が見知らぬ地で身ごもり連れて帰って来たものだった。彼らは自分を生んだ母親だけしか知らず、父親は知らなかった。この事を、人々はもうとっくに気にもかけなくなっていた。

老扁は何を言ってこの二人の娘を慰めればいいというのだろうか。何を言っても無駄だ。彼は娘たちとともに涙を流してやることしかできず、それから娘たちの荷物を持ってやり、黙々と村に帰って行った。

老扁は今日、村はずれで気持ちが晴れ晴れするような事に出くわした。民兵の大隊長、土改が二十人余りの若者を連れて戻って来たのだ！この若者たちは数年の間、いつも一緒に行動し、様々な土地をさすらっていたのだ。彼らは一群の虎の子のようで、魚王庄で最も生命力のある者たちだった。

手を目の上にかざして見ると、老扁には一目で、彼らが戻って来たことがわかった。旅の汚れにまみれてはいたが、笑い、話しながら、大股の足どりでどんどん近づいてくる。老扁に気づくと、彼らは狂ったように駆けながら、大声でてんでに叫んだ。

「支部書記！戻って来たぞ――！」

「おじさん――！」

「家に帰ったんだ！」

老扁は立ち尽くした。目頭が熱くなり、また涙が出そうになった。この子たちは魚王庄を忘れなかった。そしてまた戻って来たのだ！

若者たちはあっと言う間に老扁の所に駆けより、老扁を取り囲み、それぞれ叫んでいる。そして慌ただしくふところや雑嚢の中からタバコや飴を取り出し、老扁の前に出した。老扁はうなずいたり笑ったりしながらタバコを一本受け取り、口へ持っていこうとすると、別の若者が食べさせようとする飴玉で口をふさがれた。老扁は眼をしばたいた。なんて甘いんだ！若者たちは老扁を取り囲み笑いをこらえている。老扁は若者たちの顔を一人ずつ次々とながめた。半年以上会わなかったが、なんと全員が十分食べ、真っ黒で丈夫そうに太っていた。土改だけは相変わらずほっそりしていたが、その彼も、とても元気そうにみえた。さらに見ると、多くの若者たちは背中に背負った荷物のほかに、中身ででこぼこに膨らんだ布袋を肩に掛けて持っていた。

「一財産作ったか、お前ら！」

「作ったとも、ハッハッハッ！飲み食いしてまだ百元ちょっと残せたよ！」百元、それは魚王庄の人間にとっては、天文学的な数字だった。

「俺たちは汽車の切符だって買ったんだぞ！」

「何だって！汽車の切符まで買ったのか！もったいないとは思わなかったのかね？」老扁は呆気にとられた。

そこで、何人かの若者たちは汽車の切符を取り出した。紙に包んであった切符を、その紙を一枚一枚取り、老扁の目の前にならべてみせた。「ほら！」

老扁は一枚取り上げて見た。七十三元！老扁も生まれて初めて汽車の切符というものを見たのだった。

「この、ろくでなしが！これでも、もったいなくないって言うんだな。」老扁はふざけて若者を罵った。

「平気さ！人が買えるんだから、俺たちだって買えるさ！」若者たちは得意そうに言った。彼らは金を無駄に使ったとは少しも思っていないようだった。

老扁は急に彼らの気持ちがわかったような気がして、汽車の切符をその若者に返して言った。「そうだな、人様が買えるんだから、我々だって買えるよな。ちゃんとしまっておけ。みんなに見せてやろう！おや？今年は新疆まで行ったのか？」

「ああ、新疆まで行った。」

「新疆の連中が相手だと、やたら儲けやすいんだ！」

「俺たちは奴らの家を建てたんだ！土台を作るやつもいれば、上物を作るやつもいた。土改はボスだったんだぞ！」

老扁は信じられず、振り向いて土改に聞いた。「本当なのか？」

土改は照れたように笑った。「ヘッヘッ、必死にやったのさ。家にいるときには、ニワトリ小屋しか作ったことがないのによ。」

「こいつ！」老扁も笑った。やさしくいたわるように笑った。老扁にはわかった。この頭の黄色いひよっこみたいな子どもたちを連れて、東へ西へとあちこち歩き回るのは、たいそう気がもめることだったろうし、これで土改もずっと大人になったのだろう。

ふと、老扁はもう一つ新しい発見をした。この若者たちの後ろに、一人の娘がいる。長いお下げ髪のその娘はびくびくした様子で下を向き、足で足下の土を軽く蹴っていた。老扁は不思議に思い、またみんなの方を見て言った。

「この娘はどうしたんだ?」

「拾ったんだ。」どっと大きな笑い声が起こった。老扁はますます不思議に思ってまた尋ねた。

「冗談を言うんじゃない!一体どういう事なんだ?」

若者たちは声をひそめ、明らかに気まずそうな顔をした。老扁が土改の方を見ると、土改は口ごもり顔を赤らめた。

「おじさん、疑わないでおくれよ。決して悪いことをしたんじゃない。この子は新彊の小さな駅で会ったんだ。この子も乞食で、もともとこの子の親父と一緒にそこに来ていたんだが、親父はそこで死んでしまった。それで人にいくらか金を借りて親父を埋葬したそうだ。金を貸してくれたのは二、三人のちんぴらで、それからこの子につきまとい、自由にさせてくれなかったと言うんだ。奴らがこの子をひどい目に遭わせようとしていた時、うまい具合に駅にいた俺たちの所へ逃げ込んで来た。みんなでそのちんぴらを一殴りして、この子を助けたのさ。この子の話では、河南のふるさとにはもう家族もなく、行く所もないそうだ。それで、それで俺たちと一緒に来たんだ。」

老扁は「そうだったのか。」と言った。そして笑いながらその娘に言った。「娘さんよ、俺たち魚王庄はひどく貧しい。でも心配することはないぞ。みんなが喰うものがあるってことは、あんたの喰うものだってあるんだからな！」

娘は顔を上げ老扁を見ると、明るい大きな目をぱちっと見開いた。そして恥ずかしそうに笑った。

若者たちは歓心を買おうとするように娘を見て、「竹子（チューツ）！安心しなよ。あんたを飢えさせるようなことはないんだから。」とてんでに言った。彼らの表情は、竹子と呼ばれたその娘がくるりと向こうを向いて逃げ出してしまうのを恐れているように見えた。

老扁はこの若者たちの考えていることがわかり、脅かすように言った。「お前ら、よく聞けよ！この子をいじめるような奴がいたら、そいつの皮を剥いでやるからな！」老扁は彼らとその娘の気持ちがすでに通いあっている事を見て取った。

「安心してくれよ、おじさん！」

一時、嬉しそうにしていたが、二十数人の若者たちはみんなでその竹子という娘を取り囲みながら、賑やかに村に入って行った。

老扁は彼らの後ろ姿を見ていた。竹子、本当にいい名前だ。その名のとおり、すらりとして背が高い。老扁は独り言を言いながら、不思議なほど深い感慨に陥った。これは何年もの間で、魚王庄からよその土地へ物乞いに行った者が、初めて連れ帰った娘だった。

魚王庄に入ってすぐの所に瓦葺きの家があった。三間の家の一間は離れ、二間はつながっている。これは魚王庄で唯一の瓦葺きの家で、梅山洞が生前に建てた物だった。今は梅子が一人でここに住んでいる。離れの一間は梅子の寝室で、しつらえてある物はどれも趣があり清楚だった。寝台には一年中真っ白な蚊帳がつるされ、窓には淡い紫色のカーテンが掛かっている。こうしておけば、風が吹いても入って来る砂は少なくなる。あとの二間はもともと梅山洞の住まいと診察所だった。今は二つとも梅子が診察に使っていた。壁際にはベッドが一つあり、病人を診る時に使う。入り口近くにあるテーブルには、注射や薬、診察に使う器具などが置いてあり、入り口の所にも布のカーテンが掛かっていた。

ここは魚王庄の中の聖地だった。

桂栄と小菊の腹は大きくなっていた。二人は恥ずかしそうに梅子の寝室に並んで座り、梅子がその二人を慰めていた。「恐がらないで。調べてみましょうね。」

桂栄が先に梅子のベッドに横になり、ズボンを下ろした。梅子は丁寧に彼女を調べた。桂栄は目をぎゅっと閉じ、目尻には涙を溜めていた。まもなく検査は終わった。そして小菊にも同じ様な検査をした。梅子は手を洗いながら溜息をついた。「二人とも、六ヶ月ちょっとになっているようね。」娘たちはちょっと考えると首を縦に振った。梅子はまた言った。「こんなに経っているのだから、生みましょうよ。あなたたちを笑う人はいないはずよ。」桂栄と小菊はお互いに顔を見合わせ頭を垂れた。

この日の昼、自転車に乗った十数人が一列になって、細い土の道を魚王庄の方角に疾走して来た。どの自転車の荷台にも荷物が巻き付けてあった。そしてハンドルには雑嚢と網袋が掛かっており、その中には歯磨き用のコップ、タオル、洗面器などが入っていた。襟章のない軍服を着、徽章のついてない帽子をかぶった男が、急にハンドルを何回か切ってつまずき転んだ。砂の窪地を自転車で行くのは、所々土の所もあるとはいえ、たいそう力のいることだった。男は体を起こし、手についた土をたたき落とすと、帽子を取って力いっぱい何度かはたき、眉間にしわを寄せながら辺りをぐるっと見回し罵り出した。「これはひでえ土地だ。大砲でも使って爆破し、均さなければならないな！」

見た所、彼は砲兵をやったことがあるようだった。

その後ろにいた一人の下放青年[6]が自転車から降りると、南京訛りで話しだした。「副隊長、魚王庄に着きました。我々は速攻速決で片づけ、終わったら、出来るだけ早くここを離れまし

6　文化大革命中、当時の革命教育の目的で農村などへ行った青年たち。

ょうよ。ここは人の住む所じゃないですよ、そうでしょ?」

「お前のその南京訛りは糞喰らえだ!隊長はまだ来ていないのに、お前は何を慌てているんだ。集中訓練の時、指導部は何と言った。我々をテストすると言ったろう!まだ着いてもいないのに、もう帰ることを考えているのか。隊長に知ってもらい、お前のことを記録につけておいてもらうぞ。町へ帰るなんて事は考えるな!」

南京訛りの男はどきっとしたが、心の中で考えた。自分が積極的なふりをして、先を争うように魚王庄へ一苦労しにやって来たのも、町で仕事を見つけたいからじゃないか!若い男は副隊長にお世辞笑いをした。「副隊長、俺は冗談を言っているわけじゃないんですよ。俺は副隊長が立派だってことを知っていますからねえ。そんな密告をするわけがないですよ。隊長がここにいたら、きっとこんな事は言えない、そうでしょうが?」こう言いながらタバコを一本取り出し、副隊長に渡した。「一本いかがです?」

副隊長は彼をじろっと睨み付け、こいつは調子のいい奴だと思った。タバコに火をつけて口のはしにくわえた。そして地面に落とした洗面器を拾い上げ、またハンドルの所に掛けた。顔を上げると、前を行く者たちはもう遠くへ行ってしまっていた。副隊長が手を振り、行くぞ、と叫ぶと、二人は前後になってまた走りだした。

八

ある日、はるか彼方の地平線に、突然いくつかの黒い点が現れた。それは夜明けの朝靄の中から浮かび上がった。

片腕の男は、はじめそれを沼地の上を低く飛ぶカラスの群だと思った。それなら、何も珍しいものではない。沼地では常に、鳥が群を成し飛び上がり、そして飛び降りて来る。しかし朝焼けの光りが青白い色から薄紅に変わった時、それらの黒い点は、ぼんやりした、動く影絵のように見えた。片腕の男はいぶかしく思い、牛の背中の上に立った。そして、目を何度もこすり、懸命に目を開けようとした。薄紅の朝焼けの光が真っ赤になった時、彼はついに、それが人の群であることをはっきりと見て取った。金色の衣を羽織った一かたまりの小人たちが、まさに今、朝焼けの光の中を沼地へ向かって来る。彼らはまだ目標が定まらないらしく、歩いては停まり、停まってはまた歩いている。が、それらは、どんどんはっきりとした姿になった。

太陽が地平線からさっと躍り出ると、沼地の陰影は瞬く間に一掃された。そして、天地の間は一面の明るい世界になった。

それは十人余りの人の群で、みなぼろを身にまとっている。男もいれば、女もいる。そして子どももいる。彼らもまた、遥か彼方の、牛の背に乗ったこの大男を見つけたようだ。彼らは一瞬たじろいだが、たちまち歓声を上げ、全力で片腕の男の方へ駆け出した。片腕の男は彼らに向かって手招きしながら大声で叫んだ。「もどって来たんだなー！」牛の背から飛び降りると、男は飛ぶように走り、彼らを迎えに行った。

彼らはついに、河の洲の上で出会った！

抱き合い、転がりあい、罵り、歓声を上げ、そして飛び上がった。それはまるで百年も前に別れた古い友や家族のようだった。

彼らは知り合いであろうと無かろうと構わなかった。彼らはともに、二本足の動物であり、それで十分だった。

その時彼らは、この出会いが、その沼地のそれから百年余りの歴史の中で、どれほど大きな意味を持っているかを知らなかった。

この壊滅した土地で、人間がまた再び増え続け、生存していく。

やって来た人々は、ほとんど一瞬にして、この片腕の男の権威ある地位を認めた。荒れた原野の中に、どこまでも広がる掘り返され耕された土地、ぽつんと立つ草葺き小屋、その一人の老いた男、老いた牛、その一本の鋤、それらすべてが彼らを驚かせた。その片腕の男の体中を覆う、毛むくじゃらの犬のような長い髪、鱗か甲羅に覆われたような固い裸体、体にぶら下がる大きな洗濯棒のような性器。それだけで、彼らを驚かせ、恐れおののかせ、そして屈服させるのに十分だった。

彼らの目には、片腕の男は、半ば野獣で半ば人間、あるいは、半ば人間で半ば魔物のような、とてつもなく巨大なものに映った。彼はこの荒野の支配者だった。彼がここに存在するというだけで、あの初めてこの沼地に足を踏み入れた時の恐怖は、たちどころに消えた。

バッタ岸には一面、簡単な葦葺きの小屋が建った。


よその土地へ物乞いに行った人々は、ほとんどみな戻って来た。

あの工作隊といわれるものも、それとほとんど同時に魚王庄へやって来た。

奇妙なことに、魚王庄には、昔のあの一家団らんを喜び合うような雰囲気はなかった。そしてまた、工作隊が来たために慌てた様子もなかった。

魚王庄はひどく静かで落ち着いていた。

ニワトリも飛ばない。

犬も鳴かない。

女たちは相変わらず乳房を揺らしながら、井戸端で水を汲んでいた…

老扁は夢を見た…一つの長い夢を見た…

…夢の中で、河岸の木はまた、すっかり切り倒されていたのだ…ある日の朝、河岸に一人の美しい女が現れた。この女には革命模範劇に登場する女の英雄のような凄みがあった。女が高い斜面の上に立ち、手を一振りすると、たちまち四方八方から何千何万という農民がおどり出て来たのだ。おお、なんという多量の人間だろう。男も、女も、老人も、子どもも、斧や鋸や包丁を持っている。牛に車を引かせたり、手押し車を推したりしている。縄をまいた丸太ん棒を担いでいる者もいる。そして狂ったように林の中になだれ込んで行く。その美しい女は群衆に向かって、大声で叫ぶ。「……ここの木は、切った者の物になる！……」女は工作隊の隊長だという。この女はどこからこんなに多量の農民を動員してきたのだろうか。老扁はこの女にひどく感心した。こんなやり方をよくも考え出したものだ！木が切った者の物になるなら、誰だって木を切りに来る。長年、お目にかかったこともない巧い話だ。木を切らなかったら、馬鹿を見る。農民というものは本当に実利的だ。そして実によく言うことを利く。たとえば、一杯の飯碗を目の前に置かれても、上の者が食べるなと言えば、自分の飯でも食べようとしない。上の者が勝手に食べてもいいと言えば、他人の飯でも奪い取って食べる。それにしても、こんなやり方は、ほかでは見られないやり方だ。老扁は心底、感服した。魚王庄の人々も出て来てはみたが、誰も何も言わない。ただ土改だけが数十人の若者を連れ、林の中に飛び込んで行き、見も知らぬ農民たちと殴り合いを始めた。殴り合って頭に怪我をし、血が流れた。女性隊長は十数人の工作隊を連れ近づいて来ると必死で怒鳴った。「喧嘩をするな！そして、魚王庄の人間が無茶をするのを許さないぞ、これは上が決めたことだ！」しかし怒鳴っても何の役にも立たない。結局、女は土改たちを老扁の前に引っ張って行った。老扁は土改たちに殴り合いをするな、となだめた。「あの連中だってまったく可哀想なもんだ。みんなひどく貧しいんだ。奴らも救わなくてはならんだろう。上が木を切らせるというなら、奴らだって切りに来るはずだ。奴らが悪いんじゃない。誰も悪くはない。お前たちも殴り合いなんかするな。木を切るのを邪魔するな。止めようとしたって、止められるものでもない。千にも万にもなる人間を何人止められるっていうんだ。人を死なせたら、牢屋に入らなければならないんだぞ。牢屋というのは生やさしい所じゃない。俺は入ったことがあるが、お前たちを入れるわけにはいかない。たかが木を切ってしまうだけのことじゃないか？そうだ、大したことじゃないさ。俺たちは百年も待ったんだ。あと十年くらい待てないのかよ。あと十年したら木はまた育ってくる。お前ら、帰れ、帰れ、帰るんだ…土改たちは帰っていった。泣きながら帰っていった。老扁は怒りの感情が沸き上がり、彼らの背中に向かって大声で叱りとばした。泣くな！みんな泣くな！今度だって、魚王庄の人間は泣いては駄目だ。人にひざまずいても駄目だ。訴えるようなこともするな！木が切られるというなら、切られるにまかそう！魚王庄の人間は皆立ち去ってしまい、老扁一人が残った。彼は後ろ手を組み、林の中を歩き回った。はたから見れば、のんびりとした老人に見えただろう。見知らぬ農民たちは、彼がこの村の支部書記だと知ると、皆彼に向かって申し訳なさそうに笑った。恭しくタバコを差し出す者もいた。そして腰をかがめたまま、自分の胸の内を語った。「支部書記はどう思います？上が俺らを来させたんです。それで、来ないわけにはいかなくなった。俺らだって本当は来たくなかったんだ…」老扁は彼らの言いたいことがわかり、うなずいた。「そうだな、そうだろうな。切れ、切ればいい。こんな事は大した事じゃないんだ。上が来させたんだな。大した事じゃない。」ふと振り返ると、病身らしい、ぐったりと力のない女が、十にもならない二人の子どもを連れて木を切っていた。そのわきには大八車があった。小さい方の子は梶棒の上に座り、シーソーのようにして遊んでいる。大きい方の子もまだ七、八歳にもなってはいない。まだ斧を振り上げることも出来ず、地面に膝を突いて包丁で木を切っている。が、一振り切りかかっても、ただ木に白い傷を付けるだけで、包丁の刃も曲がってしまう。病気の女は斧でほかの木を切ろうとするが、力が無く、またやり方もわかっていないようだった。女はあせり、顔中にひどい汗をかいている。みんなもうすでに何本も木を切り倒し、まわりでは木を運ぶ音が鳴り響いている。が、しかし、この母子三人は一本も切り倒せていない。老扁はそれを見ていると、人ごとと思えず慌てた。そばに駆け寄って、その女に聞いた。「亭主はなんで来ないいんだ。」「うちの人は死んでしまったよ。私ら親子三人は、辛い運命だよ！ほら、人様はうちらに比べて、あんなに力がある…」老扁は同情してうなずいた。木を切る時の姿勢が違っているんだ。木はこうして切らなければ…老扁は斧を受け取ると何度か手本を見せてやった。「ななめに切るんだ、まっすぐ切ったたって駄目だ。まっすぐ切ろうとしたって切れないからな。」女は斧を受け取り、老扁のやったように何度か切りつけてみた。すると案の定斧は木に深く切り込み、木の破片が勢いよく飛び散った。女は有り難そうに言った。「あんたさんは本当にいい人だ。」「そうか、そうか、慌てるなよ。木は沢山あるんだ。」老扁はこう言うと包丁を振り上げていた子どもの前に行き、その子の頭をなでながら「坊や、手を切るんじゃないぞ。」と言った。老扁は後ろ手を組んで、また別の所へ歩いて行った。…林の中は本当に賑やかだったが、話をしようとする者は誰もいなかった。みんな顔いっぱい汗を吹き出すほど熱くなっていた。これは木の奪い合いだ。ぐずぐずしていられようか。だが、老扁は林の中をゆったりと歩き回った。一人のすでに息切れしている老人が、老扁を見ながら息子に言った。「お前、見てみろ。あの老いぼれはどうやって生きていくかもわかっていない。こんな時だっていうのに、息子が木をたくさん切れるように手伝ってやろうともしない。うろうろ歩き回って、何が楽しいって言うんだ！」息子は老人が自分の御機嫌をとっているのを煩わしく思い、大声で言った。「まだ人様のことを言っているのかよ！親父は何本木を切ったたっていうんだ！座って息ばかり切らせてよ！」老人は立ち上がり、腰をまるめて斧を取り上げた。

伐採はなんと速かったたことか！前の時よりずっと速かった。たった三日三晩である。老扁はこの三日三晩、林の中を歩き回った。極度に疲労し、まるで道に迷ったように、さまよっていた。そしてとうとう魚王庄に戻って来た。なぜか老日昇の薪を割る音が聞こえない。斧とたがねは地面に放り出したままになっていた。老日昇は？老日昇は家の中で泣いていた。何を泣いているんだ？あの年寄りでも泣くことがあるのだろうか？…そこには泥鰌もいた。二人は机に向かい酒を飲んでいる。食べる物は何もない。ただトウガラシが一つ、ぼろぼろの机の上に置かれていた。泥鰌は酔っていた。老日昇も酔っていた。泥鰌は酔って、やたらに笑っている。そして老日昇はひたすら泣いていた。泥鰌はいい加減なほらばかり吹いている。そして老日昇を罵っていた。

「老日昇よ、老いぼれイヌ…お前生きていて何が面白いんだ！一生うまい物を喰ったこともなければ、一生…女と…寝たことも無かろう！女っていうものを…何も…わかっていないだろう。お前みたいな老いぼれイヌはよ、働くことしか知らねえんだ。曳き縄を…引っ張り…薪を割ってよ！お前、生きていて何をやっているんだ？生きていたって、なんの面白いこともねえだろう！お前は…死んじまえばいいんだよ。お前は…イヌなんだよ…いやブタだ。いやラバかもしれん。お前はやっぱり、死んで…死んでしまえ！俺も…死ぬ！お前のお供をして死ぬぞ！だが、俺の一生はな、お前に比べりゃ、ずっと生き甲斐があったというもんだ。俺は生きるのにあきたんだよ。俺は…あの名無し川に…飛び込む…お前はこの家で首を吊るんだ！お前の家の梁は楡の木で出来ているだろう?…丈夫だ。今晩…俺たち二人は…二人とも死ぬんだ。老日昇よ、このラバめ、お前、それでいいのかよ?…お前…うんともすんとも…言わねえのか！泣いて…泣いて、何が面白いんだ。俺たちは一緒に…死ぬんだ、一緒でいいんだろ！老日昇は古ぼけた黒い綿入れを着て、しゃくりあげるように泣いていた。それはまるで大きな子どもが叱られているようだった。力を込めて、うん、うん、とうなずいている。泥鰌は体を斜めにしながら立ち上がり、老日昇の鼻先を指さして言った。「ようし！俺たち二人は、決めたぞ！今晩、死ないい奴は…大馬鹿者だ！」

老扁は家の入り口にしばらく立っていたが、よろよろとおぼつかない足どりで家に帰った。老扁は泥鰌たちに関わっている気力がなかった。彼は体が寒さで震えるのを感じた。疲れていたし、腹も空いていた。家に戻ると横になり、眠ってしまった…ぼんやり…妻が自分に何か食べさせているような気もしたが、味もわからない…梅子もいて、自分に注射したような気もするが、その痛みも感じられなかった…そうしてまた眠り…空が明るくなった。老扁は気がつくと、ぼろ袋を背負って家を出ようとしていた。妻は行く手を遮り、どこへ行くのか聞いた。老扁は、俺は物乞いに行く、よそを歩き…何年かしたら、また戻って来る、と言った。妻は老扁を抱き留めて泣いた。「あんたはこの家が要らないの?」「要る。なんで俺が、この家が要らないって言うんだ、要らないわけがないだろう。お前は家で息子の面倒を見てくれ。俺は何年かしたら戻って来る。」「村のことはどうするのさ?」と、妻が言った。「村のことは大丈夫だ、土改がいる。土改は成長した。俺は年をとった。しばらくよそを歩いてくるさ。」こう言うと老扁は家を出て、村を歩いて行った。家の前では彼を見つめる人々がいたが、誰も何も言おうとしなかった。もう一度梅子に会おう。そう考えたが、ついに梅子を訪ねることはなかった。老扁が村の入り口まで来た時、土改が追いついた。ハアハア熱い息を吐いている。「おじさん、行っちゃだめだよ!」しかし老扁はこう言った。「俺は行く。お前ももう大きくなった。俺はしばらくよその土地を歩いてくる。この何年か、俺は気持ちが晴れたことがなかったんだ。そしてずっと昔からよその土地を見て来ようと考えていたんだが、ずっとその機会がなかったんだ。お前は家にいろ。お前は大きくなった。」土改は泣いた。そして言った。「おじさん、日昇の爺さんが首をくくって死んじまったんだ。銭の入った大きな箱を残して、その中には一万元以上の金が入っていたんだが、どうしたらいいだろう?」

「首を吊って死んだなら、埋めてやれ。老日昇のために大きな穴を掘るんだ。大きいのをな。老日昇は大柄だったから、穴が小さいと無様なことになるぞ。」

「金は?」

「金は、お前が考えてどうにかしろ。」

「俺、それで、苗木を買う！」

「お前の好きにしろ。老日昇が一生かかってこの金を貯めたのは、この日のためだったんだ。老日昇には、いつかこんな日が来ると、とっくにわかっていたんだ。あの老人の顔には、昔と今、陽と陰とが、そして生と死があった。この日の来ることが、ずっと前からわかっていたんだ。あとの事をどうするかは、お前が決めろ。俺は、行く。」

老扁は袋を担いで村を出て行った。そして河岸を歩いて行った。一面に広がる、白い切り口を露にした切り株の間を通った時、老扁はふと、切り株のわきにひょろっと生えている小さな木を見つけた。その幼い木の根は、切り株の古い根につながっている。この木は去年芽を出したのだ。まだ細く柔らかい。一年たったが、やっと指先ほどの太さしかない。伐採に来た人間が踏み倒したのだろう。老扁は顔を背けた。もう見たくない、と思った。が、しかし、ふとその幼い木のうめき声を聞いたような気がした。そして、彼は自分の心をぎゅっとつかまれたような気がした。老扁は急いでしゃがむと、その幼い木をまっすぐに起こしてやり、土をかき集め、まわりに盛ってやった。そして手をはたくと立ち上がり、木に向かって言った。ゆっくり大きくなるんだ。慌てることはない。俺はよその土地へ出かけてみる。そして、何年かしたら戻って来よう…

老扁は、夢を見ているようだった。どこへともなくふらふらと歩いて行った。自分では歩いているつもりでいたが、足もとに雲のかたまりでも踏んでいるような気がした。意識が朦朧としていたが、遠くへ遠くへと歩いて行った。たくさんの所を歩いた。何年も何年も歩いた。地の果てまで歩いた。そして老扁は自分が老いたことを感じた。そして、とうとう、歩こうとしても歩けなくなった。魚王庄を離れてから何年たったのかも、わからなくなった。彼は家に帰りたかった。しかし帰る力はもう残っていない。彼はもう動けないほど老いていた。体がいうことを聞かなかった。老扁は最後に切り立った崖の上に立ち、故郷の方角を眺めた。そしてゆっくり、ゆっくり倒れた…彼は目を閉じ…死の訪れるのを待った…ついに、彼は自分の心臓が動かなくなったのを感じた。自分がすでに死んでいるのを感じたが、同時に、まだどこかで、何かが鳴り響いているような気がした。その音はずっと鳴り響いていた。この何年もの間、どこへ行ってもこの音は自分とともにあった。おお、老扁はついに思い出した。この耳の奥に封じ込められた音、俺はどこまでもこの音と一緒なのだ。カーーン、カーーン、カーーン！

九

夜明け前、片腕の男は老いた牛を駆っていた。牛は引き車を曳き、引き車には馬鍬がついている。男は牛に一鞭当てると、バッタ岸を離れて行った。その後ろには、一列に並んでついていく者たちがいた。シャベルを担ぐ者、種蒔き車を担ぐ者、袋を背負う者、そしてその袋の中には種が入っていた。

彼らは今日、とうとう種を蒔くのだ。

一列に並んだ彼らの身にまとうぼろの端が風に翻る。彼らの黒く痩せた顔は活気に満ちている。片腕の男の後ろにぴたりとついているのは、三十足らずの女だった。女は腕に篭を抱えている。身にまとったぼろの下からは、二つの山のような乳房が見えている。女は手を伸ばし布きれの前を閉じ合わせようとした。しかし、風がまた吹いて、前がはだける。女はもうそんなことを気にもかけていなかった。ただぴたりと片腕の男の後についていく。男は前で言った。「歌え！」女は歌いだした。女はなんと、聞く者の心にいつまでも残るような美しい声をしていた。

黄河は行ったよ、去って行ったよ
苦しみを連れて
黄河は去って行ったよ、去って行ったよ
歓びも連れ去っていった
黄河は涸れた、涸れたよ
三尺の黄色い砂を残して

黄河は涸れた、涸れてしまったよ
どれほどの思いを残し…

前を行く片腕の男は突如「おおっ！」と声を上げた。老いた牛はよろけながら立ち止まった。ここはあの深く静まり返った小道だ。両側には葦が高く生い茂り、人の姿を隠してしまう。人影もなかったが、みな立ち止まった。後ろの方の者たちは、前で何かあったのかと、首を伸ばして見ている。すると、片腕の男が腰を曲げて何かを拾い上げている。そしてその拾い上げた物を頭上に高々とかざし、日の光の中で、不思議そうに見ている。それは碗の口ほどの大きさで、キラキラと金色の光を放っていた。

「魚の鱗だ！」

片腕の男は驚きの叫びを上げた。みんなもほとんど同時に、それが何なのかわかった。魚の鱗、――しかしこんな大きな魚の鱗があるだろうか。しばらくそれを取り囲んで見ていた。泥にまみれていたが、それは確かに魚の鱗だ。キラキラと金色に光る魚の鱗だった！

片腕の男は、今さっき引き車を滑らせて来た所を、力一杯踏んでみた。しかし、そこも柔らかくぷるぷる震え、つかみ所のない、ぬかるんだ泥だった。ここは何年も前からずっと変わらない。男はここを幾たび通ったかわからない。しかし今まで、この下に何かが埋まっているなどとは、思ってもみなかったのだ。しかも、この泥の下に大きな魚が隠れていようとは。

誰も、とても信じられない！

「よーし、いくぞ」叫び声があがった。みな持っていた物も放りだし、突進し、覆いかぶさるようにそこに倒れ込んだ。両手で泥をかき回し、何かをつかみあげようとした。一つ…そしてまた一つ！つながっているのもある。どれも碗の口ほどの大きさがあり、どれもキラキラと金色の光を放つ魚の鱗だった。

…そしてついに泥は汲み尽くされ、そこに、一匹の、黄河の巨大な鯉の背中が姿を現した。体を斜めに傾け、そこに横たわっている。それはまるで浅瀬に乗り上げた大きな木造船のようだった。

鯉はまだ生きていた。えらのあたりにまだたっぷりと濁った水を含んでいる。そしてえらは、その濁った水の中で、痛みと苦しみのため、ばくばくと動いていた。ゆっくりとえらを開け閉めしている。力を振り絞るその痛々しい姿は、一目見ただけで、誰もが胸を締めつけられた。その息も絶え絶えな様子はいつ呼吸が止まってもおかしくないように見える。しかし、呼吸は止まらない。鯉はただ、規則正しい間隔をあけ、えらを開け閉めしていた。

この濁った水で、この鯉は奇跡的に、何年にもわたって命を長らえてきたのだ！

この巨大な鯉は、痛みと苦しみ、そして厳しい環境の中で生きていた。これほど強く逞しいのだ。体にはすでに数えきれぬほどの傷がつき、鱗はひどく痛み、真っ白な肉まで見えている。

牛の蹄や車輪が長い年月絶えず踏みつける、まさにその下で生きてきたのだ。そして今も依然として生きているのだ。その体の両側には、まったく歩くことも出来ないような泥の湿地が広がっていた。この鯉はその巨大な体で、この小さな小道を支えていたのだ。そしてその小道の下で、自らの命を生き長らえていたのだ。

「ハッハッハッ…私らバッタ岸の人間が、半年食べてもまだ余るほどの大きさだよ！」女たちは手をたたき、大きな胸を揺すりながら、食べる物を手に入れた歓喜の声を上げた。誰もが皆一時歓声を上げげた。黒く痩せた顔の人々は、野獣のような貪欲さを少しも隠そうとしなかった。

しかし片腕の男は少しも騒がず、呆然と、泥にまみれた腕を持ち上げた。男は黙っていたが、苦しげに何かを思い出しているようでもあった。すでに滅ぼされた遥か遠い昔を思い出しているのであろうか、それとも、長い時の流れを思い出だしているのだろうか。突然、男は青ざめた。畏れかしこむような表情になり、震えが止まらなくなった。女たちはまだ躍り上がって歓声を上げている。女たちの胸は海の波のように揺れ動いている。この目の前に広がる沸き立つような歓びは、彼らがこの沼地にやって来て、突然この片腕の男を見つけた時の歓びに似ていた。

片腕の男は荒々しく振り返ると、彼らに向かって急に大声で怒鳴った。

「放してやれ！」

男はみんなを罵ろうとしたが、その言葉を飲み込んだ。汚らしい言葉が口から飛び出し、何かを汚すのが恐ろしかったのだ。人々は訳もわからず呆然としている。男は手をあげ、女たちを地面に殴りつけた。そして自分は膝を折り、どすんと大きな音を立てて鯉の前にひざまずいた。「おゆるし下さい、魚の王よ。みんなよく聞け、これは魚王様なのだぞ!!…魚王様はまだこの地におられたのだ!!!」

驚きが広がった。

みな互いの顔を見合わせている。訳がわかったようでもあるが、まるで何のことかわからないような気もする。ただ一種の、突如到来した恐怖が一人一人の魂をとらえていた。そしてみな、ひざまずいた。一人一人の怯えた目が、恐れで飛び出るほど大きく見開かれていた…

黄河の巨大な鯉は、今でも痛みと苦しみの中で、あの多量な濁った水を飲み込み、そして吐き出しているのだ。

あの濁った水は、一つの神秘と苦難に満ちた魂を守りつないでいるのだ。

まもなく、この地に魚王廟が建った。それは草葺きの廟だった。バッタ岸はそれ以来、魚王庄と呼ばれるようになった。

その後、長い年月がたった。沼地の中からどんどん地面が姿を現し、開墾する者もどんどん増えていった。砂の河岸は命の箱船になった。一つ、また一つと村も現れた…

七百里の古い道筋、七百里の涸れた轍、そして七百里にわたって広がる人のいとなみ。

人は何千何万の命の狂乱によって、ここに何度も何度も、新しい創世記の歴史を繰り返してきた。

しかし、どんなに大きな忍耐と苦しみと引き替えに開墾した土地も、荒れ狂う風の前には一瞬にして消えてしまう。この事実が、人々を絶望に駆り立てるのである。その風は遮ることも止める事も出来ず、天を掃く大きな箒のように、欲しいままに黄砂を掃きちらすのだ。平らだった砂地は一夜のうちに積もって砂山となる。砂山はまたならされて、再び平地に変わり、その砂は空いっぱいに吹き上げられる。この地の空は永遠に薄黄色く曇っている。作物は砂に埋まり、茅葺きの小屋は砂で満たされる。道を歩いている時でさえ、砂雨に打たれ、地面に倒れて息も出来ず、そのまま死んでしまうこともある。何日か経ち、一陣の狂風が砂山を吹き飛ばす。するとそこから、砂に蒸されて渇いた屍が現れる…

しかし風も吹き疲れるのか一年に何日かは、この古い道筋にも滅多にないような穏やかさが現れる。朝霧が洗った太陽は霞のような髪を振りほどき、穏やかにその姿を現す。どこまでも起伏の続く砂山が伸びやかにそこに横たわる。それは未だに目覚めぬ眠れる美女が、夢の中で夜具を払いのけ、盛り上がる胸、平らでなめらかな腹、そして長い足を隠そうともせず、無邪気に甘えているようにも見える。太陽はこの怠け者の娘を見て、キラキラと光を放ち、陽気に笑っている。

黄昏時、砂地はひんやりとしている。最後の竈の煙が遥か彼方の地平線の上に消える。するとまもなく、三日月が冷え冷えと高い空に懸かる。この夜のとばりの中で、虫の微かな話し声、葦のため息、そして名無し川の叫びが聞こえる。

この古い黄河の河筋、それは古い街道と同じように、そこに生きた人々、そこに生まれた話とともに、永遠の年月をゆっくりと流れ続けていくのである。

解説

ある作家の作品に出会った時、私たちはその作家がどのような境遇に生まれ、そしてどのような道筋を辿ってそれらの作品を生み出すに至ったかということに思いが及ぶ。

本書の原作者、趙本夫は一九四七年、江蘇省北部の豊県に生まれた。蘇北と呼ばれるこの一帯は、江蘇省といっても、我々が蘇州や揚州などから想像する優雅なイメージとは異なる非常に貧しい地方で、黄河の氾濫、軍閥の割拠、日中戦争の激戦地になった所でもある。趙氏は中華人民共和国建国直前に生まれ、新中国で育ったが、この土地の経験した辛酸、厳しい家族の歴史は様々な形で彼に影響を与え、作品の中でもしばしば描かれている。

一九六七年、日本の高等学校にあたる「高級中学」を卒業後、故郷の農村で農業に従事し、一九七一年からは県の党委員会宣伝部、県の放送センターで編集などの仕事を行った。一九八一年発表した『売驢（ロバを売る）』が全国優秀短編小説賞を受賞、これが趙本夫の作家としての本格的なスタートと言えるだろう。また同年、本書にも収めた『狐仙女撰偶記（狐仙女の婿えらび）』を発表、農村や農民の描き方をめぐって論議を起こしつつ、高い評価を得た。一九八四年、江蘇省作家協会に加入し専業作家となる。以後今日まで、江蘇省作家協会副主席、雑誌『鐘山』編集長、中国作家協会委員及び主席団委員を歴任しつつ短編、中編、長編とバランスのとれた作品を次々と発表、全作品は《趙本夫選集》全八巻にまとめられている。また作品は英語、ロシア語、フランス語、ドイツ語、ノルウェー語にも翻訳されている。

趙氏は、創作の動機として、「中国でその多くを占める農民の事があまりにも語られていない」と述べている。自分の育ってきた中で見聞きした農民についてもっと書かれるべきだ、という強い思いが、創作の出発点であったのだろう。自身の生活の場所、そして小説の舞台が都市に移っても、この作者の、最も小さな存在である人々に向ける眼差しは変わらない。短編小説では、農民や庶民の笑うに笑えず、泣くに泣けないような出来事、喜び、悲しみ、切なさ、ユーモア、大らかなエロティシズムを描いたものが多い。本書では七篇の作品を取り上げたが、『狐仙女の婿えらび』や『名士・張山』には中国の村などにどこにもいそうで、しかもなかなか魅力ある人物が数多く登場している。また『絶唱』では、時の流れに負けない変わることのない人の真心、友情が描かれているが、これもこの作者のよく取り上げる主題である。『脱走兵』は、日本人としてはなかなかつらい話である。作者の育った土地は日中戦争の激戦地もあり、戦争の傷跡が物理的にも精神的にも深く刻みつけられていたに違いない。しかし、実際の戦争の最前線にいたのはまったくの庶民であり、戦争というのは人と人が接触し戦わなければならないものなのだ、という話の中に、他の作者の描く戦争を扱った作品にはない、やさしさと切なさが感じとれる。そして『門の無い城』は軽いおとぎ話のようでありながら、恐ろしさを感じさせる作品であろう。

『涸轍（涸れた轍）』はこの作者が新しい世界を開いたとも言える作品で、黄河の流域を舞台とし、壮大なスケールで、そこに生き滅び、そしてまた甦生する人間の歴史を描いており、作者の長編三部作『地母』に繋がる作品として、大きな意味があると言えるだろう。

私事になるが、一九八〇年代中国の広州の街角でふと『混沌世界』という趙本夫氏の小説を見つけ、細かい所はわからないながら、その面白さに夢中で読み続けた。これが氏の作品との出会いで、それ以来、その作品の世界に引きつけられ、今日に至っている。ご本人にお目にかかったおり「どんな美味しい物を食べていても、あの農村の餓えた時代やあのころの人たちのことを思い出すと、ご馳走の味がいっぺんに消えてしまい、落ち着かない気持になるんですよ。」と穏やかに語られた。私はそれを聞いて、この作家の心の一部がわかったような気がした。この真摯な態度で人間そして歴史を見つめる作家、その人の作品が日本の出来るだけ多くの人々に読まれることを願うばかりである。

この本をまとめるにあたっては、中国作家協会から助成金を受けることができた。また趙本夫氏からの多くの励ましと、たくさんの方々から多くの貴重なアドバイスをいただいたことを

心から感謝したい。

永倉 百合子

著者略歴

趙　本夫

1948年、江蘇省豊県に生まれる。高等学校卒業後、農業に従事しつつ、地方の放送局、県の宣伝部で編集などを行う。1981年、処女作『売驢(ロバを売る)』を発表し、全国優秀短編小説賞を受賞。1984年江蘇省作家協会に入会し、以後、江蘇省作家協会副主席、雑誌『鐘山』編集長などを歴任、作品を発表しつづけている。作品は『趙本夫選集』8巻にまとめられており、代表作には『売驢』『絶唱』『鞋匠与市長(靴屋と市長)』『天下無賊』長編小説『地母』三部作などがあり、数々の文学賞を受賞している。

訳者略歴

永倉　百合子

1952年生まれ。東京外国語大学中国語学科卒業。華南師範大学日本語学科講師を経て、現在、中央大学、大東文化大学、上智大学講師。著書に『基本チェック中国語の文法』(語研)『30語で中国語の語感を身につける』(白水社)訳書に『砕けた瓦(原作·趙本夫)』(勉誠出版)、共著に『中国語で短編小説を読もう—「靴屋と市長」』『中国語で短編小説を読もう—「天下無賊」』(語研)などがある。

涸れた轍

2016年1月15日　初版発行

著　者　趙　本夫

訳　者　永倉　百合子

発行者　原　雅久

発行所　株式会社 朝日出版社
〒101-0065 東京都千代田区西神田3-3-5
TEL (03)3263-3321(代表) FAX (03)5226-9599
http://www.asahipress.com

印刷所　協友印刷株式会社

乱丁、落丁本はお取り替えいたします

Printed in Japan

ISBN978-4-255-00904-9 C0098